眼睛读懂诗意
还不够……

一

2015 年和 2018 年，同在 8 月，先从沈阳，后自北京，两次启程，行走俄罗斯，行程 3 万多公里，一路虔敬。就像抵达莫斯科的次日，乘车 4 个多小时前往图拉州"明媚的林间空地"——雅斯纳亚·波良纳，面对绿草丛中"世上最美的墓地"，不由自主地跪下，虔诚不为一人，是对这片精神家园的眷念。

眷念一旦践行，迈出的每一步都有新的感知。

在特列恰柯夫美术馆，画像上的普希金，没有我在克里姆林宫看到的那个背影，更真实。

在凯旋广场，高高在上的马雅可夫斯基，不如我在芬兰湾惊涛拍岸处见到的"二十二岁"，更俊美。

在铸造厂大街 π 书店，叼着烟斗的叶赛宁与安格列杰尔酒店墙上那块"断裂"浮雕叠化在一起，定格了生死就在一瞬间。

在鲍里索格列布巷 6 号，茨维塔耶娃隔路相望故居，"如果灵魂生来就有翅膀，它不需豪宅，也不需草房"，更显苍凉。

而当我从塞瓦斯托波尔的南边跳进黑海，"野丫头"

阿赫玛托娃也在水里拥抱波涛，就像她拥抱着痛苦与光荣。

……涅克拉索夫、吉皮乌斯、勃留索夫、勃洛克、别雷、帕斯捷尔纳克、曼德尔施塔姆、布罗茨基——每次不经意或是特别的遇见，都是与历史、时代、诗的相遇，更是与自己相遇。

当我谈论俄罗斯的诗人时，我在谈论我自己。现在，再加一句：眼睛读懂诗意还不够，行走的坎坷更靠近人生和命运。

二

所以，我不会颂扬"俄罗斯诗歌的太阳"。在克里姆林宫"炮王"和"钟王"处，他那一闪而过的落寞和孤独化作认知：没人可以不为自由付出代价，甚至自尊。

"如果你 12 月 14 日在彼得堡的话，你将会做什么？"尼古拉问。

"我将会和造反者一起出现在参政院的广场上。"普希金回答。

1826 年 9 月的那个下午，尼古拉又问诗人："你的思考方式是否有所改变、是否能够保证今后改变行为，如果我将你释放的话？"诗人犹豫了很长一段时间，最后向沙皇伸出了手，发誓会有所改变。于是，尼古拉和普希金从房间里走出来，对等候在外面的大臣们说："先生们，这是我的普希金！"这一刻令人欲哭无泪。甚至，我为读到这一细节是"偷窥"了诗人的"另一面"而愧疚。

但是，帕斯捷尔纳克将我从这一情境中拽出。他比我更深刻地理解了普希金，理解自由与生存：

就这样，前进，不必战栗，

把同类现象当作慰藉，

当你还活着而非一具圣骨，

人世间何曾对你有过怜悯。

这，并非是为过错寻找退路，而是冷眼直面艰难时世所持有的态度：何以能够活下来，与诗共存。帕斯捷尔纳克让自己深陷尘埃，感同身受前辈的困境。他的尊重即是善待。

所以，在舍列梅捷夫宫后花园，看到曼德尔施塔姆和阿赫玛托娃在一起，我根本不会去想：帕斯捷尔纳克为什么不在这里？其实，在阿赫玛托娃最困难的日子里，大部分熟人都绕开她十条街远，是他，依旧频繁地与她会面。如果挑剔他是"住别墅的人"，如何读得了《日瓦戈医生》。而他安息在别列捷尔金诺那块偏僻的墓地，不像沃尔科沃公墓的勃洛克、新圣女公墓的马雅可夫斯基、瓦甘科夫公墓的叶赛宁，总有人献上鲜花，也绝不会介意。

"我快乐。"他最后说。

三

行走，也是一次自我放逐和流浪，最后返乡回到精神的伊萨卡岛，就像我在普希金的家，在阿赫玛托娃的家，在茨维塔耶娃的家……

走过舍列梅捷夫宫后花园，走上阿赫玛托娃家的楼梯，步子沉重，伴着她疲惫的喘息。挨近那些破旧的锅碗瓢盆，还有一只有裂纹的碗、一条白色的披肩、一把破旧的椅子，它们都是带着温度的，连接着诗人的痛苦和寒冷。一盏马灯也被点燃，光亮中，诗在前行。而当我走进一面镜子，和勃洛克、古米廖夫、曼德尔施塔姆、茨维塔耶娃在一起，就再也无法是一个旁观者："这就是我的生活，我的传说／有谁能拒绝自己的生活呢。"

走在铸造厂大街，已经遇见了涅克拉索夫，遇见了叶赛宁，我就想：会不会又相遇帕斯捷尔纳克和马雅可夫斯基，他们结伴在此悠长地散步。还有勃洛克，还有古米廖夫，还有曼德尔施塔姆——他们不再是俄罗斯的诗人，而是同行者。

不错，在布罗茨基故居楼下，我分明看到1972年离开故乡前，他站在二楼的阳台上，脸色沉郁。我听他说，"从这个阳台上，我们可以看到整条街道"。于是，我看看这边，又看看那边，丝毫不感陌生。如果说是诗人的诗进入了我的生活，不如说是我的脚步走上了诗人的道路。没有无缘无故的追寻。我不喜欢冒险，绝不会看到他在跋山涉水。千里迢迢来到这里，我不是一个局外人。我声明：当初把诗人赶出家门的是列宁格勒，而我也是它的一员。

诗人是一面镜子，不要指望光鲜的一面对酒当歌，镜子背面月有阴晴圆缺——当我来到布罗茨基家的后院，看到城市另一面的同时，也就看到了光环的另一面。

作诗法与做人法是一样的：少些"形容词"，多些"动词"。

四

从波罗的海到黑海，从芬兰湾到福罗斯湾，从莫斯科河到涅瓦河和丰坦卡运河，从阿尔巴特街到涅瓦大街，从马雅可夫斯基地铁站到莫斯科大学，从基督升天大教堂到圣主显容大教堂，从冬宫广场到普希金文化广场，从舍列梅捷夫宫后花园到姆鲁济大楼后院，从皇村到青铜骑士，从十二月党人广场到"流浪犬"俱乐部，从普希金路到莱蒙托夫路，还有叶卡捷琳娜堡、特维尔、列宾诺、雅尔塔、塞瓦斯托波尔、亚美尼亚、巴统、敖德萨……我在九诗人住过的地方、到过的地方，行走与遥望，沉思又默想。他们徘徊之地，我徜徉。他们回不去的故土和祖籍地，格鲁吉亚、华沙、圣彼得堡、莫斯科、梁赞、米哈伊洛夫斯克村……我能去的，替他们回看；我不能去的，带他们瞻望——那椴树，依然洁白，稠李花依然如初，奥卡河水依然清澈。

我看到的，更多的是他们依然和历史在一起，和时代在一起，和今天在一起。

普希金呼唤自由的声音，不只是十二月党人的呐喊。

勃洛克从"美妇人"处转身面对苦难的大地，痛苦与深情动人心魄。

马雅可夫斯基坦言"我的灵魂里没有一丝白发"，是如此干净和俊美。

叶赛宁痛哭"我是乡村最后一位诗人",还是一曲忧伤的挽歌。

……诗人的命运,无不是俄罗斯风云变幻的最为生动的映照。

而诗人之死,诗歌获得新生,且流浪得更远,仿佛还有"放心不下的事情"。

五

一切都不寻常,一切都不一样——默念着帕斯捷尔纳克的文字,我行走在墓地之间。

那天在新圣女公墓,为了寻找象征派诗人别雷的墓地,在一个区域转了好几圈,最后看到的墓碑比想象中的矮很多,旁边的那棵橡树倒是又长高了。这之后,看到了寂寞的勃留索夫,就像 1923 年 12 月 17 日,莫斯科大剧院为诗人庆祝 50 寿辰时,这位象征派领袖的备感孤独。前来恭贺的诗人很少有人发言,帕斯捷尔纳克朗诵了献诗:

我祝贺您,一如这场合
祝贺自己的父亲那样。
只可惜大剧院里没人会
把草席铺向脚边般铺向心房。

我是通过诗人的生卒年"1873—1924"找到墓地的。我想说他活得太短,可三年前离开的古米廖夫比他还小，一年后离开的叶赛宁又比古米廖夫还小。我看着墓碑，想到了圣彼得堡的沃尔科沃公墓，另一位象征派巨匠勃洛克。诗人生得高高大大，墓碑却修长清瘦，如他预言"一个骨瘦如柴的鬼"。这样的清瘦与挺拔，是不屈服于命运的清瘦与挺拔，是孤傲，是清寂。在他南边，著名的文学家之角，屠格涅夫、冈察洛夫、库普林……相伴而居。但看着他，刹那间我则更理解了"比水更静，比草更低"。

比水更静，比草更低——又像诗歌流派，多么显赫一时都将随时间的流逝留在历史，但静水流深，璀璨永存。

"黄金时代"的茹科夫斯基、普希金、丘特切夫、果戈理、冈察洛夫、莱蒙托夫、屠格涅夫、陀思妥耶夫斯基、托尔斯泰……光芒四射。19 世纪末至 20 世纪初的"白银时代"：象征派、阿克梅派、未来主义、意象派……群星闪耀。这一百余年，是俄罗斯文学的鼎盛嘉年华。如果说自克里米亚战争失败，俄罗斯帝国荣誉不再，文学开辟的疆域却是繁荣昌盛，诗歌更是光芒万丈。

那么，这与我何关——关系甚大。

我明明白白，不论我怎样热爱俄罗斯的诗人，也不可能成为诗人。也许，在内心深处，原本是想成为那样的人——这与自不量力无关——关乎愿景。如今，愿景以另一种形式呈现：我跨越，我奔跑，我行走，去遇见坎坷和诗意，遇见苦难和梦想，遇见命运和光荣，从而，认知丰富的世界。丰富，包括着不完美。正是不完美，让我每每急坠之下，得以抓住飞升的翅膀。站在波罗的海岸边，我想起波兰诗人扎加耶夫斯基说的"尝试赞美这残缺的世界"，看淡了一路的不顺。

每一次跟随诗人的脚步，都能对生命给予一次清醒的判断，尤其是自信。布罗茨基是怎么说的——他说："一个阅读诗歌的人要比不读诗歌的人更难被战胜。"而我，从诗人身上，更是获得了难以被战胜的力量。

六

在风格打破的时刻，再造的是我们自己——如果这是叶芝说的，那我就更相信，帕斯捷尔纳克的晚期风格，就是"智慧诗人"王冠上最后也是最惊艳的荆棘。

帕斯捷尔纳克，一边写诗，一边完成了处世策略。他笃定："谁注定活着受夸奖，谁理当死后遭辱骂。"于是，该放弃的放弃，该坚守的坚守。年轻时放弃音乐、放弃哲学、放弃莫斯科大学的毕业证书；36 岁时放弃三人通信的主导地位（与茨维塔耶娃和里尔克），再后来放下诗歌而翻译莎士比亚的悲剧、歌德的《浮士德》，直到 1958 年放弃诺贝尔文学奖。他在寒意深秋，提醒自己"何必惊慌：惶恐之际眼睛会睁大"，又能明了"造物的法则不足为信，美满童话一样是骗局"，然后面对"盛大而庄严的寂静"：

> 白皑皑的死的王国，
>
> 心神不定地陷入战栗，
>
> 我悄声向它低语："谢谢，
>
> 你的惠赐，多于对你的祈求。"

我会为他晚年的语言之回归自然而打动，但不会简单去想，岁月沉淀使得诗风发生改变。我倒愿意相信，诗人无心精雕细刻，或者说诗人放弃早期丰富的联想、连绵的意象，选择简单，乃是身心不胜重负。毕竟，他所处的是一个令人不得不"怀着犹豫前行"的时代。如果说象征派老诗人安年斯基会发出"请告诉我，在思想的痛苦之中／是否还有谁会怜悯我"的慨叹，那么帕斯捷尔纳克则是"黑夜在胜利，王和后在退却"之时，还能"看到早晨"的醒客。他"已不在乎，反正我不会离错误而去"，而且更笃信："本来，人世间就没有／冰雪无法治愈的忧伤。"

我正是理解了帕斯捷尔纳克，才更理解了曼德尔施塔姆。如果说我是在一遍又一遍地诵读《沃罗涅日笔记》，不如说我是在一次又一次地触摸。它像块石头，摩挲久了，会热。恐惧、颠沛流离、孤独、饥饿、寒冷，不自觉地改变了他的诗风，从内容的沉郁、苦涩、撕裂、抗争，到不拘形式的跌宕、停顿、散漫放肆、漫无边际。流放，将《沃罗涅日笔记》磨砺得粗糙，硬，尖利，触角对接着风，对接着黑夜漫漫。诗人不见了"阿克梅派"那种古典的"高峰"和"乡愁"意味。也许布罗茨基说得不错，"他有太多东西要说了，根本就顾不上操心他在风格上的独特性"。沃罗涅日之于曼德尔施塔姆，更如卡明斯所言，"进入这些镣铐，就是进入了自由"。

谁说不是，自古罗马的奥维德被放逐到莽荒的黑海岸边，凡是流放地，诗都获得了深邃而辽阔。

<h1 style="text-align:center">七</h1>

诗人风格的改变，也改变了我。看过他们的纪念碑，走进他们的故居，拜谒他们的墓地，回望抑或前瞻，人世都将是另外一个样子。行走俄罗斯，不是两次，不是遇见九诗人，不是3万多公里行程，不是几十万字记录……而是，行走，就是行走，就已然改变了思维和生活的轨迹，获得精神再造。

再说一遍：眼睛读懂诗意还不够，行走的坎坷更靠近人生和命运……

2022 年 5 月于北京

为自由和尊严的普希金

1

我所以永远能和人民亲近，

是因为我曾用我的诗歌，唤起人们的善心，

在这残酷的世纪，我歌颂过自由，

并且还为那些倒下去的死者，

祈求过怜悯同情。

哦，诗人缪斯，听从上帝的意旨吧，

既不要畏惧侮辱，也不要希求桂冠，

赞美和诽谤，都平心静气地宽容，

也不要和愚妄的人空作争论。

——普希金：《纪念碑》

亚历山大 · 谢尔盖耶维奇 · 普希金

Алекса'ндр Серге'евич Пу'шкин

1799

年 6 月 6 日，生于莫斯科。

1811 年 6 月，考入彼得堡的专为贵族子弟开办的皇村学校。

1817 年 3 月，出版第一部诗集《亚历山大 · 普希金诗集》；7 月，《自由颂》以手抄本形式在青年中广为流传。

1820 年 3 月，第一部长诗《鲁斯兰和柳德米拉》引起文坛关注。

1820 年 5 月，因《自由颂》《致恰达耶夫》等诗的传抄，被沙皇亚历山大一世放逐到南俄，在英佐夫将军麾下做事。夏秋之时，跟随拉耶夫斯基将军游历了高加索和克里米亚半岛。

1821 年，写作长诗《高加索的俘虏》。

1823 年 5 月，写作诗体小说《叶甫盖尼 · 奥涅金》；同年完成了旅行克里米亚半岛时构思的长诗《巴赫奇萨赖的泪泉》

1824 年 7 月，离开南俄，被"软禁"在祖籍地米哈伊洛夫斯克村；10 月继续写作《叶甫盖尼 · 奥涅金》。

1826 年 9 月，获得自由。

1830 年，参加《文学报》编辑工作；同年完成《叶甫盖尼 · 奥涅金》。

1831 年 2 月 18 日，与娜塔莉亚 · 尼古拉耶夫娜 · 冈察洛娃结婚。

1833 年，创作了长诗《青铜骑士》和中篇小说《黑桃皇后》。

1836 年 4 月，主编的《现代人》杂志第一期出版；10 月创作了中篇小说《上尉的女儿》。

1837

年 2 月 7 日，向丹特士提出决斗；2 月 8 日（俄历 1 月 27 日）傍晚在决斗中遭到致命一枪；2 月 10 日（俄历 1 月 29 日）午后 2 时 45 分逝世；2 月 16 日零时许，遗体被送往普斯科夫圣山（今普希金山）；2 月 18 日安葬在母亲身边。

诗歌与刀剑
的距离

一、沉重的背影

诗人德里克·沃尔科特评价海明威，说过这样一句话，美属维尔京群岛的"景色与墨西哥湾流息息相关，这里是海明威的领土"。借用此话后面的句式，当我深入到俄罗斯的森林、河流、乡村、城市、街道、博物馆、艺术家故居，还有雨就要来的夜晚，以及克里米亚半岛南岸的黑海惊涛——他的身影就像童年时劫富济贫的绿林强盗，随时出现——我想说的是：这里是普希金的领地。

不错，这里是普希金的领地。

不错，诗人就是在自己的领地，被流放，被幽禁。

2015 年 8 月的一天上午，离开红场，在无名英雄纪

◆ 莫斯科红场上排队参观列宁墓的人们

4

在无名英雄纪念碑转身向左看，就见朱可夫将军骑马的纪念碑，在阴影下，将军的身影显得有些孤独。

念碑前默立，前往克里姆林宫。走不远就开始排队，没有参观列宁墓的长蛇阵和安静，有点乱作一团。最后，与其说是走进了克里姆林宫，不如说是挤进去的。一旦挤了进去，拥堵瞬间化作闸口放出的水，人流一下子散开了，随后又被吸纳到广场、教堂，或是站在普京办公楼的马路对面。人，总是要被分流的。再看天空的云彩，像从列维坦¹的油画《伏尔加河上的清风》上飘过来，大得一动不动。当目光回到教堂闪亮的圆盖，回到粉刷过的墙壁，回到五颜六色的人流，回到导游们此起彼伏的各路腔调，身似穿越。也许是功课做得太多，从小人书《列宁在十月》，到克柳切夫斯基的5大本《俄国史》，此刻各种碎片纷至沓来，在明晃晃的阳光下，恍如幻梦。太多的传奇、荒诞、闹剧、假面、激辩、刀光剑影、血雨腥风，恍然间又惶然间淡入淡出，而稍不留神，就撞到了某个历史人物的身上。

　　我站在"炮王"和"钟王"之间，很想跨过栏链，拍拍它们，就像古人拍遍栏杆，但又有几人会意。炮身和炮车上雕花清晰，在上面的时间也并不算太老——1586年铸造的炮王，整个装置长度超过5米，炮口直径达0.92米，重量40吨。但它从未使用过，不过是帝国实力的彪悍彰显，把一些羸弱小国的使节叫到这里散步，威慑作用不必细说。俄国人很会这一套，19世纪中叶，他们安置在波兰的大炮都不带炮弹，要打仗了，才从储藏库里往外搬运。炮王旁边是钟王，这座世界上最大

1. 列维坦（1860—1900）：俄罗斯著名的风景画大师，代表作有《弗拉基米尔之路》《深渊旁》《墓地上空》等。

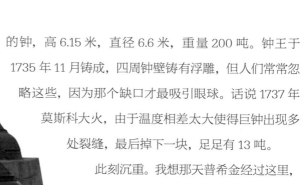

的钟，高 6.15 米，直径 6.6 米，重量 200 吨。钟王于 1735 年 11 月铸成，四周钟壁铸有浮雕，但人们常常忽略这些，因为那个缺口才最吸引眼球。话说 1737 年莫斯科大火，由于温度相差太大使得巨钟出现多处裂缝，最后掉下一块，足足有 13 吨。

此刻沉重。我想那天普希金经过这里，也会驻足的，但他想不到自此，身上也会缺失一块，不会比 13 吨轻。

1826 年 9 月 8 日下午，在克里姆林宫，尼古拉一世[2] 加冕沙皇之后，召见了诗人。过了几年，在回忆里，这位沙皇对诗人的第一印象不是十分的好："这个比自己小 3 岁的男人，脸上皱纹深刻，显露疲态，络腮胡子遮住了脸颊和下巴，像猿猴似的。"沙皇还说诗人"身上带着毒疮"，这是暗指梅毒。这都算不了什么，关键是他与诗人之间的对话。

"如果你 12 月 14 日在彼得堡的话，你将会做什么？"尼古拉问。他问得直接且狡猾。1825 年 12 月 14 日，"十二月党人"在彼得堡的起义让他刚刚接近皇位就实施了一次镇压。他残酷，却不爽。

"我将会和造反者一起出现在参政院的广场上。"普希金回答。此前，他在祖辈的封地米哈伊洛夫斯克村，写诗、饮酒、追逐女人。还寂寞。

我看过好几个版本，都讲述了这一时刻，始终不理解普希金为何如此大胆。他是多么渴望结束"流亡生活"[3]，而眼前的沙皇一手自由一手枷锁，他就不担心尼古拉一怒之下将把他发配西伯利亚吗？有人认为，普希

2. 尼古拉一世（1796—1855）：俄罗斯罗曼诺夫王朝第 15 位沙皇（1825—1855），继位时镇压了"十二月党人"起义。

3. "流亡生活"：1820 年 5 月，普希金因《自由颂》等诗歌，被沙皇亚历山大一世放逐到俄罗斯南方；后又被"软禁"在祖籍地米哈伊洛夫斯克村。

⚛ 克里姆林宫的"炮王"（左）
⚛ 克里姆林宫的"钟王"，还有一种称呼叫"钟后"（右）

金那样说，是对朋友的忠诚。他将友情看得非常之高并极其珍惜自己的朋友，友情被纳入诗人坚守的诸多精神价值之中。所以，在最紧要、最险恶的时刻，对友情的立场就使得诗人根本不可能背弃朋友。

……接下来，两人还说了些什么，是普希金不愿回想的。

此刻，在五颜六色的人流中，我分明看到一个沉重的背影，一晃就消失了。在看过太多他的雕像后，他的高大，他的正面，他的沉思，这背影无疑是自由的包袱。

3年后，还在8月，再次来到特列恰柯夫美术馆[4]，再次站在吉普林斯基和特罗皮宁绘制的普希金画像前伫立。我看出了诗人眼里的忧郁和嘴角上凝结的沉默。两幅作品都画于1827年，而一年前对话的阴影还留在诗人的心上。我为读懂了他的妥协而愧疚，而心疼。但我不想请求诗人的原谅。因为，历史留下的一些细节，最好不要绕行，否则，镜子就失去了应有的深度，道路也就没有了宽度。

4. 特列恰柯夫美术馆：位于莫斯科市中心，1856年竣工。1892年，帕维尔·米·特列恰柯夫将自己和弟弟的全部藏品，捐赠给莫斯科市政当局。在42年时间里，他为美术馆投资150万卢布。如今，该馆与圣彼得堡艾尔米塔什博物馆、巴黎卢浮宫美术馆、伦敦大英博物馆、纽约大都会博物馆齐名。

普希金肖像画，特罗皮宁的作品（左）
普希金肖像画，吉普林斯基的作品（中）
青铜骑士，即彼得大帝青铜纪念碑，在十二月党人广场（右）

二、普希金，十二月党人，尼古拉一世

一天下午，阳光好得像一场博爱，无微不至，让每一朵云彩都带上了赴约之后的惬意。在圣彼得堡，我走过尼古拉一世雕像，走过伊萨基辅大教堂，走进树荫，走在红沙铺成的小路，也就走上了十二月党人广场。通向青铜骑士[5]的路边草地上，好几群鸽子在啄食，一点不怕人。广场上绿草如茵，远处，或有一个人躺着晒太阳，或有两个男女相依，或有三五个朋友围坐，或有七八个人在忙活为一对情侣拍婚纱照。我走向青铜骑士，悄然间，脚步已经走在190年前起义者的足迹上。听不到涅瓦河的水声，却能感受到那天的马蹄声脆。

还有，普希金的声音。

普希金离十二月党人很近，尤其在"我将会和造反者一起出现在参政院的广场上"之后。实际上也很近，他的《自由颂》被十二月党人广为传诵：

你在哪里呀，劈向沙皇的雷霆，
你高傲的自由的歌手？

如果不是这首诗，诗人也许不会遭受流放。而他的一些呼唤自由的诗篇，确实成为十二月党人心中的旗帜和呐喊。起义被镇压后，一个又一个十二月党人在接受审问时提到受到了普希金作品的影响。

一个说："我到处都能听到人们满怀热情地朗诵着普希金的诗歌。这使我的自由主义思想越发强烈。"

5. 青铜骑士：彼得大帝（1672—1725）的骑马青铜纪念碑，法国雕塑家法尔孔奈最杰出的作品，矗立在涅瓦河边的十二月党人广场。雕像基座的花岗岩石上刻着"叶卡捷琳娜二世纪念彼得大帝一世于1782年8月"。

一个说:"1825年,我首次接受了自由思想,部分来源于我所涉猎的书籍,部分是因为和自由主义分子的接触,不过最主要的思想来源乃是普希金的自由主义诗歌。"

一个说:"年轻人当中稍微有点文化的又有谁没读过普希金那些歌颂自由的著作,又有谁不为他的思想感到欢欣鼓舞呢?"

如此看来,普希金简直就是十二月党人的领袖了。但,偏偏不是。尽管他的某些愿望与十二月党人的主张一样。1812年俄法战争的胜利,唤醒了俄国人,他们开始思考国家的命运和自己的人生。1816年2月9日,6位年轻的军官成立了俄国第一个秘密团体——救国协会——宣扬规范或废除农奴制,推翻独裁统治,建立君主立宪制。

十二月党人中很多人都是普希金的朋友。他也常常光顾他们集会的地方,但是他却从来没有参加过这个组织的任何秘密行动,也从未被邀请加入该组织。这是为什么?一个未尝谋面的朋友是学俄语的,喜欢俄罗斯文学,自然喜欢普希金,她与我探讨这个问题时,说出了一个观点:"作为诗人,他无拘无束,崇尚自由,不愿意被任何组织所束缚,即使他知道一些朋友可能是秘密团队的成员,理智上也与他们保持着距离,但不妨碍他与他们成为密友。"不得不说,这是一个良好的愿望,正如我也曾这样想过:"十二月党人考虑过加入组织的危险性,故而不让普希金加入。他作为诗人对俄罗斯更有价值。"显然,这都是幼稚的。

事实上，十二月党人从一开始就没有想过吸纳普希金。

伊凡·普欣是普希金在皇村学校的同学，也是诗人"第一个知交，珍贵的友人"。普欣有过这样的回忆："任何最轻微的疏忽对我们的整个事业都可能是致命的。他那种活泼狂热的个性，他和他那帮不值得信赖的朋友之间的瓜葛，都使我感到害怕。可是，一个问题不知不觉地在我脑海里掠过：为什么——不看在我在内——很多其他更老的、和普希金熟识的成员都没有考虑过发展普希金加入组织呢？想必他们也一定是在顾虑我所担心的那些事情：他的思维方式是尽人皆知的，但是他不能完全取信于大家。"

另一个十二月党人说得更为直接："为什么？大家都觉得这是由于他的性格、他的懦弱、他放荡的生活方式。他会立即让政府知道有秘密团体存在了。"

Ⓝ 普希金纪念碑，在特维尔

1825年1月11日，普欣来到米哈伊洛夫斯克村，两个朋友又一次相遇了，分外激动。夜里，两人一边饮酒一边聊天，普希金对普欣的一些秘密行为一直关注着，怀疑他参加了某个秘密组织，就说，"我不会强迫你说什么，也许你不相信我是对的。我身上的愚蠢之处和毛病太多，不值得你信任我"。普欣对此一笑而过。

普欣不知道，这个时候的普希金又与庄园管家的女儿奥尔加开始了谈情说爱，可怜的19岁女孩在离开这里后生下一个男婴，只活了60多天就死了，这是1826年9月的事。也就是说，这个孩子的父亲在1825年的很多时间里，在与他的母亲卿卿我我之后，不停地想念着另一个叫作凯恩的美人。7月至12月，他不停地给凯恩写情书，"我要发疯了，我跪倒在您的脚边""给我写信吧，爱我吧""您是一位安慰天使""我要吻您那迷人的小手"……

我看到这些信，替奥尔加难过，又难以忘怀《致凯恩》"我记得你那美妙的一瞬"：

我的心儿在欢乐地激荡，
因为在那里面，重又苏醒
不只是神性的启示和灵感，
还有生命、眼泪和爱情。

十二月党人的考虑是正确的。普希金也有自知之明。他做事没有耐心，总是变，就像他人一样，没有闲着的时候，总在动。1819年，他还萌生要加入轻骑兵部队，最后在奥尔洛夫少将的劝说下打了退堂鼓：

> 奥尔洛夫，您是对的：
> 我还是抛弃
> 我的轻骑兵之梦。
> 并且庄严地大声宣布：
> 战袍和军刀啊——全部都是虚荣！

1825 年 9 月，亚历山大一世[6]离开彼得堡，到气候适宜的亚速海上小镇塔甘罗格疗养，可是他 11 月 19 日突然驾崩。这个消息让十二月党人既惊讶又兴奋，也陷入了两难境地。如果他们要采取行动，这绝对是一个最佳时机，但是他们没有成熟的行动计划。时值俄国政局动荡，亚历山大的弟弟、波兰总督康斯坦丁作为理所当然的继承人却不想从波兰回来继位，直到 12 月 14 日才正式做出放弃皇位的决定，而此前，国家上上下下都已经宣誓效忠于他了。这时，他的弟弟

6. 亚历山大一世（1777—1825）：俄罗斯罗曼诺夫王朝第 14 位沙皇，他在俄法战争中击败了法兰西皇帝拿破仑一世。

尼古拉决定称帝，而他已经获悉存在着一个反对他的政府的阴谋活动。历史就这样选择了这一天：有人要称帝，有人要反对专制统治。这天上午，参与起义的队伍人数达到 3000 余人，他们聚集在参政院广场前的青铜骑士雕像旁，组成战斗方阵，拒绝向尼古拉宣誓。尼古拉一开始不想动用武力，派彼得堡总督米洛拉多维奇将军去谈判，结果遭到枪杀，最终，下令炮击。

我蹲下来，抚摸了一下草坪上的草。几只鸽子飞过来，咕咕叫着，以为我手里会有好吃的。可爱的小动物，它们不知这里有着伟大和耻辱的记忆。那么又有多少人记得曼德尔施塔姆献给十二月党人的诗句：

他用雄心勃勃的梦想
交换西伯利亚边陲一座陋屋

一天，我和朋友孔宁从涅瓦大街的普希金文学咖啡馆出来，再次直奔十二月党人广场。太阳落下去

十二月党人广场

了，天空慢慢从蓝变灰，云彩的边缘还带着浅浅的玫瑰色。铺着沙子的路走上去，沙沙作响，两边的树做好了退隐夜色的准备，叶子安静。长椅上坐着聊天的人，也坐着发呆的人。草坪上，还有孩子在玩耍，还有恋人在拍照，还有人躺在上面翘着腿，还有三三两两的年轻人在聊天，令人羡慕。我朝着青铜骑士走过去。想不起来是在哪本书里看到过，勃洛克[7]曾在这附近的涅瓦河边徘徊，我也就向前方的河面望过去。河的那边也是安静的。离开这里，走到南面的马路，街灯都亮了，伊萨基辅大教堂在金黄的灯光下更加辉煌。再往前走就看到了尼古拉一世骑马的青铜雕像，这座纪念碑于 1859 年 7 月揭幕，据说它是当时的一个技术奇迹——马的两条后腿作为支撑点，在欧洲还是第一次。这位沙皇被塑成一个骑士，高高在上，但历史定格了他的虚空。他面向十二月党人广场，面向涅瓦河，但大教堂挡住了他的视线。他无法看得更远。而一天傍晚我登上伊萨基辅大教堂，俯瞰这位沙皇，他就像一个塑料玩具。

7. 勃洛克（1880—1921）：俄罗斯著名诗人，"象征主义"领袖人物，代表作有《美妇人集》等。

三、十二月党人起义失败与普希金的一封信

我喜欢席地而坐。

在莫斯科的红场坐过，在图拉州的"二战"纪念碑广场坐过，在圣彼得堡的冬宫广场坐过，在斯莫尔尼宫的广场坐过，但我最想的，是在十二月党人广场的草坪上，坐一会儿，再抓一把土，咬一根青草——也许，我过于幻想了，以为这样可以更近地靠近历史。但不管怎么说吧，在场，即使时间过去了很多年，还是可以让回望更清晰，就

Ⓝ 尼古拉一世青铜纪念碑，在圣彼得堡圣以撒广场（左）
Ⓝ 从伊萨基辅大教堂上，看圣以撒广场（右）

像在美术馆看画要比从画册上看画，更真实，更深刻，更能理解构图、色彩以及人物的心理冲突。

身在十二月党人广场，看暮色四合，起义失败的悲剧历历在目：十二月党人都是贵族和军官，这些上流精英并没有与民众一起"席地而坐"，他们与广大人民之间的脱节，使得热血沸腾和奋不顾身，终究还是势单力薄。而起义当天个别领导人的临阵脱逃，导致军心涣散，当尼古拉下令炮击，士兵纷纷倒下、后撤，无法形成一个强有力的战斗集体，败退不可避免。

可以想象，流血的悲剧几天后的夜里传到米哈伊洛夫斯克村，普希金脸色惨白，整个晚上异常沉默，一言不发。

很快，尼古拉下令调查此次"阴谋活动"，普希金担心波及自己，把他开始创作的自传手稿全部烧毁——这是他做得出来的——1820年4月，在获悉当局想要没收他的诗歌时，就立刻烧掉了手稿。他谨慎地对待了十二月党人的英勇，一时间变得比较"沉默"，同时呼吁各路朋友为他积极奔走，希望尼古拉开恩，结束自己的流放生活。

1826年5月，他给尼古拉写了一封信——这封信我是在2001年夏天看到的，顿时心里结了一块冰，封冻了普希金的一切美好形象。从那时起，珍爱的《普希金抒情诗集》也被束之高阁，书脊冲里。正是这封信，尼古拉已然看清，普希金不可能成为十二月党人。所以3个月后，在克里姆林宫，尼古拉并不把诗人说的"我将会和造反者一起出现在参政院的广场上"放在心上。

普希金在信中称呼"无上仁慈的陛下"之后，写道：

1824 年，由于我在一封信中对无神论妄加评论，不幸激怒先帝，因而被开除公职，流放乡下，并且受到总督监视。

如今，我对皇帝陛下的宽宏大量满怀希望，并且怀着真诚的悔悟和坚定的决心，保证不再用言论同现存秩序对抗（对此我可以写出书面保证，也可以对天发誓）。

然后在另一张纸上写了：

本人保证今后不参加任何秘密团体，不管它的名称如何；兹在此声明，本人过去和现在都没有参加过任何类似的秘密团体，并且从来不知道它们的存在。

四、诗歌与刀剑的距离

又一天下午，在皇村（普希金城）林间走着的时候，尤其是在卡梅隆长廊上往下望的时候，我有点替亚历山大一世感到疑惑：皇村学校怎么会变成自由与反抗的温床？那些少年就生活在皇恩一侧，开学和毕业他都去看望了那三十几个学生，时常也是格外关心，而他们当中竟然冒出一个用诗歌反对他的人，还有两位更是用刀剑挑战皇权。还好，后两位是在他死后。

从卡梅隆长廊下来，在湖岸上走着，树荫浓郁，湖水清幽，游人往来，但我总是无法安神欣赏眼前的皇家

花园，而不远处彼得大帝送给爱妻叶卡捷琳娜的宫殿，更像一张巨大的屏幕，幻化出某个历史片段，就像老电影的闪回，其中有一段闪回到了 1819 年 4 月的一天。天很凉，亚历山大一世与皇村学校校长英日哈尔德在散步，两人就走在我走着的湖畔。沙皇想把普希金流放到西伯利亚，他得到密报："这个家伙让整个俄国都充斥着躁动不安的诗句。"英日哈尔德不希望普希金被流放，尤其是流放到西伯利亚，以他对心高气傲的诗人的了解，流放等于毁了一个未来的诗人。于是，他希望沙皇能用自己的仁慈和宽宏大度使得普希金回心转意。但是，普希金要被流放到西伯利亚去的消息，还是放出来了。普希金害怕了，求助前辈诗人卡拉姆辛，保证自己两年之内不再写反政府的诗歌。普希金仰仗自己的诗才，使得一些人为他奔走，向沙皇求情，亚历山大一世心软了——普希金没被流放到西伯利亚，而是遭到在南疆驻

🔘 叶卡捷琳娜宫，在皇村（左）
🔘 皇村湖畔（右）

守的伊凡·英佐夫将军身边做事，实际上是被"发配"了，只是惩罚轻了一些而已。

再看十二月党人——1826年7月9日，彼得堡法庭宣布了审判结果：在121名起义首领中，5人被处以分尸之刑，后改为绞刑；31人处以斩刑，后改为终身流放；81人流放。普希金在皇村的同学、也是他最好的朋友普欣被判终身服苦役，后来减为20年；另一个同学丘凯尔别凯逃到华沙，却在那里被捕，判了20年苦役，后减为15年。

……生与死、饮酒与流亡、追逐女人与服苦役之间，无法准确地判定普希金到底站在了哪个位置。但有一点是可以丈量出来的，这就是——诗人与战士之间是有着距离的。

回到1826年9月8日的那个下午，在克里姆林宫：

> "如果你12月14日在彼得堡的话，你将会做什么？"尼古拉问。
>
> "我将会和造反者一起出现在参政院的广场上。"普希金回答。

这之后，尼古拉又问道："你的思考方式是否有所改变、是否能够保证今后改变行为，如果我将你释放的话？"普希金犹豫了很长一段时间。在长久的沉寂之后，他向尼古拉伸出了手，发誓会有所改变。于是，尼古拉和普希金从房间里走出来，对等候在外面的大臣们说："先生们，这是我的普希金！"

每每想到这一刻，总是令人欲哭无泪。为了自由或者说就是为了活着，多少人放弃了尊严，抛弃了朋友。而针对普希金，更为糟糕的是，摆脱了人身束缚，却失去了内心自由，统治者逼迫他承认，获赦是仁慈之举，他是无法偿还的。他背上了永远的债。

可以说，1825 年 12 月 14 日之后，普希金与十二月党人的距离越来越远了——这是诗歌与刀剑的距离，是生与死的距离。这样说，无意将十二月党人当作天平，用来考量普希金的人品、道德、信仰和忠诚。实际上看，作为诗人的普希金，对于俄罗斯，对于世界，更有意义和价值。但是，十二月党人毕竟是一面镜子，使得普希金以及我们，都看清了自身存在的软弱与不坚定，这在平常的日子里并不显现，而在重要关头或是危急时刻，便可暴露无遗。历史，也就这样对英雄与懦夫做出了选择。

在普希金文化广场，我与诗人雕像合照时，心想：留给懦夫的刀剑，总是剩下最后一把了。此刻，我想抓住它。

五、只需让玫瑰，年复一年为他开放

两次来到莫斯科，都没到特维尔广场去看普希金纪念碑。但我知道，陀思妥耶夫斯基去过了，曼德尔施塔姆去过了，茨维塔耶娃去过了，马雅可夫斯基也去

3 年前站在这座纪念碑前，拍照时心里还有一点慌，可能身后的树荫下，一群人在载歌载舞多少对我有些干扰吧。我觉得这里应该是安静的。再来普希金文化广场，是从圣彼得堡国家博物馆出来，看到漫天云彩，兴奋不已，快步赶往这里。在我拍照时，几只鸽子飞过来，落在诗人的头上、手臂上、脚下。看来，鸽子的胆量要比沙皇的胆量大多了。我心中暗喜，连忙按动了快门，拍了六七张——2018 年 8 月 5 日圣彼得堡时间下午 6 点钟。

过了。我看过诗人太多的雕像了：青铜的，石膏的，大的，小的，站着的，坐着的；在广场上，在地铁站，在居室里。我还在"一只蚂蚁"跳蚤市场，从一个胡子拉碴的男人手里，买了一枚诗人头像的胸章，放到书架，挨着《普希金抒情诗集》。在俄罗斯，是很难走出诗人的"领地"的，但我又不想被一个诗人所"关照"。我还有勃洛克，还有巴尔蒙特，还有赫列布尼科夫，还有阿赫玛托娃……

　　那次前往雅斯纳亚·波良纳[8]的途中，某个时刻我曾想，此行可能与里尔克[9]的马车同路吧：1899年4月和1900年5月，年轻的奥地利诗人两次漫游俄罗斯，第二

8. 雅斯纳亚·波良纳：位于俄罗斯的图拉州，"雅斯纳亚·波良纳"中文意是"明媚的林间空地"。1828年9月9日，托尔斯泰在此出生，19岁时继承了这块庄园。他在此生活了近60年，创作了《战争与和平》《安娜·卡列尼娜》等作品。距作家故居1.5公里的森林里，安葬着他的遗体，墓地不设墓碑，被誉为"世上最美的墓地"。

9. 里尔克（1875—1926）：奥地利诗人，代表作有诗集《杜伊诺哀歌》、小说《马尔特手记》、随笔集《给青年诗人的信》等。

🅗 作者在普希金纪念碑前留影

次他又想拜访托尔斯泰，坐马车穿越乡村时，想到了普希金。他没为普希金写诗，但是《致俄耳甫斯的十四行诗》中有两行，送给普希金也是合适的：

不要立墓碑。只需让玫瑰
年复一年为他开放。

明年秋天
到米哈伊洛夫斯克村

写在前面

"就这么办吧。"

1820 年 5 月 4 日，沙皇亚历山大在将普希金"流放"的信函上签了字。9 日，普希金从皇村启程，往南方去了。流放期间，他游历了高加索和克里米亚半岛，后来又到了敖德萨。他不小心，在一封信中写了"正在学习纯粹的无神论课程"，信落入当局，他被"驱逐"。这一次他必须向北回到祖籍地，实际上是被软禁在普斯科夫省的米哈伊洛夫斯克村——他曾外祖父的封地。1824 年

菲奥伦角的普希金纪念碑，在克里米亚半岛南岸。1820 年 8 月，普希金与拉耶夫斯基将军一家从高加索旅行回来，抵达了克里米亚。他先在半岛东边的古尔祖夫停留了三周，然后与将军等人沿着半岛东岸南行，再西行，又到了鞑靼人曾经的故都巴赫奇萨莱，后来创作了著名叙事长诗《巴赫奇萨莱的泪泉》。此次游历克里米亚给普希金留下了深刻印象，写有游记《克里米亚的海岸》。

8月初，他到达祖籍地。10月，他签署了一项保证书，"永久地住在父母的庄园里，行为端正，不写有失得当的诗歌，不发表错误观点，而且不得到处宣扬这些东西"。在这里，诗人与奶娘相伴，完成了《叶甫盖尼·奥涅金》的主要篇章。在这里，诗人写出了最美的情诗《致凯恩》。在这里，诗人孤独，渴望友情与爱。

2015年8月，我错过了米哈伊洛夫斯克村。于是我想：明年秋天，我要重返俄罗斯……

一、奶娘，请你给我唱支歌吧

明年秋天，我要重返俄罗斯。重返俄罗斯，我要到米哈伊洛夫斯克村。到米哈伊洛夫斯克村，我要第一个去看奶娘。我爱普希金，就不能不爱奶娘。很多个夜晚，寂寞和寒冷之时，奶娘就会出现——那是一幅剪影，又不是剪影——圆桌左边，奶娘坐在椅子上，驼着背，在钩织东西，一只小猫靠在椅子后腿上；圆桌右边，普希金将椅子倒转过来，左手扶着，右手拿着一本书在看。墙上挂着一幅画，是母亲和两个孩子在一起。窗外，树枝上挂满霜雪。我把这幅剪影从画报上剪下来，夹到《普希金抒情诗集》里。某日，这本书被一个诗友还回来时，剪影不见了。后来我凭着记忆画了一幅，可又被自己弄丢了。但在我心里，深深地留存了那份质朴的感情和难忘的时光。

普希金是在1800年见到奶娘的。那时他母亲卖掉了一处庄园，全家搬到莫斯科，奶娘已是自由身了，还是舍不得这一家人，又跟着来了。那一年，奶娘42岁。奶娘把俄罗斯古老的传说和童话带给了孩子们。

1818年7月，在外交部工作的普希金整天无所事事，请了两个月假，回乡与家人团聚。这也是普希金到皇村学校读书6年后，第一次见到奶娘，而没想到的是，与奶娘的再一次拥抱，会再用去了6年时间。这一次，诗人的身边只有奶娘了。他给敖德萨的朋友写信，"我整天骑马玩——晚上听我的奶娘讲童话故事。……她是我唯一的朋友——只有跟她在一起我才不觉得寂寞"。他在一首诗里写道：

> 我们这衰败不堪的小屋，
>
> 凄凄惨惨，无光无亮，
>
> 你怎么了，我的老奶娘呀，
>
> 为什么靠着窗户一声不响？
>
> ……
>
> 请你给我唱支歌吧：
>
> 唱那山雀怎样生活在海外，
>
> 或是唱支少女的歌儿，
>
> 讲她如何朝朝汲水来。

我循着诗人的低诵而来，走过果园、池塘、绿荫，走到后来被普希金的妻子娜塔莉亚赎回的庄园前。秋日的阳光照在那幢刷成白色的二层小楼，可我在找奶娘。她出来了，从旁边的仆人住房，站在阳光下，和蔼可亲的笑容仿佛她就是这里的女主人。我向老人鞠躬，请老人原谅，早就该来看她老人家的。奶娘说，我不寂寞，有他陪着我呢。我说是的，有您陪着，他就不孤单了。奶娘笑着说，他还是孤单的，我毕竟是个老太婆呀。我笑了。奶娘说，去看看我住的地方吧。

我走向奶娘的房子，这个小木屋让我想到一个眼神，那是伊凡·普欣的。普欣是普希金在皇村的同学。那是 1825 年 1 月的一天，两人喝咖啡，抽烟，叙旧。偶尔，普欣会从窗户看向一个木屋，在那里，奶娘指导着年轻的女仆缝纫、刺绣。普欣回忆了那天的情景，"我马上就发现有位与众不同的姑娘"，并立刻把她与朋友联系在一起。不过他没说出来，担心不得当，会刺伤朋友的自尊。普欣的判断很准，也可能是太了解诗人的浪漫了。那位"与众不同的姑娘"叫奥尔加，19 岁，是庄园

🌀 普希金庄园，在米哈伊洛夫斯克村

管家的女儿，她正成为诗人的一段风流韵事。后来她跟着父亲离开了这里，生下一个男婴，那孩子只活了60多天就死了。对此，批评普希金吗？同情奥尔加吗？指责奶娘没有管束好女孩吗——我觉得奶娘甚至是任由此事发生的，她不想让普希金孤苦寂寞。

1820年5月，普希金流放途中路过米哈伊洛夫斯克村而不得进，心情郁闷。4年后再返祖辈老宅，却属被遣返，幽禁于此，心里更是五味杂陈，随着天气渐渐转凉，早晚很大的温差契合了人生际遇，中午还是暖融融的，夜晚便寒意袭人，多像21岁的他，一轮刚刚升起的旭日，转眼间被乌云遮盖："我常年漂泊 / 无靠无依 / 听凭专制政权的摆布 / 睡时还不知醒来身在何地 / 终年流放 / 饱受煎熬 / 如今身陷囹圄 / 度日如年。"

诗人的孤寂与郁闷不是常人所能理解的。所以，他才能在《给伊·伊·普欣》中写道，当小院"响起你的马车的铃声，我感谢命运给予我的喜悦"。普欣是皇村同学中第一个来看望失宠的诗人的。那天，还不到早上8点钟，一阵雪橇的车铃声惊动了普希金。当天温度在零度以下，但他还是穿着睡衣、光着脚丫跑到门廊外头，在门外，他发现普欣正从雪橇上下来。两个人紧紧拥抱在一起。33年后，当普欣执笔记下这段往事的时候，泪水模糊了双眼。那之后又来了两个同学。普希金在《十月十九日》[1]中写道："我感到凄凉 / 没有一个友人在我身旁 / ……今天 / 朋友们在涅瓦河畔会提到我 / ……而我现在 / 独自酌饮"。他为好友的到来感到欣慰："如今 / 在这被人忘却的偏僻的角落 / 只有旷野的风雪和寒冷回荡

1.《十月十九日》：1811年10月19日，是皇村学校创办日。普希金是该校第一届学生。这届毕业生每年的同一天都要相聚庆祝。

的地方／我竟然享受到了甜蜜的慰藉……"

普欣是十二月党人，参加了 1825 年 12 月 14 日的起义，被判终身服苦役，后来减为 20 年。普希金于十二月党人起义一周年的前一天，写了一首《给伊·伊·普欣》，由一个十二月党人的妻子带往西伯利亚赤塔牢狱转交给普欣，希望自己的声音能带给朋友心灵的慰藉："但愿它以母校的明丽光景／照亮你那幽暗的监狱。"

在米哈伊洛夫斯克村，奶娘体贴入微的陪伴，对于幽禁中的普希金来说，是安慰也是温暖。1826 年 8 月 28 日，沙皇尼古拉一纸调令，将普希金召到克里姆林宫。普希金自由了，心里却十分憋屈，为了获得自由，他要对沙皇"感恩戴德"。寂寞的时候，他无处排解，常常想到奶娘：

我的严酷岁月里的伴侣，
我的老态龙钟的亲人！
你独自在偏僻的松林深处，
久久、久久地等着我的来临。

普希金的离开让奶娘十分担心：

你不时地停下你的织针，
你朝那被遗忘的门口，
望着黑暗而遥远的旅程：
预感、惦念、无限的忧愁
时刻压迫着你的心胸。

他知道今后很难再回到老人的身边了。可以想象，诗人的泪水夺眶而出，有内疚，有感恩，有牵肠挂肚。

奶娘叫阿丽娜·罗迪奥诺夫娜，生于 1758 年，去世于 1828 年。我和诗人一样，想再听一听奶娘的声音：

> 请你给我唱支歌吧：
> 唱那山雀怎样生活在海外，
> 或是唱支少女的歌儿，
> 讲她如何朝朝汲水来。

二、彼得大帝身边的黑孩子

明年秋天，我要重返俄罗斯。重返俄罗斯，我要到米哈伊洛夫斯克村。到米哈伊洛夫斯克村，我就走近了亚伯拉罕·汉尼拔——正是这个"彼得大帝身边的黑孩子"，后来将卷曲的头发和络腮胡子，遗传给了普希金。

亚伯拉罕·汉尼拔出生在阿比西尼亚，今日埃塞俄比亚北部一个颇有权势的家庭。这个小黑孩和哥哥先是被土耳其人掳到君士坦丁堡（伊斯坦布尔），又于 1704 年 11 月的一天被运到莫斯科。不久，外交大臣将兄弟俩献给沙皇彼得。沙皇将亚伯拉罕·汉尼拔留在身边。1716 年，彼得大帝第二次游历欧洲，黑孩子随御驾同往，并和三个年轻人一起留在法国学习。黑孩子没有辜负彼得大帝的信任，刻苦学习城防、挖掘和开采等技术，还喜欢上了哲学、历史、地理以及高乃依、拉辛等作家的著作。1723

年，亚伯拉罕·汉尼拔学成回国，被任命为陆军中尉前往里加赴任。彼得大帝之后，叶卡捷琳娜继位，对这个青年仍然宠爱，到了伊丽莎白成为女皇，他被人称呼为"汉尼拔"了，前途光明：1741 年 12 月，伊丽莎白女皇将汉尼拔从陆军上校擢升为少将，次年又将普斯科夫省的一大片领地赏赐给汉尼拔。这块封地包括：41 个村庄，800 多名农奴。1781 年，汉尼拔去世后，封地分给了三个儿子，奥西普得到了米哈伊洛夫斯克村。1806 年奥西普死后，玛丽娅·汉尼拔把这块封地留给了女儿娜杰日达，也就是普希金的母亲。娜杰日达不喜欢乡村生活，玛丽娅·汉尼拔就和奶娘搬到这里来住了。到了 1816 年，在这里田间劳作的农奴有 164 名，做家务的农奴有 23 名。

关于这个曾外祖父，普希金在《致雅泽科夫》的诗中，补充了历史遗漏的细节，这个黑黑的男人并非一路青云直上，他也落寞，寂寞时也很怀乡：

在这山野小村，我的外曾祖，

彼得大帝抚养成人的黑奴，

沙皇夫妇一度宠爱

随即忘却在脑后的黑奴，

曾经默默地隐居在这里，

在这里，他把伊丽莎白忘记，

连同宫廷和动听的甜言蜜语，

置身于菩提树的绿荫下，

他思念在凉爽宜人的夏季，

云山阻隔的阿非利加。

⊕ 彼得大帝纪念碑，在圣彼得堡

普希金被幽禁于此，与其说他时常想起了汉尼拔的落寞，不如说他更需要先人的孤寂。同命相连，有时是一服疗药。汉尼拔对遥远的家乡之思念，就是普希金对前途之遥望，结果，同样是"云山阻隔"。

我来到这里，我会看见诗人默默地回到屋子里，窗前洒下斑驳的树影，鸟的叫声散布着沉郁的宁静。这时，我会走在黄橙树与枫树的婆娑影动之中，去看看那条索罗河。河水悠悠，泛着冷光，没有阿非利加的影子，偶尔有鸟从河面飞过，涟漪微微。河岸的杂草发黄了，烟熏的样子点缀着些陈年旧事，但绝没有叶卡捷琳娜宫的帷幕与灯盏。站在岸边的开朗之处，再看那幢不高的别墅，再看林木茂盛中远去的汉尼拔的背影，会少了许多苍凉和迷茫，也就渐渐看清了一些事情。而当我从河水的逶迤中、从天空变幻的云朵中、从脚下羁绊的荆棘中，再次走回诗人的身边，更懂得了"把伊丽莎白忘记，连同宫廷和动听的甜言蜜语"之"忘记"。只是汉尼拔能够"忘记"，普希金却没能"忘记"。世事难料，但还是可以这样猜想：诗人如果彻底"忘记"了，就会拒绝尼古拉的"召回"，也就远离了克里姆林宫——也许，也会远离了那场决斗。

如果是那样，这里就不会有：1 棵、2 棵、3 棵……27 棵、28 棵……有人说花坛周围是 37 棵大树，象征诗人活了 37 年。老实讲，我不想数到底有多少棵树。我宁愿看到他又活了 37 年，哪怕在这 37 年里只写了 37 页的诗。

可是，谁又能还给俄罗斯又一个普希金的 37 年呢？

而诗人，还是离宫廷远一点的好。

三、我记得你那美妙的一瞬

明年秋天，我要重返俄罗斯。重返俄罗斯，我要到米哈伊洛夫斯克村。到米哈伊洛夫斯克村，我就能到三山村了。

哦，三山村。如果诗人不是偶然发现了那里，真的就是"如今身陷囹圄，度日如年"了，或者经常是这样：

> 阴沉的白昼隐去，阴沉的夜晚
> 用铅灰色的云幕遮住了长空；
> 月亮像个幽灵，朦朦胧胧，
> 在密密的松林后面闪现……
> 这一切使我不禁黯然神伤。

在三山村，诗人得到了女主人的款待，更是受到了女孩子们的喜爱，一颗孤寂的心得到慰藉。他又成了诗人，吟诗，讲故事，散步，还有美食。在这里，他找回了自信，卸下了心中的枷锁。从祖籍地的老房子到三山村，他来来往往，在青草间踩出一条蜿蜒的小径。

我会沿着索罗河边，前往三山村，边走边倾听诗人《给普·亚·奥西波娃》中的诉说：

到了远方，到了异乡，
我凭借一往情深的思绪
还会来到三山村老家，
来到草原上、溪水畔、山冈旁，
来到家园中椴树的阴凉下。

虽然时过境迁，但我相信，奥西波娃，那个 36 岁的美丽女人，带着她与两个丈夫生的 6 个孩子，还是会欢迎远方的客人的。

普希金把这里看作"老家"，与凯恩重逢写下的《致凯恩》，是我的"诗歌家园"美丽的一朵。他第一次遇见安娜·凯恩是在圣彼得堡的一个文学沙龙，那是 1819 年 5 月的一天，当时，她 19 岁，天真无邪，已嫁作人妇 3 年，丈夫是一个中将，比她大 25 岁。这次遇见，凯恩的美貌成为情诗的开场：

我记得那美妙的一瞬：
在我的眼前出现了你，

犹如昙花一现的幻影，

犹如纯洁之美的精灵。

1825 年 6 月的一个晚上，普希金又来三山村，在人群中发现了凯恩。7 月 18 日，他邀请美人到米哈伊洛夫斯克村游玩，当夜成诗一首，第二天送给她，作为临别纪念：

在那无望的忧愁的折磨中，

在那喧嚣的虚荣的困扰中，

我的耳边长久地响着你温柔的声音，

我还在睡梦中见到你可爱的面影。

许多年过去了。狂暴的激情，

驱散了往日的梦想，

我忘记了你温柔的声音，

和你那天仙似的面影。

在穷乡僻壤，在流放的阴暗生活中，

我的岁月就那样静静地消逝，

失掉了神性，失掉了灵感，

失掉了眼泪，失掉了生命，也失掉了爱情。

如果说，普希金与凯恩的第一次遇见是巧合，重逢就是在他最需要遇见她的时候遇见了。是荒漠对水的遇见，是孤寂对繁华的遇见。换个时间和地点，诗人都不会再有这样浓烈的情感爆发：

如今灵魂已开始觉醒：
于是我的眼前又重新出现了你，
犹如昙花一现的幻影，
犹如纯洁之美的精灵。

我的心狂喜地跳跃，
为了它，一切又重新苏醒，
有了神性，有了灵感，
有了生命，有了眼泪，也有了爱情。

7月21日，普希金在给奥西波娃女儿的信中说："每天夜里我都在自己的花园里散步，并且自言自语：她曾经到过这里——绊过她的那块石头现在摆在我桌子上那

安娜·凯恩肖像画

棵枯萎了的向日花旁边，我写了很多诗——这一切可能酷似爱情吧……一想到对我的回忆一分钟也不会使她在捷报频传时变得更加沉静，也不会使她的面容在忧伤的日子里变得更加阴郁……我就变得无法忍受。"几天之后，他致信凯恩，"我在这偏僻的村子里所能做的最好的事，就是竭力不再继续想您"。话说得委婉而苦涩。8月13日，他在信中祈求，"给我写信吧，爱我吧，……请允许我吻您的手吧"。28日，他又在信中渴望，"如果您来了，我向您保证，我会非常亲热的——星期一我会兴高采烈，星期二充满激情，星期三温情脉脉，星期四活泼可爱，星期五、星期六和星期天我将满足您的一切心愿，并且整个星期都将跪在您的脚下"。

诗人陷入了疯狂的热爱之中。

有时我会想，感谢沙皇对诗人的流放吧，才会诞生如此美妙的情诗。我清楚这样想是多么幼稚，多么无情。但诗，好诗，不正是命运的安排吗？诗是命运的。命运是慈悲的。慈悲终会展现"美妙的一瞬"的。

冬天来了。诗人的心因为"美妙的一瞬"暖意融融。12月8日那天，他给凯恩写信："命运每次都把您，恰恰是把您安排到我的身边，为的是让我的孤独生活变得愉快起来。您是一位安慰天使……"我多次读过这封信，只有那次在深夜里我才恍然大悟，原来在我的心里，也和诗人一样渴望着"一位安慰天使"。但这样的天使，不是去寻找就能够寻找得到的。她是恩赐。不是上帝的奖赏，而是命运的垂青。这样的天使，最终就不是凯恩了，而是"纯洁之美的精灵"，如是，就不必为最后没有抱得美人归而嗟叹了。

在米哈伊洛夫斯克村，普希金有一首《致凯恩》就够了。对于后来的诗人们，要苦苦寻觅那"美妙的一瞬"，不要忘了一位阿根廷诗人说的：两个灵魂不会偶然相遇。

在米哈伊洛夫斯克村和三山村之间，有一条路叫"凯恩小路"。但我无须路牌的指引，只要低声吟诵"于是我的眼前又重新出现了你"，树木成荫下的那条小径，就会蜿蜒出现，而所有的落叶都是诗人走过时落下的，飞过的鸟的叫声里那最美的，是凯恩的笑。

四、我将带走你的岩石、你的港湾

天色向晚，我要离开米哈伊洛夫斯克村了。

我要告别汉尼拔，奶娘，普欣，奥西波娃，凯恩……但，他们还会在我日后的庸常里出现。米哈伊洛夫斯克村，将始终驻扎在我的心里，需要我敬畏，需要我面对。它以自言自语的方式说话，但对我，便是训诫："我的存在，不是为了让你的命运变得一帆风顺。"

我们跨越万水千山，抵达某个地方，不是为了沾染一种荣耀，而是为了领受一份资粮，以备继续赶路之需。

当我站在塞瓦斯托波尔的南岸，远望黑海，耳边响起诗人的《致大海》：

你的形象充满了我的心坎，

向着丛林和静谧的蛮荒，

我将带走你的岩石、你的港湾，

你的声浪，你的水影波光。

尾声

　　1826 年 8 月 28 日，沙皇尼古拉签发命令："……普希金须即刻前来见朕。"

普希金离开了米哈伊洛夫斯克村。诗人结束 6 年的流放,获得了"有条件"的自由。

1836 年 4 月,普希金再次回到米哈伊洛夫斯克村,这一次是为母亲奔丧。他将母亲安葬在附近的圣山修道院旁,又向修道院交付了 10 卢布银币,为自己买了一块墓地。

1837 年 2 月 18 日,普希金安葬在母亲身旁。几个月后,朋友们为诗人竖立了一块墓碑。没有墓志铭。墓石是白色的大理石,下面的基座是黑色的,金字在上:亚历山大·谢尔盖耶维奇·普希金。

ⓝ 普希金墓地

她有多寂寞
她就有多美丽

一、她无愧于公正的裁决

　　8 月的一天下午，从莫斯科的高尔基故居后花园出来，顺着右侧的马路往南走。此时天空的蓝，被我命名为"俄罗斯蓝"——蓝得想把心情在上面染一染。阳光金黄得十分纯粹，忍不住伸手在空中抓一把，再放到鼻尖使劲地嗅着。走不远，一条马路横在前面，隔路而望是一片高大的绿树，有耀眼的光在树上闪烁，那是教堂的尖顶。教堂叫基督升天大教堂，建于 18 世纪末、19 世纪初，位于尼基塔与林荫环路交叉处的尼基塔门。哪里是尼基塔门，于我就不重要了，而这里举行过一场婚礼才更吸引脚步，便往近处走了走。教堂不大，白色立柱，浅黄色外墙面，如不是圆形的穹顶，倒很像一个图书馆。山不在高，有仙则名，教堂名气赫然是因 1831 年 2 月 18 日，普希金和娜塔莉亚在此举行了婚礼。如今在教堂的墙上还能看到一块铜牌，镌刻着夫妻两人的侧面头像，男左女右，面对面。那年，他 32 岁，她 19 岁。

　　娜塔莉亚·尼古拉耶夫娜·冈察洛娃，生于 1812 年。她与很多贵族少女一样，很早就进入了社交圈，有着很好的口才、仪态和气质。当然，最令人称道的还是她的美貌。1828 年的一天，16 岁的她在莫斯科的一次舞会上与普希金相识。诗人坠入情网，旋即表达爱意，向其父母求婚，却遭到拒绝。诗人清楚，自己虽然大名鼎鼎，却穷，又多情，女方家长担心也在情理之中。但他抱定了要抱得美人归，也是看准了那个家族徒有贵族之尊家道已经中落了，最要紧的是自己真心喜欢娜塔莉亚。磨来磨去，也就好事多磨了。

穿着婚纱走出教堂，娜塔莉亚的一颦一笑、一言一行，立刻就和丈夫的名字发生了牵连，这是她没有想到的。荣耀背后，自有代价。这是她嫁给俄罗斯最著名的诗人所必须要承受的一部分。

自从她与诗人恋爱，非议就从未中断，婚后的生儿育女也没能堵住中伤之口，只要她出现在社交场合，只要她妖娆妩媚。直到 1837 年 2 月 8 日，普希金与丹特士[1]决斗受伤后死去，她被推到了风口浪尖。时间过去了一百多年，她再次成为焦点。1946 年法国出版了一本书叫《普希金》，披露了丹特士于 1836 年写给一个人的两封信，信中最具爆炸性的就是这句话："他疯狂地爱上了圣彼得堡最美的女人，并且她也爱他。"丹特士爱上"圣彼得堡最美的女人"，无论如何"疯狂"都不值一提，爱上这个女人的男人实在太多了。问题是这个女人竟然"她也爱他"——这就不是绯闻了，而是丑闻，是名声之毁。因为"圣彼得堡最美的女人"专属娜塔莉亚。是真是假？直到后来发现了娜塔莉亚与姐姐、哥哥等亲人的书信——有些书信是在普希金去世后写的——这些私密

1. 丹特士：法国人，疯狂追求娜塔莉亚，并在别有用心之人鼓动下，给普希金的名誉造成很大伤害。诗人提出与他决斗。决斗时，他不守规矩，提前开枪。

🖼 娜塔莉亚画像，伊万·马卡洛夫作品（上）
🖼 普希金夫妇圆形纪念碑喷泉（下）

信件，包括她与第二任丈夫的通信，终于展示了这位在风言风语中飘摇着的美人最为真实的一面，从而也将普希金遗嘱所言"她无愧于公正的裁决"，落到了实处。

但，不是所有人都读到了这些信。娜塔莉亚，还是陷在争议之中。其实，清者自清，被污浊的常常是活着的人，为不明真相，为不相信善良与纯真，更有很多人，偏偏绕过事实，专拣自己习惯的、喜欢的，去听、去搜集，再去散布传播。所以说，对娜塔莉亚的认识也是一个认知的过程。就像我，在圣彼得堡的涅夫斯基修道院的拉扎列夫公墓，冒着蒙蒙细雨，找了好几圈，才找到了她的墓地。

二、我爱你的心灵，胜过你的容貌

离开教堂往前，不远就是"圆形喷泉"，这是专为纪念普希金与娜塔莉亚而建的，喷泉上面是一个圆形塔，立柱之间可以看到这对夫妻的小雕像。这里的泉水据说是莫斯科唯一经过炭过滤的，可直接饮用。果然有个男

人用矿泉水瓶接水，喝了两口，又接满拿着走了。我走到近前伸手捧水，没想到水劲很冲，一碰水花四溅，弄得一脸水珠。第二次就小心翼翼的了，喝了两口，凉丝丝的，又借着手还湿着，抹了几下脸。之后转身看着教堂，绿树掩映中的黄色闪闪发光，白色的立柱显得更白，像巨大的蜡烛。

我们看建筑，很容易就看清楚了，如果前面有障碍，那就走近去看。而看清人，则需要远观。远观，既是距离，又是时间。

娜塔莉亚与诗人的七年婚姻生活是浪漫的。诗人给朋友的信中说，"我结婚，很幸福……现在就是最好的"。伴随着风花雪月，还有柴米油盐，还有贫困，还有贫困中的焦虑，还有种种世俗的诱惑。不过，为人妻、为人母的娜塔莉亚始终风姿魅然。但仅有美丽是拴不住诗人的心的，她必然还有着非凡的魅力。

有趣的是，普希金写给她的信里，既有关心又有批评，还有警告，也有调侃："别去宫廷，不要到舞会上跳舞""我不在你身边，你随时有可能染上恶习而忘记我，到处卖弄风情""别吓唬我，小妻子，别说你去卖弄风情去了""我不妨碍你打情骂俏，却要你冷静、注意体面、自重""我的天使，别再打情骂俏了。……我回来要是发现你那可爱质朴的贵族风度变了，我会离婚，基督作证，要伤心地去当兵。"——怎样看这些私房话？你可以判定，这里反映了娜塔莉亚沉湎交际、生活风流；你也可以认为，这里是诗人的小心、吃醋，用风趣打掩护的警惕；你还可以觉得，这里不过就是两口子日常的私房话，不必太当真。但是，关键还是要看，这对夫妻生活的本来样子，并由此搭建和支撑的二人世界，是不是丰盈，是不是和谐，是不是能够相互理解、体谅、欣赏。尤其，是不是心甘情愿。

喷泉的水，哗哗地响着，看着通向教堂的路，我无法想象将婚纱挂起之后的 19 岁，一双娇贵的手很快就面临了生活的困窘。

娜塔莉亚多次背着丈夫，给哥哥写信，不是借钱维持家庭开支，就是恳请哥哥为丈夫的新书提供纸张。这些信反映了年轻的主妇借债度日的苦楚，也透露了身为爱妻的坚韧以及对丈夫的深情："我一大家子养家的重担都压在他一个人的身上是不公平的，……我坦白地向你承认，我们已经穷得走投无路了。……我真不想因为家庭琐事打扰丈夫，我看到他都那么忧郁沮丧、夜不能寐，因此，在这种心情的影响下，他无法写作，而写作为我们提供生活的经济来源……"

普希金后期写给娜塔莉亚的信中，也证明了妻子的渐渐成熟，成为了"丈夫事业的帮手"，否则不会有诗人深情的倾述："我爱你的心灵，胜过你的容貌。"

那么，回头再看丹特士那两封信引起的风波，不过就是有些人习惯的推测和演绎。它无法构成娜塔莉亚爱情生活中的一个注释。说它还有价值，那就是不要指望虚假的云雾从此不再。我们就生活在是非之中，有时对一件事情的判断，在没有确凿证据的时候，心态抑或信条，就显得尤为重要。我们强调，要相信纯真与美好，不是盲目轻信或乐观，也不是不

愿直面污泥浊水，而是不会简单地去想象、夸大世间的龌龊，尤其不使自己成为龌龊。而我们一旦要依靠各种"证据"来确定认知，往往不是可笑的，就是悲哀的。

我相信，在北京某个冬日的拂晓前打开东边的窗户，就会看到一颗闪亮的星。所以，我天天早起都会打开那扇窗户，除了星星，还看到对面楼上也有亮了的灯，还看到院外路上往来的车，还看到了雪——有雪的那天，没看到星星——但我相信，它是在的。而在莫斯科，在圣彼得堡，在辛菲罗波尔，在雅尔塔，在塞瓦斯托波尔，在新西伯利亚，如果我想看，都能看到星星。

在涅瓦大街普希金文学咖啡馆的那个晚上，喝了酒后，我很想和坐在窗边的诗人说：今晚的星星很亮，不用看就知道。

三、她的原则，骄傲而自尊

那天傍晚，我们寻访了阿赫玛托娃故居，看过了布罗茨基"一个半房间"所在的姆鲁济大楼，找到了肖斯塔科维奇曾经生活过的房子，然后再次来到涅瓦大街，向着起点方向走，走得口干舌燥，走得心无旁骛。来到普希金文学咖啡馆[2]，好像也没什么特殊理由——如果问我为什么非得到这里——真的无法回答。反正就是来了。坐下后，一名男服务生过来，递上两个菜排，又慢慢悠悠地点上了两支蜡烛。这时，右边的钢琴响了，一个50多岁的男人面无表情地弹着，以我脑子里那点古典音乐曲目，听着像穆索尔斯基的《图画展览会》中的一

2. 普希金文学咖啡馆：位于涅瓦大街18号，前身是一家糖果店，19世纪30年代成为文学名人聚会之地。1837年2月7日，普希金与丹特士决斗前，在此咖啡馆停留，然后直接前往决斗。现在咖啡馆有一座普希金蜡像，临窗而坐。

拍照时我让孔宁赶紧站过去，因为人很多，我要等机会好抓拍。但我拍了两张之后才发现，两边的人都停下来，等着我拍完。其中有挽着手的恋人，有推着婴儿车的少妇……他们的脸上都带着微笑。那一瞬间，让我想起 3 年前在冬宫博物馆，我不小心碰到了前面的俄罗斯少女，我以为会遭遇冷眼，结果是：她回头看看我，也许是看我是东方人吧，竟给了我一个粲然的笑。这笑，我后来又见过……

个单曲，后来又觉得不是。引起我关注的是左边的两桌就餐者，靠里面挨着墙的，坐着一家三口，母亲和两个年轻人，虽然小声说话还是能听出来是日本人。他们旁边是一个 20 出头的男子，平头，面目清秀，面对吃的东西若有所思。我猜是韩国人，并对宁宁说了判断，他也觉得有点像。该我点餐了，看了半天，就冲着两个熟悉的人名下口了：一个"果戈理坚果蛋白酥蛋糕"，中文介绍"配以由白兰地和可可豆制成的双层夏洛特奶蛋糕"；一个"来自特里科尔斯基家族的伍尔夫苹果馅饼"，菜名旁边是普希金侧影，估计这也是诗人喜欢的口味。宁宁笑着说，范儿，今天还不喝酒吗？我很严肃地说，今天得喝，必须喝。

作者与孔宁在普希金文学咖啡馆前留影

在这里喝酒，怎能不想起诗人，想他在 1837 年 2 月的那天，从这里离开就再也没回来，想他中弹之后抬回家里感到生还无望为妻儿担心……诗人可以瞑目了，娜塔莉亚把孩子照顾得很好，虽然自己活得很清苦，而且娜塔莉亚还竭尽全力将丈夫的祖籍地赎了回来。她在一封信中说："别人问我这座庄园的收入和它的价值。对我和孩子们来说，它是无价的。这座庄园对我们来说，比世界上所有的东西都珍贵。"

娜塔莉亚的情操和坚守再一次得到证明：即使生活再苦，也不动用丈夫去世后出版的作品所获得的 5 万卢布稿费。她将这笔钱存入银行，作为孩子的学费。她必须小心呵护，提防两个家庭对这笔财产的觊觎。为此，她又经常"不得不与贫穷做斗争"。她的姐姐给哥哥写信，陈述妹妹的困境："不可能有比她更理智、更节俭的

人了，可她仍然要欠债。……她忍受着所有的痛苦和不快，还必须和贫穷做斗争。她快没有生气了，她正失去余下的勇气，有些天她精神都崩溃了。"

娜塔莉亚在米哈伊洛夫斯克村，最难时都向仆人借过一卢布，还有一次向女清洁工借钱。1841 年 10 月，她给哥哥写信，"我待在残破的房子里，没有任何帮助，带着一大家子人却囊中羞涩。事已至此，如今我们连茶和蜡烛都没有，我们没钱买"。

此时，彼得堡的上流社会并不思虑美人之虞，翘首期待"第一美女"回归。娜塔莉亚在给朋友的信中直言不讳："挤进宫廷狭小的社交圈，我对此感到厌恶"，继而表明，"我总是遵循这样一个原则：任何时候都不要置身于难堪的境地。某种本能支持我这样做"。我们是不是可以这样分析，她的"这样一个原则"，就是她的"骄傲

普希金庄园所在地米哈伊洛夫斯克村

МИХАИЛУ ЮРЬЕВИЧУ
ЛЕРМОНТОВУ
ГОРОДЪ С.ПЕТЕРБУРГЪ
2-й ОКТЯБРЯ 1814 Г.-15-й ІЮЛЯ 1841 Г.

● 莱蒙托夫纪念碑，在圣彼得堡海军总部前面的花园

而自尊"。有人指责她在普希金死后于沙皇接见和舞会上大出风头，实在是有失公道。

诗人莱蒙托夫对她就有着深深的敌意。他躲避着她，避免与她说话，后来，他才"后悔自己说过尖酸刻薄的评价和冷酷无情的责难"。一次朋友聚会上，他主动坐到她的身边："我回避您，是怯懦地屈从于敌人的影响。……我愿意随时成为您的朋友。任何人也无法阻止我向您献出一片赤诚，我自感有此能力。"

> 生活中有这样的事，人们臣服于我，但我知道，这是因为我的美貌。这次是心灵的胜利，它对我很珍贵。现在我高兴地看到，他没有把对我的恶劣看法带到坟墓里去。

她的女儿阿拉波娃深深地记住了母亲说过的这段话。

四、我们找到彼此，何必舍近求远

第一次到莫斯科，是 2015 年的 8 月，一天下午风很大，但一到阿尔巴特街[3]，心里还是暖乎乎的，仿佛旧地重游。是啊，在太多的书里，见识过这条喧闹的大街，它从 15 世纪就开始风风雨雨的，直到成为"莫斯科的精

阿尔巴特街：莫斯科市现存最古老的街道之一，也是最富盛名的商业街，起源于 15 世纪，长约 1 公里，紧邻莫斯科河。

那天中午，就是从这里作为起点，顺着涅瓦大街，我们开始寻访诗人的故居和雕像：涅克拉索夫、阿赫玛托娃、曼德尔施塔姆、布罗茨基。然后再去寻找音乐家肖斯塔科维奇的故居。最后，再顺着涅瓦大街往回走，来到普希金文学咖啡馆，如愿以偿地坐下来，畅饮冰啤。再之后，我们来到十二月党人广场，挥别青铜骑士，来到叶赛宁生命的最后一站——伊萨基辅大教堂旁边的那家酒店。

灵"。但它的繁华也是它的寂寞，或者安静，就像这里的53号：普希金的故居。故居墙上有一块纪念牌，刻着诗人的侧面肖像，下面是1831年——诗人与娜塔莉亚新婚就住在这里，这块纪念牌是1837年2月诗人去世后挂上的，但直到1886年2月18日，为纪念诗人结婚55周年，这里才对外开放。一走进去，一种生活氛围立刻隔开了身后的喧嚷。慢慢看着，从一楼到二楼，餐桌、餐具、烛台、钢琴、书架，给人印象深刻的是诗人的手迹，有的一挥而就，有的钩钩抹抹，最惊艳的还是新娘子的美，每幅油画，都美得惊艳，美得令人不由得屏住呼吸。但最好的形容她的美貌的词汇，应该是：美得干净。这样的美，很难想象日后会与柴米油盐、债务、寒冷交织在一起。当从这里离开再来到大街上，满眼的花枝招展熙熙攘攘，令人猝不及防需要适应。

3年后的一天晚上，再次来到这里。我摸了摸故居大门，转身时看到对面一个男人在为一个女人拍照，女人站在普希金与娜塔莉亚的雕像前。女人露出笑容，洋溢出幸福和满足的好看。这对情侣离开后，我也过去拍

普希金故居内景（下）

照，诗人身穿燕尾服，风流偶傥，娜塔莉亚一袭长裙，风姿妖娆。她的右手放在他的左手上，第一次看到这双手时，两手之间开着鲜艳的玫瑰。这座雕像是 1999 年为诗人诞辰 200 周年铸造的。据说，这是普希金与娜塔莉亚的雕像第一次在公众面前展示。显然，这对娜塔莉亚有失公平。

人们对她的误解，太深了。甚至，不愿意提起或是有意回避她的再嫁。

艰难时世，为了孩子们能在社会上立足、健康成长，娜塔莉亚既要保持本色，不让名誉受损，还得维系与上流社会、交际圈子的关系。而面对众多的追求者，她也不回避再嫁的问题。但她有一个原则："我的孩子对谁来说是负担的话，那个人就不能做我的丈夫！"

普希金临死时，嘱咐娜塔莉亚为他守寡两年，然后找个正派的人再成新家。诗人是明智的，他清楚家中经济困难，孩子们需要良好的教育，失去了他，她将艰难度日。那时，她只有 25 岁。慢慢地，诗人希望的"正派的人"出现了。

1844 年 7 月 16 日，娜塔莉亚嫁给了拉斯科伊将军。她寄望依靠这个男人友好的臂膀，带大孩子们。将军 45 岁，人很善良，没有结过婚，用娜塔莉亚姐姐的说法就是，"他有一颗高尚的心灵和最完美的优点。他对塔莎的爱和对孩子们表现出来的兴趣是他们幸福的最大保证"。婚礼很低调，娜塔莉亚回绝了沙皇尼古拉一世想做男主婚人的好意。

娜塔莉亚是爱将军的，但是与她对普希金的爱相

作者和孔宁在普希金故居留言簿上留言（上）

比，这是另一种爱情，她"感激他善待第一次婚姻所生的孩子们和给她带来渴望的心灵安宁"。她给将军写信，"感谢你的关怀与爱……用我整个生命、全部忠诚与爱难以报答。实际上，我有时想我带给你的嫁妆就是沉重的负担……"这个时候，不再是普希金的"小妻子"的娜塔莉亚成熟了，她跟将军说，我们"这份感情虽保留着爱情的情调，却不是那般炽烈，正因为如此，这份感情才稳定。我们在一起，天荒地老，我们的爱历久弥新"。将军毕竟是个男人，妻子对普希金的怀念他是理解的，但面对或听到还有很多男子追求妻子，他总是不放心并带着醋意。她安慰他："尘世空虚，万事皆空，除了对上帝的爱，我还要加上对丈夫的爱……我满意你，你满意我，我们找到彼此，何必舍近求远。"

娜塔莉亚历经坎坷，褪去浮华，感情真挚而盈满。她与将军又生了 3 个女儿，两个家庭的 7 个孩子在她的教育下，都长大成人。可是，她也累垮了，1863 年 11 月 26 日与世长辞，只有 51 岁。

五、她有多寂寞，她就有多美丽

一到墓地就下雨，这已经成为我们这次旅行中的常事。那天去圣彼得堡涅夫斯基修道院的两个公墓，又遇下雨。走在两道墙之间的石头路上，雨水在石头上闪着冷光。有的人打着伞，有的人就在蒙蒙细雨中走着，默默地，我们也是。季赫温墓地的门不大，稍不留意就走过去了。孔宁去买票，我看一只花猫在门边上溜达，当我们走近时它也跟了过来，以为它会跟着我们走的，它却独自找块干净的地方，坐下来舔爪子了。这里，都是干净的。我们找到了陀思妥耶夫斯基的墓，然后是柴可夫斯基的墓，还有画家库因奇、希施金的墓，还有艺术评论家斯塔索夫的墓。站在这些令人敬仰的墓地前，心里升起一种庄严和崇高。

离开季赫温墓地，对面就是拉扎列夫墓地，娜塔莉亚安葬在里面，她和拉斯科伊将军葬在一起。孔宁又去买票，语言不通再次造成麻烦，不知为何售票员就卖给我们一张票。孔宁把这张票让给了我。一进去，我立刻就感到了茫然，这里不如季赫温墓地大，显得"拥挤"，地面高低不平，路窄，墓地间距小，由于没看到过娜塔莉亚墓地的图片，我只能拿出她的油画照片，见到人就问："娜塔莉亚""冈察洛娃""娜塔莉亚·尼古拉耶夫娜·冈察洛娃"。都摇头。我转圈地找，来来回回地问，绕着墓地最大的圈，转了两圈了，还是没找到。脸上也说不出是汗水，还是雨水了。孔宁在外面也帮我查，发来微信，给我指出方向。我跑过去，还是没找到。我几乎把看到的认为应该是的墓碑都看了，只要镌刻着生卒年1812—1863，就是找到了。可是，没找到。还是问吧。我超过20次地把照片拿出来，还是没人认出这个美丽的女人。气得我想骂人。算了，骂了人家也听不懂。

怎么会这样？

难道真要提起普希金的名字吗？

我走向一个40多岁的胖墩墩的男人，说："普希金……娜塔莉亚？"他立刻听出了我汉语发音的"普希金"，连连点头，带我来到一个展示板前，在上面找，然

后指着 58 号旁边的名字，再给我盯着牌子上显示的墓碑样子，看准了，快步朝着那个方向找去。我找到了。也许是石棺面向小路的这一面没有树影遮蔽，被阳光暴晒和雨水侵蚀的原因吧，黑色大理石上的刻字已经模糊了，尤其"1812"和"1863"，不仔细看，根本就认不出来。难怪从这里走过好几次了，都没发现。最关键的一点，不能怪别人，问题出在我——我以为娜塔莉亚的墓碑，一定会很艺术，很美。但不是，黑色的大理石棺置于一尺多高的基座上，后面是一个粗大的十字架，普通得不能再普通了。墓地由近一米高的铁栏围着，栽着不多的白绣球花，我弯下腰，将花边的几根杂草拔下来。离开这里，我还回头看，墓地的行人很多，那里没人，要走出墓地大门了，再回头，还是没人在那里停下脚步。

如果有人说，这对当年的"第一美人"来说，未免太冷清了。

我想说的是，那墓碑上所有刻字的模糊，皆是岁月不朽的诗句，皆为绚烂过后的从容与淡然。如今，娜塔莉亚，她有多寂寞，她就有多美丽。

娜塔莉亚墓地

高贵而孤独的勃洛克

还是满意自己的生活吧，

比草更低，比水更静！

啊孩子们，假如你们能知道

未来的日子阴暗和寒冷！

——勃洛克：《合唱队里的一个声音》

亚历山大·亚历山德罗维奇·勃洛克

Александр Александрович
Блок

1880 年 11 月 28 日,生于彼得堡的一个贵族家庭;五六岁时开始写诗。

1898 年,考入彼得堡大学法律系,后转入语文系;同年认识化学家门捷列夫的女儿柳鲍芙·德米特里耶夫娜。

1903 年,与门捷列娃结婚。

1904 年,出版了充满神秘主义和唯美主义色彩的诗集《美妇人集》,一跃为"象征主义"流派的代表人物。

1906 年,大学毕业;同年发表了引发争论的剧本《滑稽草台戏》,该剧后被梅耶霍德搬上舞台。

1907 年和 1908 年,出版了诗集《白雪假面》与《雪中大地》,成为"象征主义"头号诗人。

1911 年,一边写作,一边游历:意大利、法国、比利时、荷兰、德国等。

1913 年,发表了戏剧创作的颠覆之作《玫瑰花与十字架》;此剧至今仍是俄罗斯某些剧院的保留剧目。

1915 年和 1916 年,应征入伍,但没有被派往前线。

1918 年,创作了著名长诗《十二个》。

1921 年 8 月 7 日,病逝于彼得堡。
诗人安葬在圣彼得堡的沃尔科沃公墓。

当我判定这个背景就是勃洛克时，第一反应便是加快脚步。现在回想起来，当镜头对着高大的背影

时，脚步还没有站稳。不过，如今每次看到这个背影，心里总有一种稳稳的感觉，默念着诗人的诗

句：比草更低，比水更静。

比草更低
比水更静

一、远方，把繁忙而光明的道路等待

一个人，总在某个时段，想要遇见另一个人，是命中注定的那种相见——与逝者相见。这就是，为什么许多人跨越万水千山，赶往某座老宅，某条河流，某座山，某棵树下，某个墓地：伫立，坐下，跪拜，徘徊；沉默，自言自语，泪流满面，洒滴滴清酒，拔萋萋荒草；来时匆匆，别时缓缓。

一个冬天的午后，我突然想要去见勃洛克。也许是看到了一张他的雕像图片：诗人身姿伟岸，穿着大衣，两手插兜，从容地目视远方。他的前面不是宽阔的广场，后面也不见雄伟的建筑，四周就是树。没鸽子。没人。

他在寂静里。

我想要去见诗人的那一刻，没有任何理由。但渐渐地才品味出，这种愿望出于需求。需求，则因匮乏，干脆地说吧，就是彻底地丢失了。

我匮乏了高傲。

我丢失了高贵。或是说，就不曾有过高贵。也许，有过短暂的时刻，内心和行为都是洁白的天鹅。时过境迁，现在的湖里，天鹅久已不再。

那么，远方呢？

我触摸诗人的诗集，摸索着找到远方。这是困倦、疲惫许久之后的饥渴。我想，这个时代与我一样，染上了更为严重的装睡。

装睡者，无梦。

醒来者，才要伐木，去远方。

那是怎样的一个远方——那是：微风从远方携来 / 春之歌的暗语。然后是：在枯黄的田埂后面 / 在远方 / 我的呼唤一下子苏醒。之后是：天空澄澈，远方清明。

远方，以异域的豁然和辽阔展现，那方位，既神秘又美妙，就像我向往的那座雕像上的目光所瞻望的：

请在远方的十字路口，
把繁忙而光明的道路等待。

但远方的出现总是一种冒犯。在诗人"看见朝霞在远方荡漾"之时，敌对势力立刻现身，那是"在入狱的前夜"。远方对应的是"精神牢狱"。

我们早已被环境囚困，被习惯囚困，被恐惧囚困，更被自己囚困。

我们还被贫穷囚困："周围的人们不停地喧嚣 / 为金子和面包吵吵嚷嚷。"

我非常喜欢诗人的这张照片。因为，他很勃洛克：高贵，庄重，挺拔。

喧嚣是一种疫情。一个时代的喧嚣产生的毒素，过些年就会在另一个时代慢慢发作。而所有的"吵吵嚷嚷"都具有强大的感召性，迫使心灵默许，习惯，接受，最后也成了"吵吵嚷嚷"。感恩诗人吧，他总是在提醒和携领，以远方的召唤，竖起蓝色之旗——探索的蓝色，背叛的蓝色，灵魂的蓝色：

蓝色的窗户燃起红晕。
……
黄昏的影子安静地
躺卧在蓝色的雪野中。
……
你走过蓝色的路，
你的身后云雾翻腾。
……
她走了，去蓝色的远方。

"蓝色"对抗"黑夜"，蓝色对抗"阴影"，蓝色对抗"四周是茫然无边的黑暗"。

……又一个午后，我站在阳台上，感觉身体和窗外的树一样，光秃秃的，伸出的手干燥，起皱，没有光泽。那一刻，恐惧是对面高楼投下的阴影，完完全全笼罩住了我。那一刻，我想到自己确实需要一次出走了。

那是蓝色的远方。

但我不敢奢望会遇到诗人。

莫斯科。8月。一天下午。离开布尔加科夫[1]的故居，步行前往高尔基和果戈理故居。我的脑子里还有些凌乱，好像还在那斑驳的涂鸦的走廊上穿越，那锅碗瓢盆，那挂在墙上的电话，那作家雕像上被人们摸得发亮的食指，那裸体的玛格丽特骑着一把扫帚在夜空飞翔……路，不是笔直地从北到南，左边的房子一个挨着一个，却各有各的存在方式，住宅，酒店，超市，楼层都不高，带有雕饰的廊柱和神兽的墙面，似乎意味着坐拥久远，墙壁大都粉刷成了黄色，马雅可夫斯基要是穿上"未来主义"的标准服"黄上衣"，在此大摇大摆地走过，倒也和谐。天蓝得不真实，云白得虚假——在俄罗斯只要抬头，就要小心了——你会被一种极美的色彩所迷惑。有时，你会觉得所见的是列维坦的云彩被放大了，例如此刻。当你平视前面的绿，又以为是希施金[2]的森林被移栽，例如在雅斯纳亚·波良纳。此时的路上还有什么吸引眼球？自然是女人。漂亮的女人，走路都很快，也不打伞，走过来，花枝乱颤，面对你的眼馋，淡然一笑，凉爽胜过可口可乐——可口可乐，不便宜，路边就有卖的，冰镇的，大瓶的不说，小瓶的要 6 元人民币。

　　花枝乱颤不可多看，解渴的还是水。不花钱的水在右边，就见一片湖面，明晃晃的，显得岸边的树就幽绿。不知这里是不是《大师与玛格丽特》开篇的"牧首湖畔"。有了胡思乱想，走路就不觉得累了。何况，还有阳台上、窗台上的鲜花可看。不总是有花，东拉西扯的电线总是有的，粗的粗，细的细，乱吧，可路面就少了很多在国内常见的各种"拉链"。看到一座雕像，不认

2. 希施金（1832—1898）：俄罗斯著名风景画家，代表作有《大松林》《橡树》《黑麦》等。

识，还是拍了照。然后右拐，走上一条不宽的小路，小路右侧紧挨居民楼，路面铺着红砖，走在上面就像走回了小时候的路。

不同空间的历史和现实，总有相似的细节，只要你走出去，就会发现很多。倘若距离构成了彼此的遥望，这种遥望，也是一种供养。这样想的结果就是虽然中午只喝了一杯咖啡，但现在一点都不饿。

走出这条小路，向左不远，进入一片小树林，清爽宜人。走着走着，隐约看到一个雕像的背影，高大，沉稳，在树木间显现出来。那一刻，胳膊上的汗毛立了起来，不由得加快了脚步。

我仿佛一下子就站在了远方。

不错，勃洛克，就是我的远方。千里迢迢之念，瞬间变得触手可摸了。完全没有了距离。他的两手插在衣兜，那也是握过了我的手之后。他的眼睛望着前面，但我确定，那眼光里，有着一个东方人的身影，就像有着鸽子的翅膀，有着风的声音，有着闪电的光，有着蓝色的道路上的雪。我也确定，是我的脚步一开始出发就提醒了他，他才在这里等我。等待是一种默契。等待，启示我不要坐车，不要走大道，就走僻静的街道，就顺着这条小路走过来。我还确信，远方，是同路人的通行证，靠心灵签发。而诗，是有预见性的："我迈着无声的脚步走着／预见到藏在深处的永恒。"

此刻，他依然在寂静里：

我目光柔和，心绪宁静，

我蹲下来，静观默察

人间繁忙的事物

缓缓移动的阴影——

在幻想和梦境里，

在另一个世界的声响中。

在"另一个世界的声响中"的——远方——远吗？

远方不远。

远方是生成。是渐渐茁壮的生成。生成新的灵魂的领地。在此，心灵高傲，又使得"我蹲下来，静观默察"不是跪拜，而是亲近和谦逊。

考察"远方"出现的所处时代，更能体现诗人站在旧世纪之末与新世纪之初的反思和警觉。他写于1898—1904年的《抒情诗第一卷》，当然包括着《美妇人集》，是最为地道的勃洛克。他不是巨人站在高处指出道路，他是年轻的守夜人眼睛里闪烁着黑暗中的星星。他不想做预言家和先知，他的远方不是绝对的可知，只是绝对的自觉，隐藏着魅惑的出口。而我相信，对远方的前往都是精神彼此的相认，如我在勃洛克的身边，是身与心的相遇。最早抵达远方的，总是诗人，有的用动词书写，有的用脚步押韵。我庆幸，鞋面上总有尘土。

我们应该都给自己签发一本叫作远方的护照。这是对现实的态度，更是对心灵的态度。

二、他用寂寞就能照亮黑暗

傍晚，我又来到这片小树林。他依然于寂静之中。在圣彼得堡普希金文化广场，每次都看见有鸽子落在普希金的头上、肩上、手上，还有脚上，这个飞走了，那个又飞来。可是，这里的鸽子好像知道我要来似的，此刻都不见了，或是早来了，跟他咕咕几句，夜里有雨，明早有雾，前面的路边有个喝醉的人摔倒了，又或是就在他的肩膀上，用嘴巴清洁一下翅膀，就飞走了。如果他是寂寞的，寂寞也就是他的。我相信，是他挑选了这片安静的所在。此时，落日余晖让他的脸庞显出一丝温暖，他的头微微抬起，恍惚间，觉得他从衣兜里抽出左手，捋了一下头发，又放进衣兜。于是，我也用左手捋了一下头发。两个动作的叠化让我感到，我再回来，是与诗人的重逢。

诗人不知道的是，还有更多次的重逢，是在别处。在别处，我看他看得更清楚。看他的禀赋，看他的宽容，看他无法言说的忧伤，看他不曾改变内心的准则的慰藉。我看诗人更清楚的时候，是在看一条路，就想：如何才能做得像他一样，不求有多好，但求少些愧疚。

我在高尔基那里，看到他。

那天顺着铸造厂大街一直向北的话，不远就到了夏园了，就到了那个春日的阴寒的晚上了，那时这座城市还叫彼得格勒，高尔基和勃洛克坐在夏园的一个长凳上，谈论着不死的问题。我看出来了，高尔基觉得跟这位诗人谈话是件困难的事，可不像在"流浪犬"俱乐部，谆谆教导马雅可夫斯基，对方毕恭毕敬。后来，高尔基在《文学写照》里讲了一个故事，这是一个妓女跟他讲的：

　　是在一个秋天的晚上，已经很迟了，您知道，街上有泥，又有雾；已经快到十二点了，我倦得很，打算回家去。突然间在意大利人街的角上，我被一个衣服穿得很整齐的、漂亮的、样子很骄傲的男人唤住了。我还以为他是一个外国人呢。我们一块走路到离这儿不远的地方，加拉凡拉亚街第十号，那儿有着给人幽会的屋子。在路上就我一个人说话，他一句话也不说。我们到了，我要茶喝；他按铃，茶房却不来，他便自己到走廊上去。您知道，我那时真觉得冷，就在沙发上睡着了。后来我突然醒了过来，看见他坐在我面前。他的两只手捧着头，带着极严肃的神情，用一对怕人的眼睛看着我！可是我呢，我连怕也不怕，只是很不好意思。我想着：啊，我的上帝，这应当是个音乐家吧！他长了一头的卷发。"呀，对不起，"我对他说，"我

勃洛克纪念碑

立刻就脱衣服。"他呢，他对我客气地笑了笑，回答说："不必了，不要麻烦吧。"他在沙发上坐下来，把我抱到他的膝上去，摸着我的头发，对我说："好吧，您再睡一会吧。"你想想看，我又睡去了。多羞耻！自然我明白这是不好的，可是我也没有别的办法。他轻轻地摇着，跟他在一块很舒服。……我睁开眼睛，我对他微笑，他也对我微笑。我相信我真的睡着了，他小心地推着我，对我说："再会，我得走了。"他放了二十五卢布在桌子上。我对他说："喂，怎么一回事？"自然我很不好意思，我求他原谅。这一切都很滑稽，很特别。他呢，温和地微笑着，跟我握了手，并且还亲了我的手。他走了，等我走的时候茶房对我说："你知道跟你在一块的是谁？这是勃洛克，诗人。"他指给我看一份杂志上面的一张像。

　　高尔基听完妓女的讲述，接下来说："我把我身边带的钱全给了这个女子，从那时候起我就觉得我很能了解勃洛克，而且他是跟我很接近的了。我喜欢他那副严肃的面貌和他那个文艺复兴时期的佛罗伦萨人的头。"

　　我在奥多耶夫采娃[3]那里，看到他。

　　其实，我在涅瓦河边不只一次看到他徘徊的身影，这与奥多耶夫采娃在《涅瓦河畔》里的描写叠加在一起。她是诗人古米廖夫[4]的学生，却说："在那些岁月里，我思想的真正的主宰者不是古米廖夫，而是勃洛克。"她把勃洛克当作神一样的人：

3. 奥多耶夫采娃（1895—1990）俄罗斯白银时代诗人，1922年流亡法国巴黎，91岁时返回祖国。她的两部回忆录《涅瓦河畔》《塞纳河畔》很有影响。

4. 古米廖夫（1886—1921）：俄罗斯著名诗人，阿克梅派领袖，著有多部诗集。1921年以"参与反革命阴谋活动"被枪杀，半个多世纪后得到平反。他是阿赫玛托娃的第一任丈夫。

勃洛克身上的一切，外表和内心，都是美好的。他让我觉得是半个神。看见他时，我体会到某种类似神秘的颤抖。我仿佛觉得，他被无形的光包围着，倘若电灯忽然灭了，他会照亮黑暗。他给我的感觉不仅是诗歌的最高体现，而且他就是变成人样的诗歌本身。

我在安德烈·别雷[5]那里，看到他。

我不大喜欢别雷，虽然会读他的诗，看他的巨著《彼得堡》，但那天在新圣女公墓，还是为了寻找他的墓地转了好几圈，最后只好求助一个胖姑娘，她看来是一个文艺女青年，在好几位作家墓前静默。我用汉语发出"别雷"，她就听懂了，把我带到想象中很高实际上很矮的墓碑前。墓地上的那棵橡树，倒是比图片中的大多了。俄罗斯老资格的女诗人吉皮乌斯[6]说别雷，"是活生生的不忠诚。这是他的天性"。

就是这个家伙，读了勃洛克的诗"兴奋得简直要在地上打滚"，却又在朋友与妻子之间横插一杠。过后又疯疯癫癫、语无伦次地懊悔："我神秘地爱上了她，并通过他爱上了她。我……只知道爱她是圣洁的。……噢，她把我折磨苦了！……可她变化无常，犹如海浪，犹如月亮……她请求我救她，带她走。所以我们决定出国。……异样的、悲剧性的1906

5. 安德烈·别雷（1880—1934）：俄罗斯著名诗人、作家，新一代象征派代表人物，诗歌成就非凡，长篇小说《彼得堡》更是经典作品。

6. 吉皮乌斯（1869—1945）：俄罗斯著名诗人、作家、批评家，老一代象征派代表之一，十月革命后逃亡国外。

ⓝ 别雷墓地

年春天，我没有离开她。她要求我，她自己要求的，发誓救她，哪怕违背他的意愿。……"因为他是这个样子，我不愿意伸手把墓地上的杂草拔一拔，哪怕一根。他既对朋友不忠，又当面伤害了朋友。他竟然对勃洛克摊牌了，把一切都说了，然后"等待决斗，准备挨打。甚至是致命的打击，来吧"。但，勃洛克根本不想动手：

　　他沉默着，久久地沉默着。然后轻轻地，比以往还要轻，面带同样的微笑又慢慢说："那好吧……我很高兴……"她在坐着的沙发上叫起来："萨沙，难道就……"可他什么都没回答。于是我和她默默地出来，轻轻把身后的门死死关上。她哭了起来，我也随着她哭了。我为自己感到羞耻，为她。可他却……这般伟岸，这般英勇！更何况那一刻他多么美。

　　门捷列娃是伟大的化学家门捷列夫的女儿。面对妻子投入朋友的怀抱，勃洛克从一开始就原谅了她。如果说，没有她就没有诗人蜚声诗坛的《美妇人集》，不如说诗人的心胸，装得下生活的各种"监牢"。可以说，我在别雷那里，看到了勃洛克的隐忍和宽恕。

⊕ 勃洛克与门捷列娃的合影（左）
⊕ 勃洛克与门捷列娃纪念碑（右）

我在吉皮乌斯那里，看到他。尽管在圣彼得堡的姆鲁济大楼，她故居的楼下，没有想起她的一首诗。

吉皮乌斯对勃洛克早期的诗歌并不待见，在给别雷的信中说，"他的才气，似乎远不如您"。在回忆录《那一张张鲜活的面孔》里，她对勃洛克的第一印象也很一般："我并不觉得勃洛克漂亮。……脸是直板的，一动不动，平静得如木雕石刻一般。……他慢条斯理、少而又少的话语听起来如此费劲。"不过，时间让她发现了年轻诗人的另一面："与勃洛克交往越多，他的性格特征就越是清晰。这特征具有双重性：首先是他的悲剧性，其次是他的不设防。不设防什么？什么都不设防：不设防自己，不设防别人，甚至不设防生死。"这一判断应该是准确的。勃洛克在十月革命后发表了著名长诗《十二个》，因为诗中立意"含糊"、结尾处行进队伍的引领者"是耶稣基督"，导致了革命者和拥护革命的这一方觉得长诗缺少"战斗性"；而对革命不满和不理解的这一方，尤其是一些诗人、作家、艺术家，则对勃洛克投身革命表示极大的失望，这里就有吉皮乌斯。

秋天的一天，吉皮乌斯与一个女友乘车，一个站在她旁边的男人突然对她说：

> "您好。您能把手伸给我吗？"他缓慢地说，跟从前一样吃力。

坦白地说，因为吉皮乌斯对勃洛克的态度，使得我对她的诗歌敬而远之。当然，我必须感谢她对勃洛克的回忆，让我了解了另一个勃洛克。

吉皮乌斯和丈夫梅列日科夫斯基曾在这座大楼的二楼住过。但我千里迢迢赶到这里，不是因为她，而是另一个诗人——布罗茨基。他的"一个半房间"也在二楼。

"从个人角度，可以。只是从个人角度。不是从社会角度。"我向他伸出手。

他吻我的手。片刻沉默说："谢谢您。"

……

我站起来，我要下车了。

"再见。谢谢您把手伸给我。"

"从社会角度讲，我们之间不存在联系。您知道，永远……但从个人角度来说，我们仍一如既往。"

我再次把手伸给他，他再次垂下枯黄、病态的脸，慢慢地吻我的手。

诗人那时心思沉重，两个阵营对他都不满意，让他失望，又看不到希望。饥寒又加染疾病，心力交瘁，这个女人的握手恩赐不啻于当胸一拳。审判别人，总是容易的。就像这个吉皮乌斯。但我从不觉得她是个胜利者，别看她高高在上，端着审判者的架势。相反，是她让我看到一个男人应该有的高度和气量。勃洛克早已养成一种豁达的气度：

或许你想成为对我的判决？

我不知道：我已将你遗忘。

勃洛克永远都不是一个输家。他可以卑微，但不会蜷缩。

此刻，不远处有路灯亮了，我真希望这个夜晚莫斯科停电。我相信，"他会照亮黑暗"。

他用寂寞就能照亮黑暗。

离开他，走向暮色，分明听到他说：

当白昼的炎热扰乱歌唱和憧憬，

我愿在这世界上听那呼啸的风！

三、比草更低，比水更静

抵达圣彼得堡的第二天。早起，淋浴，换衣，煮面。民宿的好处就是可以下厨房，仿佛在家，而"干草市场"的鸡蛋黄和北京朝阳区菜市场的鸡蛋黄，也是一样的，就缺两棵香菜。

出门了，陌生感立刻形成了一处处的新奇与别样。

今天出门，向墓地而寻。

在墓地，我看墓碑上的生卒年，从来看的不是生与死，而是两点连成的一条路。凡是能念出那上面的名字，那条路就没有到头——来者，就是路的继承者，更是延续者。没有血缘的继承与延续，使得那条路，更长了。墓地是一块精神遗产之地，它让极度贫困的经历变得渐渐富有。我就是不想自己总是一穷二白，所以，一次次地来到墓地。

从"干草市场"地铁站坐 5 号线，向南，出站正对沃尔科沃大街。马路对面是一大片树林，一条不宽的小河隔开了树林和路。顺着马路向东走，前面会出现一座桥，过桥，不远，就是沃尔科沃公墓——在路上，攻略比真理管用。

走不多远，看到路边有两棵醋栗。醋栗成为俄罗斯对外宣传的"著名植物"，得归功于契诃夫的小说《醋栗》。它，圆圆的，比黄豆大一点，在绿叶下不卑不亢地红着。我闻了闻，摘下一粒放在嘴里，微甜，带一点

在中国，好像有一种说法：不在墓地留影了吧。所以，我在奥斯特洛夫斯基墓前留影，在契诃夫墓前留影——圣彼得堡的涅夫斯基修道院公墓。本来，这里应该放一张我在勃洛克墓前的留影，但那张照片的头发有些乱。既然到了俄罗斯，那个『忌讳』就不算数了……自然的，也会在陀思妥耶夫斯基墓地留影。

酸。继续向东走，过一条马路，就见对面树林边上站着一个高大的雕像，像是一个神父，伸出双手，安抚众生。再往里看，好大一片墓地。又向前走了三四百米，从右边的门进去，里面全是墓碑。有的高大，墓碑前干干净净，有鲜花，有的墓碑倾斜了，陷在草丛里。很多条小道通向更深处的墓碑。这里是纪念"二战"时列宁格勒被围困的死难者公墓。

静静地离开了，还是往东走，很快就看到一幢很是壮观的红砖建筑，也就看到了对面的桥。走过桥，路左的树林里隐约可见一个个墓碑，可还是看不到门。直到树林尽头了，路西出现一个小广场，往左看，才见一百多米处有个门。走到门口时，我确信，离诗人非常地近了。

勃洛克安葬在这里。

作为诗人，在这里，勃洛克不是以一块墓碑的形式存在的，而是以一种风范，以一种唤醒的力量——唤醒你对诗人的全部认识：他的唯美，他的忧郁，他的"美妇人"，他的"蓝色"的"远方"，他的象征，他的舞台上的戏，他的夜，他在黯然之处的泪，他的卡门，他的爱和爱的苦楚，他的隐忍和宽恕。是的，宽恕，我不记得诗人恨过谁。在最黑暗的日子里，他只记得伸过来的干净的手。

我撩起涅瓦河的水，是凉的。

他看伊萨基辅大教堂上的雪，是白的。

走向他。

走上一条安静的小路，两旁的树有的很高大，枝叶繁茂，青草也茂密，有的弯弯绕绕地，开着小花，伸到了路上，稍不留意，就会踩到。我倒真的希望，它们密密麻麻地连成一片，把脚步绊住，让我可以在希施金的树林里，慢慢走，半天也出不来。有小鸟从前面的草地飞起，翅膀在树叶间的光束里，眨眼又不见了。一下，周围又变得极其安静。其实，一个声音在我刚一走进树林时，就悄然响起，这时也就分外清晰起来。也许，一种语言，任何时候都不如在墓地里闪现，更能彰显出特殊的超然的神秘力量。

很多诗，是在墓地复活的：

你我都是丛林之子，
我的面孔司空见惯。
比水更静比草更低——
一个骨瘦如柴的鬼。

比水更静，比草更低。这是诗人自始至终的样子。他可以不屈不挠地瞻望远方，也能够心甘情愿地下落到尘埃，直至低到了尘土之下。他早就思考过了死。22岁时，他写了《为外祖父之死而作》："我们的时辰到了——要记住／更喜欢并庆祝另一种乔迁之喜。"但儿子的死让他陷入了巨大的悲痛。妻子怀孕期间，他整天容光焕发，不爱笑的他也总是露出温存的笑意，说话的嗓音也变了，热情，轻松。儿子出生后，他取名德米特里，纪念岳父门捷列夫。可是，男孩没有活到十天就夭折了。他无法面对，见到朋友就不厌其烦、翻来覆去地讲述、解释孩子为什么没能活下来，为什么会死。他的脸上流露出惊慌失措的神情。

死亡是需要学习的。

无法判断是否因为儿子过早地夭折，他更敢于直面死亡了，但离开了"美妇人"，他确实更多地看到了"阡陌纵横，河流交错和丛林密布的罗斯"，而这样的诗句也是在掩埋了儿子之后："我多灾多难的道路有多甜蜜／死去是多么轻松和明了。"

在《罗斯》中：

> 我沿着忧郁的小路，
> 连夜赶到乡村墓地，
> 我躺在一座坟上过夜，
> 久久地哼唱着歌曲。

死亡，成了新生的起点。或者，死亡并不是一次死亡，而是活着时的终极体验。他耐心地设想并描绘出了自己的死：

> 或在复活节之夜的涅瓦河上，
> 在冷风与严寒里，当河水封冻——
> 会有一个贫穷的老妪用拐杖
> 把我平静的尸体拨动？
>
> 或在爱的林中草地，
> 伴着秋天的飒飒声息

> 会有一只小小的苍鹰
> 在雨雾中撕啄我的躯体？

　　此刻，但愿我的前来，没有打扰到他。安好。安好。如果我的前来还能让他的"坚信"多了一个证明：

> 然而我坚信——我如此热爱的一切
> 绝不会消逝得无影无踪，
> 这贫困生活的全部颤音，
> 这不可思议的一腔热情！

　　此刻，我站在了他的面前。墓碑上刻着生卒年：1880—1921。他生得高高大大，墓碑却修长清瘦，如他预言"一个骨瘦如柴的鬼"。这样的清瘦与挺拔，是不因屈服于命运而蜷缩的清瘦与挺拔。黑色大理石面镂刻着他的侧面像，年轻，孤傲，在树荫下好像在聆听远方的风声。过了一会儿，我把目光转向左边，那里还有一个墓，是门捷列娃的，这又让我想起别雷。1965 年 9 月的一天，阿赫玛托娃回忆了那个悲痛的日子："棺材里躺着一个人，我从未见过。有人告诉我，那是勃洛克。他身旁站着一个白发苍苍的老人，秃顶，一双精神失常的眼睛。我问：这是谁？有人说：安德烈·别雷。"

　　那天，整个城市都在安葬一个诗人。

　　关于勃洛克的死，有一个人的说法成为预言，她是

🅐 孔宁在茨维塔耶娃纪念碑前留影（左）
🅑 勃洛克墓碑（右）

茨维塔耶娃。1916 年 5 月，她就在《致敬勃洛克》组诗
第六首中，预测了诗人之死：

> 他们认为——他也是个人！
> 所以逼迫他去死。
> 如今他死了。结束。
> ——为天使哭吧，哭。

她命名诗人是天使。最后一节：

> 人们祈祷。牧师
> 不知在诵读些什么……
> ——诗人死去，而大地
> 为因复活而庆祝。

这样的"复活"之"庆祝"，在俄罗斯的诗人中，此
前只有普希金。茨维塔耶娃认为勃洛克同样当之无愧。

以色列诗人阿米亥说，"在墓地，我们回忆起生
者"。此时，我仿佛听到了教堂的钟声。我回头看向树林
那边的教堂，是它响起的钟声吗？是不是都没有关系，
我来把钟声敲响吧：

> 或许你能做得更好，
> 不提原谅，却把我的钟敲响，
> 好让那夜晚泥泞的道路
> 一刻也不背离故乡？

Ⓝ 屠格涅夫墓地（上）
Ⓝ 俄罗斯公墓的很多墓碑，都是艺术品（下）

勃洛克始终没有背离故乡。他背离的是喧嚣。即使在这片墓园，他也孤孤单单。而在南边那片著名的文学家之角，屠格涅夫、冈察洛夫、库普林……相伴而居。

他的墓碑与雕像，都在寂静里。

中午了，阳光照着墓地的条条小路，明亮明亮的，而一些在大树下的石头墓碑，阴凉处长满了青苔，上面的刻字也成了绿色。除了鸟叫，再没别的声音。偶尔能看到东面马路上，有汽车闪动，竟也听不到一点动静。难道，他们都要等到月明之夜，才会互相拜访，叙旧聊天，或者朗诵刚刚写过的文字吗？

离开这片墓地之前，再次从那条小路走过来，去和诗人做最后的告别。

这天晚上，从涅瓦大街的普希金文学咖啡馆出来，天空还很亮。到涅瓦河边走走吧，再看看青铜骑士。十二月党人广场的草坪上，有孩子玩耍，有恋人依偎，有三五成群的人或靠或躺。涅瓦河上的云彩，由淡淡的玫瑰色，一点点变成灰蓝，灰，灰暗。暮色四合了。弯下腰，拔了几棵青草，想起诗人的《合唱队里的一个声音》。这首诗里有我最喜爱的一行——我想，诗人也是非常喜欢吧，1905 年之后，于 1910—1914 年间，再次把它写进这首诗，只是前四个字和后四个字调转了一下：

还是满意自己的生活吧，

比草更低，比水更静！

啊孩子们，假如你们能知道

未来的日子阴暗和寒冷！

我知道，不论我怎样热爱诗人的诗，也不可能成为诗人，也许在内心深处，原本是想成为那样的人——这与自不量力无关——关乎愿景。如今，愿景以另一种形式呈现：我跨越，我奔跑，重要的是，去遇见苦难和梦想，遇见坎坷和诗意，遇见命运和光荣，遇见他们，就是靠近人生。从而，认知愈加丰富的世界。丰富，包括着不完美。正是不完美，让我每每急坠之下，得以抓住飞升的翅膀。站在波罗的海岸边，我想起波兰诗人扎加耶夫斯基"尝试赞美这残缺的世界"，看淡了一路的不顺。我习惯了在尘埃里找到精灵。

我卑微，故尊高尚。

每一次跟随诗人的脚步，都能对生命给予一次清醒的判断，尤其是自信：

我依旧是永恒的，平和的，
一如很久以前，有梦的年代。
尽管涂着佛堂里一层沉重的黄金，
我的灵魂依旧保持这洁白。

是的，灵魂的洁白。
是的，比草更低。
是的，比水更静。

我因接受了世界
而变得富有

从茨维塔耶娃故居出来，走着走着遇到一座雕像，看那气质，便是普宁[1]。虽然茨维塔耶娃不太喜欢普宁，但他那气质却是实实在在的，我想说的是，贵族气质。在俄罗斯还有一个人具有这样的气质，当然是勃洛克。

勃洛克的气质，是更纯粹的高贵。

勃洛克的背影在落叶之间，都是那种落入凡尘的从容淡定，更别说他两手插兜，目向远方与蓝色。他身姿伟岸，坦然接受八面来风。勃洛克，令人肃然起敬。不论他"比草更低，比水更静"，还是"登上过所有的顶峰"，抑或"愿以你的名字为圣"。难怪，阿赫玛托娃不敢看他的眼睛，曼德尔施塔姆为见他要穿戴整洁，茨维塔耶娃为他写了一本诗集，马雅可夫斯基说他一个人就属于一个时代，叶赛宁第一次见到他浑身出汗不敢说话。

他五六岁就能写诗，二十岁出

1. 普宁（1870—1953）：俄罗斯著名作家、诗人，著有诗集《落叶》、小说集《在天涯》、自传体长篇小说《阿尔谢尼耶夫的一生》等作品。1933 年，成为俄罗斯第一个获得诺贝尔文学奖的作家。

头诗艺精湛：那美妇人，那暴风雪，那白马，那酒馆，那克里姆林宫墙下的晨雾，那涅瓦河冰凉的深水……还有多少美与俄罗斯大地的忧伤，需要他书写，可他却走了。他走得太早，1921年的彼得格勒，成为哀悼的年份。

在圣彼得堡的十二月党人街57号楼。诗人1912年在这里居住，直到1921年去世。他就是在这里完成了著名的长诗《十二个》。1980年，勃洛克百年诞辰之际，故居博物馆正式对外开放。

他是可以多活一些年的，如果只想做抒情诗人，或者干脆沉默做局外人。但他总想在肩上多些负重，拥护革命，可内心世界蓝色的雪野，又无法与马雅可夫斯基的黄上衣滚在同一个战壕，慷慨激昂，奋力高歌。他的诗学，总是"为你田埂的忧伤而痛哭"，即使是"自身的王者"，还是要"只跟我心爱的人一起，一起凝望天边的朝霞"，凝望里，有着最深沉的"我的罗斯啊，我的生命，我们注定要一起受难"。

在俄罗斯行走，与作家、诗人、艺术家的不期而遇，总是令人怦然心动，就像在圣彼得堡的铸造厂大街，遇见了涅克拉索夫，在阿赫玛托娃故居楼下，遇见了曼德尔施塔姆。这次遇见普宁，自然心情大好，拍了好几张照片。但事后很是后悔没有与他合影留念。茨维塔耶娃对普宁的创作不太认同，得知他获得了诺贝尔文学奖时，她说这个奖应该颁给高尔基。

勃洛克是一个自觉的诗人。他时刻警醒着。他的转变更是"革命性"的。他自己就是一场风暴。老实讲，在他的风暴席卷而来时，我猝不及防，还陶醉在那唯美和象征的"黑夜"氛围，去"相信那些虚幻的马蹄之声"。可我又必须跟上他：

一匹疲惫的白马迟疑不前，
那里横卧着一片无边无际的涟漪。
沼泽地的苦行是我期待已久的宁静，
我要把这郁郁葱葱的所在当作宿营地。

诗人愿意为"一切伟大和卑微"，付出百倍的艰辛。这种"苦行"之境，也让《金蔷薇》的作者帕乌斯托夫斯基同很多人一样，为诗人后期风格的转变感到些许的眩晕。是，"美妇人"依然美，也还有"白雪姑娘"，但城市工人和俄罗斯大地上的苦难，成为表达的主题。

勃洛克开始"接受彻夜不眠的争论"，"接受寂寥的乡村/和地上城市的陷落"。这些"接受"带着神意："我冰冷而紧闭的嘴唇上/是不为人知的神的姓名。"而且是毅然决然：

满怀着诅咒和爱与恨，
我观察和衡量着仇恨之深：
我深知：无论如何我要接受你——
为这苦难与折磨、流血与牺牲！

那日，在他的纪念碑前，我捡起一片过早飘落的叶子。这片带着午后温度的微微发黄的叶子，令人想起他于 1917 年 10 月，深秋时节，写的这些诗。他的精神世界是如此焕然：

　　世界如一件铿锵的礼物，一把黄金，
　　我因接受了世界而变得富有。

　　这片叶子被我带了回来，成为夹在书里的一片黄金。有时我想，轻轻摇晃一下，它会碎的吧。碎了，也是片片黄金的吧。就像他早期的"远方"更富有哲学意味，"美妇人"更具永恒之美，但不论痛苦还是迷茫，都能看见一个高贵的影子。

　　我曾盯着荷兰莱顿市诗墙上勃洛克的诗，久久地盯着，然后再看圣彼得堡的每一面墙，上面都恍惚闪烁着他的诗，而那高贵的影子，一个转身，一下子就消失了，只留下：城市的街道、广袤的历史的罗斯，更具苦难的拯救与灵魂的挣扎——这种挣扎，锤炼了昔日的"虚幻"，语言扎根于土地之下，那下面有血，有尸骨，有先民不死的呐喊。他的诗句变得冷峻而开阔：

　　当白昼的炎热扰乱歌唱和憧憬，
　　我愿在这世界上听那呼啸的风！

　　他从"远方"回归"路旁"，转换的不是身体位移，而是心灵归属。他愈发贴近众生，从而获得诗意的深耕

❹ 苏联发行的纪念勃洛克的邮票（上）
❹ 勃洛克的诗歌在荷兰莱顿市的诗墙上（下）

与开阔。这不能简单地说是对早期审美的超越，但对已经形成的风格的改变，也足以显示出强大的内省和勇气。他更深刻地理解了新的看似很"丑"的"美"。在"夜幕快要降临的时分"：

我扫视一下路旁的泥沟，
不由得浑身战栗，
我看见一张张痛苦的脸孔
和一具具抽搐的躯体。

这是诗人了不起的一次革命。一首诗成为了事件，他一下子让沉重与深邃覆盖住过去的隐晦，"抒情主人公"也就褪去了"贵族气派"。于是他坚信：

这注定要倒下的一群
是永远站立在我面前的不朽形象

于是他透过窗户发现的是：

难以承受的劳动负担
把每个人的脊背压弯。

这个时候的"远方"，也不再是简单的"蓝色"了，而是"一些说不清楚的悲伤来自远方……一些被丢弃的船在远方搁浅""先前我觉得可爱的远方／用毫无用处的荒漠／把可怜的灵魂围得水泄不通"。

　　当我在特列恰柯夫美术馆，伫立在列维坦的《墓地上空》前，耳边总有一个声音回响，后来我才听清，那是他带着醒悟的真诚在呼喊："快乐吧，朋友 / 快来 / 来分担尘世的苦难。"我觉得这诗句就是在这幅画前完成的，他从那苍凉的墓地上空，做了一次下坠，落到尘埃，体验尘埃：

　　　让我像狗一样死在墙角吧，
　　　让生活把我埋入地底——
　　　我相信：暴风雪会把我亲吻，
　　　上帝会用白雪掩埋我的尸体！

　　《墓地上空》，列维坦的作品

在圣彼得堡的街上走着，我总会不由自主地想，下一个路口会遇见涅克拉索夫2.涅克拉索夫（1821—1878）：俄罗斯著名诗人，被誉为"人民诗人"。吧，前面的那个小广场也许会有曼德尔施塔姆，而那次马雅可夫斯基遇见勃洛克是在冬宫广场吧——那是十月革命刚刚开始不久，马雅可夫斯基碰到了勃洛克，问后者如何看待革命，得到的回答很干脆："好。"

毫无疑问，勃洛克是真心拥护革命的，且投身其中，之所以没做旁观者，或者选择逃离，是他的诗早就为命运做了安排。他放弃了很多"象征"，诗里众多的形象"表现"了民族的苦难和呼号。组诗《祖国》（1907—1916）清晰而痛苦地展示了诗人的心灵：

> 俄罗斯啊，贫穷的俄罗斯，
> 对我来说，你灰色的木屋，
> 你风儿的高歌与低唱……
> 乃是初恋的第一滴泪珠！

这"初恋"炽烈，干净，毫不犹豫："我的俄罗斯

啊，我的生命／我们注定要一起受难。这是：我的俄罗斯／对我也比任何地方都宝贵。"

可是，就是这样的"初恋"在轰轰烈烈的、大是大非的革命面前，显然还不够震耳欲聋。革命需要的是听话照做，指出敌人——去射杀吧。其实，勃洛克已经完成了像子弹一般射出的《十二个》，那是一个书生的一跃而起，身背炸药，冲锋陷阵。那姿态英俊、潇洒，已然是一名战士了，将所有的火力，一刻间迸发殆尽。但革命希望他再一次地浴血奋战，更果断，更坚定，更义无反顾。他毕竟不是武装战士，而是抒情诗人。即使他想成为战士，也需要时间，需要给养。更何况，他不可能完成太多的"命题作文"。诗人注定想要突围的，是突破自己，是一次自觉行动。他听从内心指挥，而不是政治命令。

勃洛克，天生就不是子弹。可革命又不需要抒情。他被夹在革命与抒情中间，陷入冰冷的尴尬的层面，身体里剩下的火，慢慢烧向血肉。这个高大的人，一点点，把自己点燃了。

在亚历山大一世纪念柱前，看冬宫广场

93

又是一个黄昏，我站在诗人总是流连忘返的涅瓦河畔，看那最后一抹玫瑰色的晚霞，渐渐融入广袤的夜空。不用回头，青铜骑士已成剪影；不用怀疑，河水里最亮最美的水珠，还是他的"初恋的第一滴泪珠"。而这眼泪，此刻化作满天繁星，当我仰望夜空时，我分明看见有一颗是中国的：

为什么我的眼里常含泪水？[3]
因为我对这土地爱得深沉……

3. 出自艾青的诗歌《我爱这土地》。艾青（1910—1996），中国著名诗人，1933 年发表长诗《大堰河——我的保姆》。

2015 年 8 月，我与在圣彼得堡旅行时的导游尔丹，在青铜骑士前留影。记得那天从莫斯科坐高铁到圣彼得堡，尔丹到站台来接大家，"九人团"中的两个矜持的大哥一见美女，马上冲到前面。不过，拉过美女合影的，只有我和孔宁，有颗勇敢的心。至于孔宁和尔丹的合影，太靓了，我就不选了。

人生并非穿过田野的帕斯捷尔纳克

万籁俱寂之时，我独自登上舞台

轻轻地倚靠在门边，

回声自远处传来，

我从中捕捉此世的安排。

……

我喜欢你那执著的构想，

也乐意把这一角色扮演，

可如今在上演另一出悲剧，

免了吧，还是别让我来演。

然而戏的场次已经编定，

最后的结局也无可更改。

我孤单，不堪忍受伪善。

人生并非穿过田野。

——帕斯捷尔纳克：《哈姆雷特》

鲍里斯·列昂尼德维奇·帕斯捷尔纳克

Борис Леонидович
Пастернак

1890 年1月29日，生于莫斯科。

1908年6月，向莫斯科大学法学系递交入学申请。

1912年4月，赴德国马尔堡学习哲学。

1913年和1916年，出版了诗集《云雾中的双子座星》与《超越壁垒》。

1922年1月24日，与叶普盖尼娅·卢里耶结婚。

1922年4月，出版了著名诗集《生活，我的姐妹》。

1932年3月，出版了随笔集《安全保证书》。

1934年6月的一天，与斯大林在电话中交谈。

1940年6月，翻译的《哈姆雷特》在《青年近卫军》杂志发表。

1946年1月，开始创作长篇小说《日瓦戈医生》。

1946年10月，结识了奥莉嘉·伊文斯卡娅，两人相恋。

1948年秋天，翻译了《浮士德》第一部，次年秋天翻译了第二部。

1955年，创作完成了《日瓦戈医生》。

1957年11月，《日瓦戈医生》在意大利出版，成为畅销书。

1958年10月23日，荣获诺贝尔文学奖；29日，致电诺贝尔文学奖委员会，放弃领奖。

1958年10月31日，被莫斯科作家全体会议开除出作协。

1960年5月30日，因肺癌在莫斯科的别列捷尔金诺去世。

诗人安葬在别列捷尔金诺的公墓。

1989年10月，诗人的儿子领取了诺贝尔文学奖奖章和证书。

1960 年2月，诗人的故居博物馆在别列捷尔金诺正式开放。

在帕斯捷尔纳克的纪念碑中，我最喜欢那座在坦波夫市的雕像，姿态张扬，更有张力。坦波夫，也是作曲家、钢琴家拉赫玛尼诺夫的故乡。这座在奇斯托波尔市的纪念碑，太凝重，太严峻，斟酌再三，我还是选用了这张图片作为题图……因为，没有一个诗人的生活，是轻松的……

没有冰雪无法
治愈的忧伤

一、人世间就没有冰雪无法治愈的忧伤

那天下午一到新圣女公墓，就下起蒙蒙细雨，风吹过，空气中散发着湿意，树上的叶子愈发深绿了，带着一种眷意，将一些白色的大理石墓碑衬托得更显高洁，红墙也更红。来到果戈理和契诃夫墓地时，雨停了，待我从肖斯塔科维奇的墓地离开，找到了保尔·柯察金——奥斯特洛夫斯基的墓地，天空则放出了大片的蓝。

可是，离开这里赶往列宁山[1]时，又下起了雨，等到下了车，大步流星地走向观景台，天又一下子放晴了，风也更清凉，许是地势高吧。观景台聚集了很多人，好不容易挤到一个开阔的位置，俯瞰莫斯科，城市仿佛被五颜六色的丹青浓墨重彩了，鲜艳，明亮，令人心旷神怡。大朵大朵的云彩飘在空中，憨态各异。有那么一刻，我有些不安，因为想到伊文斯卡娅[2]在劳改营看到的，是"像泡沫般洁白的、炎热的云，在未开垦的干燥的土地上空"。不同情境之下，看云抑或看花都不一样了。靠着栏杆，回看莫斯科大学，就见这座标志性建筑气势雄阔、高耸入云——32层主楼，算上55米的尖顶——顶端是五角星徽标，总高240米，曾是欧洲最高建筑。它两侧是18层的副楼，塔楼上各有一个直径9米

1. 列宁山：又叫麻雀山，得名1451年，位于莫斯科西南，是莫斯科的最高处，最高海拔220米，莫斯科河从山脚流过。此山1924—1991，为了纪念列宁更名为列宁山。

2. 伊文斯卡娅（1912—1995）前苏联著名文学期刊《新世界》编辑、译者。1946年认识帕斯捷尔纳克，两人相爱14年，直至后者去世。她是《日瓦戈医生》女主人公"拉拉"的原型之一，著有回忆录《时间的俘虏》。

的大钟，有人说"莫斯科时间"从这儿敲响的，也有人说是从克里姆林宫的教堂敲响的。这座建筑于 1953 年 9 月始建，它的"前世"在 1755 年，校舍是红场旁边的一个药店，最初只传授法律、医学和哲学。后来学校扩容，搬到新址，但 1812 年拿破仑骑马跑到了克里姆林宫，撤离的俄军焚城，学校也被烧毁。后来，师生重建校园，到了 20 世纪初，莫斯科大学培养出了众多杰出人才，像莱蒙托夫、屠格涅夫、赫尔岑、别林斯基等。

离开观景台，向这座"二战"后"建筑七姐妹"³的老大走近了些，耳边不能不响起一个声音——1957 年 11 月 17 日傍晚 6 点多，毛泽东身穿灰色中山装，身材魁梧，红光满面，出现在莫斯科大学礼堂。他在接见中国留学生代表时，向青年们说："世界是你们的，也是我们的，但归根结底是你们的。你们青年人朝气蓬勃，好像早晨八九点钟的太阳……希望寄托在你们身上。"正是这句话，让我和孔宁从一个长凳上腾空而起，朝气蓬勃了一回。

看着这所大学，奢望了一下：要是能看一眼帕斯捷

3. 建筑七姐妹："二战"后，前苏联建造于莫斯科的著名 7 大建筑，结合了巴洛克式城堡、中世纪哥特式与美国摩天大楼的特色，有莫斯科大学、劳动模范公寓、重工业部大楼等。

● 莫斯科大学

尔纳克的大学毕业证，倒是不错。1890 年 1 月 29 日，帕斯捷尔纳克生于莫斯科，父亲是画家，母亲是钢琴家，自己的钢琴老师是斯克里亚宾[4]。1908 年，他中学毕业，因为各门功课都是 5 分而获得金质奖章，免试被录取为莫斯科大学法学系新生。随着他与音乐的分手，一年后又转入历史哲学系，并开始了写诗。1912 年，他前往德国的马尔堡，带着母亲给的 200 卢布，带着研究哲学的梦想。但是，3 个月后他又放弃哲学了。也许正是"别了哲学"，1972 年这里的一条街被命名为"帕斯捷尔纳克街"。他为这座大学城留下一首《马尔堡》：

4. 斯克里亚宾（1871—1915），俄罗斯著名作曲家、钢琴家，其作品对 20 世纪的欧洲音乐有着重大影响。

> 我来到广场，
> 我可以算是重生之人了。
> 每一桩琐事依然生动，
> 并从它逝去的意义中升起。

同年秋天，他在莫斯科大学毕业，"它逝去的意义"之一就是毕业证书的"逝去"，他干脆就没去取，一直保存在档案馆，编号：20974。

他，放弃音乐，放弃哲学，放弃毕业证书，放弃 1926 年与里尔克、茨维塔耶娃三人通信的主导权，放弃 1958 年的诺贝尔文学奖——他在放弃，也在拿起。他自始至终都非常清楚想要的底牌，过程不乏理智与骚动、冷酷与温情。他在诗歌、随笔、小说、翻译多个领域耕耘，硕果累累；在情感经营上，近有家室，不远还有情人爱巢，伊文斯卡娅撰写的回忆录展示了他情感世界的真诚："仿佛是用一块铁 / 浸入染料 / 你被镌刻 / 在我的心上。"

忐忑是有的："但我们是谁，又从哪里来 / 当这些年月过去 / 只留下流言，而我们已不在人世。"但他总能镇定而超脱。1929 年《致阿赫玛托娃》：

> 我仿佛觉得我所选用的，
> 会像您那原生态的词语，
> 但错了，可我已不在乎，
> 反正我不会离错误而去。

与离不开错误的坦然相比，他更笃信："本来，人世间就没有 / 冰雪无法治愈的忧伤。"

二、诗歌里有里尔克，小说里有托尔斯泰

前往图拉州雅斯纳亚·波良纳途中，自然会想到帕斯捷尔纳克，想到他遇见里尔克的意义：遇见对的人，其意义不啻于人生的"第二次诞生"。

那天早起，跑到伊斯梅沃的森林，一进去立刻感到了清爽的凉意，心情像跳跃的小鹿，跑来跑去。两条铁轨铺在树林间，明晃晃的，阳光从高大的树间洒下来，

☉ 帕斯捷尔纳克大街，位于德国马尔堡市（左）
☉ 帕斯捷尔纳克和伊文斯卡娅及她的女儿合影（右）

像一道道金黄的笔刷，一列火车开过来，笔刷将绿色的车皮涂上闪闪的光亮，眼看着它又消失在树林尽头，消失在湛蓝的远天和白云之下，而铁轨上面有树叶慢慢飘飞，这一切简直就是童话。真不想离开，躺在这里就好。

回到酒店直奔餐厅，食欲大开，面包抹上黄油，再放火腿，腌黄瓜是必吃的俄罗斯国菜，入口清脆，相当开胃。饭后坐上奔驰中巴，还没出城，车里就唱起了《三套车》和《喀秋莎》。窗外，天空已蓝得不能再蓝了，云彩肥得都懒得动了，遍地是树，满眼是绿。这蓝，这白，这绿，让人恨不能把肺掏出来洗一洗。中午进城，在一家不大的俄式餐馆吃了一顿地道的俄餐。再上路。出了市区路就渐渐窄了，有一段山路，两边树枝刷擦着车窗。在一个岔路口，车停下了，原来司机对这条路不是很熟。还好，很快又走上正道，不一会儿再次停下，车门打开了。这里已经停了一些客车和轿车，人不算少。跟着前面的人走，走着走着就热了，脱了上衣，只穿 T 恤，觉得身板还不赖，但一瞧前前后后俄罗斯爷们和女人那粗壮的大腿、腰和胳膊，自己还是太瘦猴了。

这时，雅斯纳亚·波良纳——托尔斯泰庄园，到了。

要说门，挺别致的，两座白色的圆筒形小塔楼，一左一右，像两个肥胖的守卫。这是托尔斯泰的外祖父沃尔康斯基公爵所建，他是一位有名的将军。走进大门，左边是个很大的池塘，当年，夏天里，托尔斯泰会带着庄园里农民子弟小学的孩子来游泳，冬天水面结冰，他

5.索菲亚·安德烈耶夫娜
（1845—1919）：托尔斯泰之妻，1862年17岁时与34岁的托尔斯泰结婚。

会和家人来滑冰。那天，得知他离家出走，索菲亚·安德烈耶夫娜[5]跳进水里，想要自杀。此刻，浮萍静静，水静静，倒映着蓝天白云。我蹲下来撩水，惊飞了三三两两的蜻蜓。然后，站在正对着大门的著名的林荫大道，好像完成了一个夙愿似的，长长地呼出一口气。道路两旁的白桦树高大挺拔，向上形成两排高高的绿墙，枝叶茂密，越往上越靠近，中间只留一线蓝天，有鸟在这窄窄的蓝中飞过，不留痕迹地飞过。

再往远看，树林中隐约露出白色和绿色的边边角角，像隐藏其中的巨大的积木。庄园给人的第一印象，就是：这里是一片森林，一眼望不到边的森林。380公顷在这里只是一个数字。顺着这条路往里走，我走得很慢，生怕一下子就走完了这段路。1908年的一个雪天，托尔斯泰在这条路上散步，他的胡子和雪一样白。此刻，我正踩在他的脚印上，即使他是在此徘徊，我也愿意在此徜徉。

在此徜徉的，还有里尔克。

1899年4月的一天，里尔克踏上了俄国的土地。抵达莫斯科当天，他就去拜访列·奥·帕斯捷尔纳克，这位著名画家正在为托尔斯泰的《复活》画插图。1893年，画家在巡回画派的一次展览上结识了托尔斯泰，后者夸赞了他的《初次登台的女人》。画家打算为《战争与和平》创作插图，希望能拜访作家并得到指教，作家欣然邀请画家到家里做客，两人成了朋友。所以说，里尔克拜访画家并希望能引见给托尔斯泰，是不成问题的，第二天晚上年轻的诗人就拜见了老作家。1900年5月9

🄚 托尔斯泰庄园的林荫大道

日，里尔克与露·安德烈亚斯·莎乐美[6]再次来到莫斯科，帕斯捷尔纳克将那次10岁的遇见写入了《安全保证书》第一页：列车启动前，两个外国男女与父母在交谈，"在途中，这一对男女又来到我们的包厢"，但他们在图拉就下车了，去拜访托尔斯泰，而"火车已载着我们驶向弯道，那个小车站就像读完了一页书慢慢地被翻转过去，渐渐消失了。人的面孔和发生的事会被遗忘的，并像可以设想到的那样会被永远忘掉的"。但显然，帕斯捷尔纳克并没有"忘掉"：

我一直认为，无论是我的习作还是我的全部创作，我所做的只不过是转译和改变他的曲调而已，对于他那独特的世界我无所补益，而且我一直都是在他的水域中游泳。

如果说他的诗歌受到了里尔克的影响，那么他的小说呢——托尔斯泰之死，会像种子一样埋进他的灵魂吗？有人说他的叙事长诗《1905》就是效仿《1812》——《战争与和平》一开始的书名，而《日瓦戈医生》更是向托翁的学习与致敬。

我在俄罗斯坐火车，不论是高铁、城际快车、绿皮老爷火车，总会想到两个人：安娜·卡列尼娜和她的塑造者托尔斯泰。两个人的死，都与火车有关。如今，阿斯塔波沃小火车站改名叫"列夫·托尔斯泰车站"，火车站站长室内桌上的小座钟永远停留在：11月7日6点5分，托尔斯泰去世的时间。1910年的那束灯光还照在两个堆叠的白色方枕头上，上面还有头枕过的小窝。房

6. 露·安德烈亚斯·莎乐美（1861—1937）：出生于圣彼得堡，21岁时行游罗马与尼采相识，为哲学家所倾慕。1897相识里尔克，两人同游许多地方。1911年秋她在魏玛与弗洛伊德谋面，第二年成为其弟子，将人生最后的岁月献给了精神分析。

间里有一块看不出颜色的桌布、掉瓷的水缸、木椅子，一动不动。还有老人从家里带来的文具箱，里面有象牙的墨水瓶、笔和小玩具，一动不动。还有老人的面部遗像，每根头发和胡须都纤毫毕见，他睡着了。

托尔斯泰睡着的样子，被20岁的帕斯捷尔纳克赋予了一种诗意和神性。那天夜里，他和父亲连夜乘坐夜班火车，赶往阿斯塔波沃火车站。他的眼前不断浮现出托尔斯泰来家里做客的样子，那是1893年11月初的一天，就是从那天起，他开始记事，"再没有大的中断和模糊"。在火车站，他看得更清楚了，小吃部生意红火，服务生一溜小跑地分送着嫩得带血的煎牛排，他们手忙脚乱，简直无法满足顾客的需要。啤酒流成了河，而：

> 托尔斯泰就像一位朝圣者，沿着那个时代的俄罗斯道路徒步走来，终于，他自然地停下来，在路旁安息了。

是巧合吗，当他离世，两个儿子让父亲的安息之地，也是能看到火车的地方。

如今，雅斯纳亚·波良纳和别列捷尔金诺[7]的两块墓地都成了文学朝圣之地。

三、独唱：超越壁垒，第二次诞生

2015年和2018年，都在8月，我前往莫斯科的特列恰柯夫美术馆，站在萨夫拉索夫[8]的《白嘴鸦归来》前，揣摩这幅精妙的绘画。因为太喜欢，更是欷歔画家晚年的悲惨境遇，这次旅行中，选了一个细雨蒙蒙的早

7. 别列捷尔金诺：在莫斯科近郊，上世纪30年代后期建的作家村。

8. 萨夫拉索夫（1830—1897）：俄罗斯著名风景画家。其代表作《白嘴鸦归来》，被誉为"抒情的风景画"，描绘了冬季到春季的心情变化。

🔘 托尔斯泰墓地

上，又去瓦甘科夫公墓拜谒画家墓地。墓碑前，画前，不能不想起帕斯捷尔纳克22岁的《二月》，我相信，诗人比我更欣赏《白嘴鸦归来》，而且带着颠覆"白嘴鸦"形象的野心。《二月》注定一问世即是经典：

二月。墨水足够用来痛哭，
大放悲声抒写二月，
一直到轰响的泥泞，
燃起黑色的春天。

不能不被这个"二月"所震撼。记忆里，都是"早春二月"、"二月春风似剪刀"，但帕斯捷尔纳克的"二月"，"泥泞"是"轰响"的，"春天"可以是"黑色的"，对白嘴鸦的描写，后无来者：

在那儿，像梨子被烧焦一样，
成千的白嘴鸦
从树上落下水洼，
干枯的忧愁沉入眼底。

帕斯捷尔纳克通过16行的《二月》，"越是偶然，就越真实"，将自己的作诗法与众多诗人做了区分。他在诗歌创作上是一个完美主义者，总是不断地修改早期作品，甚至改得面目全非，有一次竟然想要删掉"像梨子被烧焦一样"，多亏伊文斯卡娅和一个朋友的坚决阻拦，这个"梨子"才保留至今。

"白银时代"众星闪耀。帕斯捷尔纳克属于"慢热"，就看这几位诗人出生吧：赫列布尼科夫是1885年，古米廖夫是1886年，阿赫玛托娃是1889年，帕斯捷尔纳克是1890年，曼德尔施塔姆是1891年，茨维塔耶娃是1892年，马雅可夫斯基是1893年，叶赛宁是1895年。古米廖夫不过长他4岁，却是"阿克梅派"领袖，镇守圣彼得堡；"两娃"更是"霹雳"双娇，仰慕者众多；马雅可夫斯基在1915年用一首《穿裤子的云》扛起"未来主义"大旗……而他，还在"闷燃"，等待喷发。很多诗人20岁出头名噪一时，勃洛克24岁出版《美妇人集》，奠定诗歌王国的大王地位，跟随者也都纷纷出诗集，朗诵，讲演，他才开始写诗，一直处于追赶。且又总变，就像一生中不断的"放弃"，这又耗费了很多时间。但"耗费"也是"汲取"，他从不放过任何可以汲取的源泉，所以也就根基扎实，不像马雅可夫斯基，为革命声嘶力竭地高歌，最后连"抒情"都没力气了，"未来"空洞乏力；又避免了叶赛宁频频回望故乡，"前途"黯然。

但是你所压抑和追赶的身躯又在何方？
你压抑，你驱赶，你发怒，在高高的天空。

1913年12月，帕斯捷尔纳克出版《云雾中的双子座星》，这首《双子座星》的最后两行，宣泄了诗人的不满和对未来的渴求。这从他有一段时间仰视马雅可夫斯基就看得出来，他是比前者大3岁的。

一次下午，一次夜里，我在阿尔巴特街走着，眼睛都不够用。我在努力寻找留在这里的印迹：有一家咖啡馆，帕斯捷尔纳克与马雅可夫斯基在此见过面。在他眼里，马雅可夫斯基漂亮，脸色低沉，握起的拳头像拳击运动员的，"有着铁一般的内在自制力，有着一些高尚的习惯或准则，有着责任感，这种责任感使他不允许自己是另一种不那么漂亮、不那么机灵、不那么有才气的人"。

　　帕斯捷尔纳克非常羡慕马雅可夫斯基写出了《穿裤子的云》，总是不忘那橙黄色的封皮。但他也在发力，1916 年出版《超越壁垒》，逐渐摆脱了"未来主义"大喇叭的干扰，"我不理解他为什么要让自己服从于庸常的现实"。1922 年他在《致马雅可夫斯基》里写道："我知道，您的道路从不虚妄 / 但在这条真实的路上 / 您为何

阿尔巴特街：莫斯科市现存最古老的街道之一，也是最富盛名的商业街，起源于 15 世纪，长约 1 公里，紧邻莫斯科河。这是一条令人放慢脚步的艺术大街。在这里，画画的老人，可能就是著名画家，弹琴的男子可能是功勋艺术家，至于一些行为艺术表演，绝对称得上是"高手在民间"。

被牵引着，来到养老院／这群老妇人的拱门下？"

1922 年，帕斯捷尔纳克出版了《生活，我的姐妹》，之后是《主题与变奏》，接着《第二次诞生》。他在"变奏"中不断"诞生"新的视野，"变奏"疾速，有时令人看不懂。马雅可夫斯基、叶赛宁，读一遍就读懂了；阿赫玛托娃、茨维塔耶娃，读两遍后会一读再读，耐人寻味；勃洛克，令人流连忘返……但，读帕斯捷尔纳克，要皱紧眉头。有人统计，勃洛克有一百多首诗以"我"开头，阿赫玛托娃、茨维塔耶娃、曼德尔施塔姆、叶赛宁，都有"我"，唯独他，鹤立鸡群，不说自己。何以藏而不露？有人评价，"他希望尽可能谦逊与低调，这正是艺术家对凯歌高奏的主观性的正常反应。他寻求的不是消隐，而是客观化，是从抒情到叙事的转变"。

环顾众声合唱，他更相信独唱，哪怕那声音姗姗来迟。

在伟大的苏维埃的日子里，
最高的激情被赋予席位，
徒然留下诗人的空缺：
它是危险的，倘若被填充。

1931 年，他在这首诗中表达了"诗人的空缺"之"危险"，不是担忧"独唱"，而是忧虑"合唱"将"填充"那个"席位"。

他认可寂寞，也不想滥竽充数。

四、对斯大林连绵而深情的感怀就在此前

一切都不寻常，一切都不一样——默念着帕斯捷尔纳克的文字，我行走在墓地之间。

那天在新圣女公墓，为了寻找象征派诗人别雷的墓地，在一个区域转了好几圈，最后看到的墓碑比想象中的矮很多，旁边的那棵橡树倒是又长高了。这之后，看到了寂寞的勃留索夫，就像 1923 年 12 月 17 日，莫斯科大剧院为诗人举办的庆祝 50 寿辰时，这位象征派的领袖备感孤独。前来恭贺的诗人很少有人发言，帕斯捷尔纳克朗诵了献诗，致敬前辈：

> 我祝贺您，一如这场合
> 祝贺自己的父亲那样。
> 只可惜大剧院里没人会
> 把草席铺向脚边般铺向心房。

我是通过诗人的生卒年"1873—1924"找到勃留

🔊 帕斯捷尔纳克纪念碑，在俄罗斯的坦波夫索夫的。我想说他活得太短，可 3 年前离开的古米廖夫比他还小，一年后离开的叶赛宁又比古米廖夫还小。我看着墓碑上诗人的侧面浮雕，想深深地刻在记忆里。不错，这里的很多墓地在不曾前来之时，就已熟悉了。

就像娜杰日达。

当一座素白挺秀的大理石塑雕出现在眼前，我知道，她就是娜杰日达。她，脸庞端庄，鼻子挺秀，头发一丝不乱，目光看着前边——就是看着前边，不忧郁，也不憧憬，而是平静。她的右手围拢过来，挨着脸，轻轻地放在左肩——我的理解，俄罗斯人的传统观念里"右肩站着天使，左肩站着恶魔"——也许，她把右手放在左肩，是要防止魔鬼侵袭吧。

娜杰日达的丈夫是斯大林。

娜杰日达生于 1901 年 9 月，与斯大林都是格鲁吉亚人，她的父亲是斯大林的老战友。她 18 岁时嫁给了 39 岁的斯大林，生有一儿一女。1932 年 11 月 8 日，也就是庆祝十月革命 15 周年晚宴后，她回家在卧室开枪自杀，年仅 31 岁。

死亡事件之后，斯大林也成了一个受害者，他无法堵住别人的嘴，包括他与娜杰日达的女儿的嘴："这个男人从来没有到墓地去看过他的妻子。"但他的警卫员则回忆："很长一段时间里，斯大林在夜里会来到墓地，待在那里，沉默地一袋接一袋抽着烟斗。……他一坐就是数小时。"现在，在她的墓地一角还放着一个小凳子，但愿就是斯大林坐过的。

第一次来看娜杰日达，因为下了雨，树叶湿漉漉地深

绿着，她看起来愈是洁白，也就愈是孤寂。许是为了给她一丝温暖，许多人总是要轻轻地抚摸她的脸颊，所以有段时间，就用一个玻璃罩把雕像罩上了。但我两次来，都没看到玻璃罩，只看到墓地上的鲜花，和那安静的怀念。

而帕斯捷尔纳克的怀念是独特的，意味深长。

当年，娜杰日达自杀身亡后，《文学报》立刻刊登了一封文学界表示哀悼的联名信，同时发表了帕斯捷尔纳克的一段附言：

我与同志们感觉一致。对斯大林连绵而深情的感怀就在此前；作为艺术家，实为第一次。早晨读到的消息。震惊，仿佛自己就在身边，活着并看着。

鲍里斯·帕斯捷尔纳克

有人认为，帕斯捷尔纳克的附言将他拯救于恐怖年代：一份绝无仅有的慰问之词，足以"唤起斯大林心中某种人性的东西"。我想，这不是帕斯捷尔纳克所能预料到的结果。但是，即使悲伤也要与众不同，这个时候只有与众不同，才会被斯大林注意到，并记住。时间恰恰证明了这一点。

1923年对勃留索夫的致敬，1932年对娜杰日达的哀悼，毫不搭边的两个事儿，都显示了帕斯捷尔纳克独特的处世姿态，他是一个智慧诗人。

五、谁注定活着受夸奖，谁理当死后遭辱骂

在街上，人们走路都很快；在美术馆，参观者静静

⑭ 娜杰日达的墓碑（左）

地；在地铁，男人很有风度，很多都站着；在酒馆，服务生态度也很好，拿着笔看着你，也会指点一下招牌菜，但是想要热水时，也会摇头；当然在旅行景点，化装的沙皇与皇后或是玩偶人物要是与你合影，还是躲得远远的好，如果不好意思而同框了，不给够卢布，怕是很难脱身。看来，任何城市都无法避免存在各色各样的"罪与罚"。不过，在圣彼得堡或是莫斯科，如今是安全的，遗憾的是，那些被"盯梢"过的人们看不见了。

1934年的一天，在莫斯科的一条街上，曼德尔施塔姆和帕斯捷尔纳克遇见了，前者将后者拉到一旁，看看四周无人，读了自己的诗《我们活着，感觉不到脚下的国家》："我们活着，感觉不到脚下的国家／十步之外，听不到我们说话……"帕斯捷尔纳克一下就听出了诗中"山民"指涉的是谁，马上说，"我没听说过这首诗，您没向我读过。我建议您不要再向任何人读。这不是诗，是自杀。我可不想参与您的自杀。"两个月后，曼德尔施塔姆被逮捕。但他在审讯时隐瞒了帕斯捷尔纳克听过这首诗，避免了又一场迫害。

曼德尔施塔姆被捕后，他的夫人找到帕斯捷尔纳克，希望后者动用自己的关系营救丈夫。再之后，斯大林打来了电话。几年前，斯大林曾给布尔加科夫打过一个电话，无疑，两次电话都被记录在俄罗斯的文学史上。

那天中午，走过凯旋广场的马雅可夫斯基雕像，再从柴可夫斯基音乐厅向西，前往花园街10号布尔加科夫故居博物馆。在大门口，一个牌子上写着"302"，显然是将《大师与玛格丽特》花园街302号院"搬迁"了

🌐 帕斯捷尔纳克雕像，在乌克兰

过来。院子里一辆红色客车也醒目地标注"302"，更吸引目光的，是左边楼房第一个绿色门下的一个雕像——魔王沃兰德的两个随从：黑猫别格莫特和克洛维约夫。雕塑是2011年为纪念作家诞辰120周年而修，黑猫的左爪和鼻子被摸得锃亮，我自然也要摸一摸。拉开绿色的门，立刻感受到一种强烈的荒诞感，从一楼到二楼，墙壁上是各种稀奇古怪的涂鸦、招贴和画，都是作家笔下的人和动物。走廊的格调确定了所有展室的氛围：多变、跳跃、穿越。从老钢琴到旧打字机，从泛黄的照片到闪动的影像，从立体的雕像到平展的书信，从破书到鲜亮的剧照，既是实实在在的现实又带着那么一股子不确定性。似乎包含着这样的用意：伟大的小说家即使离开了人世，还在用各种方法干预生活，并在这一过程中使得来者放缓脚步，于斯于思。从一间展室出来，迎面撞到一辆红色的"302"客车，还有"头戴红围巾女共青团员惊恐的面孔"，车轮下是"莫斯科某文学协会主席的头颅"。光线暗淡，人影晃动，虚构与真实来回切换。我在一个电视前停留了一段时间，为的是看玛格丽特飞翔的身姿。作家坐着的雕像很受人欢迎，伸出的右手都被摸白了，尤其食指。我使劲摸了摸，希望多沾点灵气。拐来绕去，就看到墙上挂着的电话——会是斯大林与作家通过话的那部电话吗——这时就见一个胖胖的女人拿起它来，听了听，放回原处。我赶紧过去拿起来，装模作样地说："我是布尔加科夫。"我的表演让一对中年情侣看到了，两人都笑了，我立刻将手机递过去，女人马上明白了，为我"立此存照"。

1930 年 4 月 18 日，斯大林打来的这个电话，是在马雅可夫斯基自杀后的第 5 天。叶赛宁自杀后的第 5 年，又一个著名诗人的自杀，对一个新生的社会主义国家来说，无论如何都是一个污点。斯大林不怕再死几个作家、诗人和艺术家，只是"死相"别太难看。

斯大林：您的信，我们收到了。……或许真该放您到国外去？怎么，我们已使您很厌烦了吗？

布尔加科夫：最近一个时期我一直在反复思考：一个俄罗斯作家能不能居住在祖国之外？我觉得，不可能。

斯大林：您想得对。我也这么想。您是希望去哪里工作？是艺术剧院吗？

布尔加科夫：是的，我希望这样。我表示过这种愿望，但他们拒绝了。

斯大林：那您就往那儿递一份申请书嘛！我看，他们会同意的……

不久，布尔加科夫在莫斯科艺术剧院担任了导演助理。

……时间来到曼德尔施塔姆被捕后，帕斯捷尔纳克四处走动，以减轻朋友的厄运。1934 年 6 月 13 日，一个女邻居叫帕斯捷尔纳克去接电话。他拿起电话，对方说，斯大林马上要和他通话。他哼了一声，别乱开玩笑，放下电话。但电话铃随后又响起，他再拿起，对方马上说，斯大林同志将与您通话，如果您不信，请拨这个号码……他马上打了过去，是斯大林。斯大林告诉帕斯捷尔纳克，曼德尔施塔姆的事情已经研究过了，会有一个好的结果的。

　　"请问，曼德尔施塔姆是您的朋友吗？"

　　"诗人之间难得成为朋友，他们像美女一样相互嫉妒。我和他所走的道路截然不同……"

　　很显然，帕斯捷尔纳克回答"是朋友"，自己就是曼德尔施塔姆的同伙，说"不是朋友"，又意味着背信弃义。

　　"我们布尔什维克，不会丢下自己的朋友不管。"斯大林说。

　　"这一切要复杂得多，我们两人确实不同……"

　　"您为何没来找我，或者找那些作家组织？如果我的朋友落了难，我会千方百计帮助他。"

　　"要不是我在张罗，您也许什么都不会知道，而作家组织从 1927 年以来就不再管这种事情了……"

　　可以说，来者不善，所有问话都是精心考虑的，而帕斯捷尔纳克巧妙地化解了被动，以迂回的方式躲避了锋芒。当曼德尔施塔姆听到夫人复述电话内容时赞道："好样的！滴水不漏的答复！"

🔊 我不能不摸摸作家的手指，沾点灵气（上）
🔊 布尔加科夫故居内的一部电话（下）

帕斯捷尔纳克并没有轻易地"放下"这次电话，除了很多人都知道了领袖与他通过电话，一年后更是漂亮地"利用"了这次电话。在电话中，斯大林"批评"了诗人没有去找他求助，帕斯捷尔纳克就抓住了这一点，当1935年10月23日，阿赫玛托娃的丈夫和儿子被捕后，他给斯大林写信，"您曾经责备我不关心同志的命运"，而现在就请您"帮帮阿赫玛托娃，解救她的丈夫和儿子"。这封信11月1日送到克里姆林宫，两天后普宁和列夫就获得了自由。

帕斯捷尔纳克，一边写诗，一边完成了处世策略。他笃定："谁注定活着受夸奖，谁理当死后遭辱骂……"于是，该放弃的放弃，该坚守的坚守。他年轻时放弃音乐、放弃哲学、放弃莫斯科大学的毕业证书，36岁时放弃三人通信主导地位（与茨维塔耶娃和里尔克），再后来放下诗歌而翻译莎士比亚的悲剧、歌德的《浮士德》，直到1958年放弃诺贝尔文学奖。

要知道，1937年之内，在别列捷尔金诺，就有25人被逮捕。1939年又有巴别尔[9]一去不返。身边的很多人被抓走，而他活着，并不舒心，写于1941的《霜》安静中透着寒冷，当"落叶无声"、"雁阵最后的翩飞"之时，他在寒意中提醒自己"何必惊慌：惶恐之际眼睛自会睁大"，又能明了"造物的法则不足为信，美满童话一样是骗局"，然后面对"盛大而庄严的寂静"：

白皑皑的死的王国，

心神不定地陷入战栗，

9. 巴别尔（1894—1940）：俄罗斯著名作家，生于敖德萨一个犹太人家庭，代表作有短篇小说集《敖德萨故事》《红色骑兵军》。1939年在前苏联的"大清洗"中被指控为间谍，1940年被枪杀，1954年平反。

我悄声向它低语："谢谢，
你的惠赐，多于对你的祈求。"

我被他晚年的语言之回归自然而打动，但不会简单
去想，岁月沉淀使得诗风发生改变，我宁愿沉痛地相
信，诗人无心精雕细刻，或者说诗人放弃早期丰富的联
想、连绵的意象，选择简单，乃是身心不胜重负。

表面看，诗人有着田园般的劳动：

我在干泥土活的时候，
从身上脱掉了衬衫，
酷热直晒我的脊背，
仿佛焙烧黏土一般。

实则，他有着《虚惊》的不安，否则不会"一如每
年常做的那样"，去考虑"最后时刻"：

我从前厅朝窗外望去，
一如每年常做的那样，
看见自己的最终时刻，
它已被推迟和延宕。

毕竟，这是一个令人不得不"怀着犹豫前行"的时
代。好在他在 25 岁时就已锤炼出了沉稳的素养：

我怕什么？我对失眠之夜

帕斯捷尔纳克在别列捷尔金诺

像对语法书一样熟悉。我已和它结盟。

如果说象征派老诗人安年斯基会发出"请告诉我，在思想的痛苦之中／是否还有谁会怜悯我"的慨叹，那么帕斯捷尔纳克则是"黑夜在胜利，王和后在退却"之时，还能"看到早晨"的醒客。

六、人世间何曾对你有过怜悯

我曾说，当我谈论俄罗斯的诗人时，我在谈论我自己，现在再加一句：眼睛读懂诗意还不够，行走的坎坷更靠近人生和命运。所以，我不会颂扬"俄罗斯诗歌的太阳"，而在克里姆林宫"炮王"和"钟王"处，普希金那一闪而过的落寞和孤独化作认知：没人可以不为自由付出代价，甚至自尊。

1826 年 9 月 8 日下午，尼古拉一世加冕沙皇之后，召见了诗人。

"如果你 12 月 14 日在彼得堡的话，你将会做什么？"沙皇问。

"我将会和造反者一起出现在参政院的广场上。"诗人回答。

这之后，尼古拉又问："你的思考方式是否有所改变、是否能够保证今后改变行为，如果我将你释放的话？"普希金犹豫了很长一段时间，最后向尼古拉伸出了手，发誓会有所改变。于是，尼古拉和普希金从房间里走出来，对等候在外面的大臣们说："先生们，这是我的普希金！"

这一刻令人欲哭无泪。甚至，我为这一细节是"偷窥"了诗人的"另一面"而愧疚。但是，帕斯捷尔纳克将我从这一情境中拽出。他比我更深刻地理解了普希金，理解自由与生存：

> 就这样，前进，不必战栗
> 把同类现象当作慰藉，
> 当你还活着而非一具圣骨，
> 人世间何曾对你有过怜悯。

这，并非是为过错寻找退路，而是冷眼直面艰难时世所持有的态度：何以能够活下来，与诗共存。同情嘛，是人擅长的，因它是高傲的产物。可是，帕斯捷尔纳克让自己深陷尘埃，感同身受前辈的困境。他的尊重即是善待。伊琳娜·叶梅利亚诺娃[10] 在回忆录《波塔波夫胡同回忆录》"致中国读者"中说，他"是一个勇敢而美好的人，他在异常残酷的 20 世纪依然坚守着永恒的道德信念——对朋友忠诚，支持和帮助那些处境艰辛，'被侮辱与被迫害的人'"。

所以，在舍列梅捷夫宫的后花园，看到曼德尔施塔姆和阿赫玛托娃在一起，我根本不会去想：帕斯捷尔纳克为什么不在这里？其实，在阿赫玛托娃最困难的日子里，大部分熟人都绕开她十条街远，是他，一如既往地频繁地与她会面。尽管她后来说"帕斯捷尔纳克是个神一般的伪善家"。不要再挑剔他是"住别墅的人"了，更何况他留下了一部伟大的《日瓦戈

10. 伊琳娜·叶梅利亚诺娃 1938— ）：伊文斯卡娅与第一任丈夫的女儿。她是音乐出版社编辑，1985 年移居法国，在索邦大学授课，著有关于帕斯捷尔纳克等人的回忆录。

Ⓝ 帕斯捷尔纳克肖像剪影

医生》。

七、我从中捕捉此世的安排

万籁俱寂之时，我独自登上舞台，
轻轻地倚靠在门边，
回声自远处传来，
我从中捕捉此世的安排。

数千个望远镜连成一轴，
形成夜的晦暗对准了我。
天上的父啊，如果可以，
请从我身边移去这苦杯！

我喜欢你那执著的构想，
也乐意把这一角色扮演，
可如今在上演另一出悲剧，
免了吧，还是别让我来演。

然而戏的场次已经编定，
最后的结局也无可更改。
我孤单，不堪忍受伪善。
人生并非穿过田野。

　　如果非要选出最喜欢的帕斯捷尔纳克的一首诗，我
会选这首《哈姆雷特》。写于 1947 年的这首诗，是一个

舞台经验丰富的主演的独白与彻悟。人，一定要直面命运的"安排"。可以不满意，可以表达"别让我来演"，但"场次已经编定"，"不堪忍受伪善"之际，到底是演，还是不演——这是一个问题，却没答案——也许，答案就在最后一句，却是对着舞台之外的旁白：人生并非穿过田野。

我们总要面临各种选择。帕斯捷尔纳克在 1927 年完成的《施密特中尉》，就对选择有着深刻的笃定：

> 我知道，我倚靠它站立的
> 那个木桩，将成为历史上
> 两个不同世纪的分界，
> 我为我的选择而快乐。

如果说我读懂了帕斯捷尔纳克，不如说我理解了帕斯捷尔纳克，理解了他对生与死的认知。

1953 年在一场大病后，他给伊文斯卡娅的母亲写了一封信，当时他心爱的女人被关在劳改营，与他怀的孩子也流产了，信的最后，他说："所有我经历的和我看过的，这一切都是那么美好和朴素。生和死是多么伟大，而人若不明白这一点，那他会是多么微不足道！"

1954 年，诗人的长子戍守边疆，饱受孤独之苦，向父亲求助。做父亲的先把儿子教训一通，后又谆谆教诲：

> 除了主观世界的温暖，毕竟也还有一个客观世界，
> 自尊心迫使你与它和解，应当克制与它的冲突，并准备

平心静气地退让或牺牲。……我始终对你强调一点：在自己的生活、工作和服役中，要遵守通常的和既定的规范。在这些真实的界限内缓步前行……单凭冲动、狂热、幻想、造作，你将永远一事无成！

我觉得诗人在写这封信的时候，面对着的是一面镜子。他教诲儿子，看到的是自己。

八、别忘了明天把窗户打开

两次去莫斯科，都留下了遗憾：未能到别列捷尔金诺去看帕斯捷尔纳克的故居和墓地。其实，第二次是有机会的——从头说起吧——那天吃过早饭，把民宿的房间整理干净，下楼把钥匙交给看门人，挥手告别。再次挥手是来到凯旋广场的对面，隔路与马雅可夫斯基。要说不留恋是不可能的：契诃夫小镇没有去，因为作家的故居正在维修；马雅可夫斯基的故居就在附近，因为要去看果戈理，只能二选一；还有叶赛宁的故乡梁赞，也得遥望了……下次吧，这样想着，走进了马雅可夫斯基地铁站。

坐地铁，再坐轻轨，9点多一点就到了多莫杰多沃机场。飞机11点多起飞，提前了两个小时，心情就很放松，兴冲冲地来到柜台，拿出护照以及电子打印的机票，换登机票，但被拒绝。美丽的俄罗斯小姐直摇头，摇得我心里有点发慌，前几天在圣彼得堡坐高铁到特维尔，排队上车时就遇到这种摇头，搞得一阵紧张。但愿拿出那张"特别护照"就OK了。这次显然不是那个原因。宁宁与她说英语，她听不懂，找来一个懂英语的同事，听了宁宁的询问，给我们写了一个小纸条，到另一个柜台办理。但，那个柜台又让我们到另一个柜台，来来回回好几次。语言不通，再次令人抓瞎。最后，总算找对了衙门。一个小伙子看了我们的护照，在电脑上查了查，用英语告诉宁宁：机票超卖，我们无法登机。宁宁与他交涉，我们早早就预订了机票，都有座位的，超卖也是在我们之后，为什么不让我们登机？此刻，我们又加深了对俄罗斯的认识：一些国际惯例在这里真的可以行不通。今天，算我们摊上事儿了。

　　小伙子笑眯眯地看着我们。继续交涉。我与宁宁商量好了，不焦虑，不卑不亢，提出抗议。这期间，身后不断有俄罗斯人排队，小伙子就停下与我们的沟通，让他的同胞到前面，办完了事情，再搭理我们。这样干了三四次，我一看时间，过去一个小时了，能不能上飞机还悬着。我们的计划是下午一点多钟落地辛菲罗波尔，午饭后再坐世界上最长的有轨电车，一路欣赏美景，到达雅尔塔，时间允许直奔契诃夫故居，傍晚再到著名的海滨大道寻找"带小狗的女人"。看着小伙子微笑的怠慢，我控制不住了，这事儿太荒唐了！他听不懂，却能看懂我的态度，始终是笑眯眯的，告诉我们，可以在附近的宾馆住下，他来安排，明天上午9点钟，搭乘另一

入住莫斯科的民宿楼下。此楼的墙上爬满了爬墙虎。我们住在二楼，走廊上还有一道铁栅栏门。这里距"凯旋广场"即昔日的"马雅可夫斯基广场"只有几分钟的路。在此住了几天，女房主一直没露面。本来，我想采访她的。她懂英语，孔宁可以做翻译的——这又是旅行中的一个遗憾。

趟航班。NO。我和宁宁态度鲜明。他再一次在电脑前查看起来，然后说，下午5点多有一趟航班，我们要不要？好吧，也只能这样了。叹一口气，无可奈何，人在他乡，语言不通，任性不得，该忍的就忍吧。长舒一口气，为今天总可以到雅尔塔了。还有大把的时间，给手机充电吧，到书店溜达，补写日记。

突然，我想：要是现在离开机场，到别列捷尔金诺去，时间还是很充裕的。但我看着宁宁，没有说出口。还是语言问题，就像那天到特维尔下车，在小火车站买去克林的票，看着电子屏幕上一闪一闪的俄语，"克林"简直如大海捞针……最后买到了票，还是不敢出站，担心节外生枝，原本要出去走走，也许会找到叶赛宁的，但也只能放弃——此时，同上次一样，语言问题再次妨碍了行动。而这次更不能冒失离开，到了莫斯科才预订到雅尔塔和塞瓦斯托波尔的酒店，万一出去路上再遇到麻烦，一旦赶不回来，民宿也退了，剩下的行程就不堪设想了，还是老老实实地待在机场了。

也不知道是不是老天在惩罚我的小心翼翼——乌拉尔这趟航班，再次晚点，而且是一而再再而三，从傍晚5点到6点，再到7点，然后暮色四合，直到快12点了，我们才走上飞机。夜色真是苍茫。

哦，别列捷尔金诺。这次的错过，我知道再也无法绕开，我越是读帕斯捷尔纳克，这个地理位置越是吸引着我：

我的心灵，为我周围

所有人而忧伤！
你活生生地成为一座坟，
埋葬着饱受苦痛的人。
……
在我们这个自私的年代，
你就等于一只骨瓷，
使那些遗骸得到安宁，
出于良知，也出于恐惧。

　　这首《心灵》写于1953年秋，他的悲情，他的苦痛，他的承担，让我靠近他。遥远不是距离。一天，当我像他一样重读了安德烈耶夫的《七个被绞死的人》，也就跟着作者的孙女——奥尔加·安德烈耶夫来到了别列捷尔金诺。我相信她的导游："棕色的房子，带着飘窗，坐落在斜坡上，背靠一片冷杉林……小门廊的尽头有扇门，门上钉着一张英文字条，纸已发黄，且已撕破，上面写着'我在工作。我不见任何人，请走开'。在帕斯捷尔纳克房间，墙上挂着他父亲的木炭画作品，有写生和肖像画，可以辨认出托尔斯泰、高尔基、斯克里亚宾和拉赫玛尼诺夫[11]的肖像，还有儿时的鲍里斯·帕斯捷尔纳克和弟弟妹妹的速写……"

　　这一天，奥尔加·安德烈耶夫和帕斯捷尔纳克离开别墅，走进灿烂的阳光，穿过房后的常青树丛，积雪很深，两人走得十分开心，而诗人阔步前行。他们渐渐走远了，但他的声音还在："我对世界的认知从未放弃。生活不断提供新的素材，作家要做到生命不息，笔耕不

1.拉赫玛尼诺夫（1873—1943）：生于俄罗斯，是20世纪著名的古典音乐作曲家、钢琴家、指挥家。

止。……马雅可夫斯基自杀了，因为他的傲慢无法顺应滋生于他体内或周遭的新生事物。"他还说，在音乐和写作方面，人们必须具备广阔的视野，"才能获得独立的个性，成为他们自己"。

在别列捷尔金诺，他翻译了俄语最好的莎士比亚悲剧和歌德的《浮士德》。在别墅附近的"小别墅"，他拥抱伊文斯卡娅，并让她成为《日瓦戈医生》里的"拉拉"。1958 年，他"以现代抒情诗和伟大的俄国小说的传统领域所取得的巨大成就"，获得诺贝尔文学奖。

晚年的帕斯捷尔纳克，游刃有余，他既怀疑"需要多少勇气，才能游戏岁月"，又肯定"就像有时注定游戏而不拒绝"。他 66 岁时写的《夜》万物于心：

他仰望着行星，

仿佛整个苍穹

都属于他每天夜晚

放心不下的事情。

他终于还是要放下一切。

70 岁的那个春天，身体的疼痛来得突然而猛烈，他预感生命来日无多。

他反复说，"假如就这样死去，也没什么可怕的"。

他对护士说，"生命美好。……我快乐"。

他后来又说，"不知为何我就要听不见了。仿佛有团雾在我眼前。但这会过去的吧？别忘了明天把窗户打开……"。

他在 1953 年《八月》就预言了死：

我想起枕头为何沾湿，

因为泪水洒落在上面：

我梦见你们一个一个

穿过树林来跟我告别。

后来，他安慰伊文斯卡娅："你要明白，这是梦。仅仅是个梦，而且我一旦把它写在纸上，它就不会实现了。"

1960 年 5 月 30 日，帕斯捷尔纳克病逝，6 月 2 日安葬在别列捷尔金诺的墓地。送葬那天，伊琳娜·叶梅利亚诺娃返回村子，她后来告诉世人，"奇迹紧随不舍。鲍·列从沙土小路的每个拐弯处瞧着我们。从半干涸的

帕斯捷尔纳克故居，在别列捷尔金诺（左）

小河瞧着我们。从那座怪难看的干草棚瞧着我们。……一直到家,奇迹都如影随形,然后就同落日一起消失了"。她接着又说:"这奇迹闪现过,存在过,在给我们力量。"

两次行走俄罗斯,探寻了新圣女公墓、瓦甘科夫公墓、沃尔科沃公墓、涅夫斯基修道院公墓,拜谒那些艺术家、作家、诗人的墓地时,不能不想到帕斯捷尔纳克的安息之地。他的墓碑不大,刻着侧面头像,墓地上放着一块四方石板,刻着生卒年:1890—1960。也许简陋了些,也许冷清了些,但我坚信诗人不会介意。

"生活对我们的仁慈、善良比我们通常想象的要多。"

我放下伊文斯卡娅的回忆录《时间的俘虏》,非常确定:他对她说的这句话,也是对我说的。

Ⓝ 帕斯捷尔纳克墓地

我罗斯美丽之月的阿赫玛托娃

严酷的时代改变了我，

如同改变了一条河。

……

我知道生活的开端与结尾

还有结尾后的生活，还有其他

——阿赫玛托娃：《北方哀歌》

安娜·安德烈耶夫娜·阿赫玛托娃

А´нна Ахма´това

1889 年 6 月 23 日，生于沙俄治下乌克兰的敖德萨。

1900 年，随家搬迁到彼得堡近郊的皇村；开始写诗。

1907 年，考入彼得堡女子高等学校法律系，因父亲明令禁止女儿使用姓氏"戈连科"发表任何文学作品，便取了鞑靼血统的外曾祖母的姓氏"阿赫玛托娃"作为笔名。

1910 年，与著名诗人古米廖夫结婚。

1912 年，出版第一部诗集《黄昏》；儿子列夫出生。

1914 年，出版第二部诗集《念珠》。

1921 年，前夫古米廖夫被捕枪决，罪名是"参与反革命阴谋活动"。

1924 年，作品被禁止出版；研究普希金的创作；翻译外国诗歌。

1935 年和 1938 年，列夫受父亲古米廖夫的牵连两次被捕；开始创作长诗《安魂曲》。

1940 年，开始创作长诗《没有主人公的叙事诗》。

1946 年，诗歌被污蔑为"颓废""色情"；本人遭受批判，是"集淫荡与祷告于一身的荡妇和修女"；被苏联作协除名。

1950 年代中后期，恢复名誉，诗集再版，可以在刊物上发表诗歌。

1962 年，创作完成了《没有主人公的叙事诗》。

1964 年，荣获意大利"埃特内·塔奥尔米诺"国际诗歌奖。

1965年，牛津大学以"自沙皇以来俄罗斯最伟大的诗人"授予阿赫玛托娃名誉文学博士学位。

1966 年 3 月 5 日，因心肌梗塞在莫斯科去世。诗人安葬在圣彼得堡远郊的科马罗沃。

1989 年，联合国教科文组织把这一年定为"阿赫玛托娃年"。

从涅瓦大街拐到铸造厂大街，差不多走了一个多小时。又累，又热，又渴。当来到门洞前，看到这面浮雕，只有一个想法：阿赫玛托娃，我终于看见你了。

痛苦
是诗人预言到的光荣

一、诗人不住舍列梅捷夫宫

我有一本《圣彼得堡建筑图册》，每一页都令人着迷，尤其对某个建筑进行了详细标注的：廊柱的高，门的宽，窗户有多少个，与周边的环境，等等。通过数据，我想象建筑的过程，而且，越来越确信，那些色彩或是地图上的河流，有着巨大的牵引力。一旦目光有了起点，脚步迟早都要启程。而一旦走出去，就会发现，道路比港湾更有吸引力。道路存在"艳遇"的可能，港湾烹饪"过期"的食材。

那个 8 月的下午，我们从海军总部门前的广场，挥别莱蒙托夫，出发，顺着涅瓦大街，走过普希金文学咖啡馆，走过喀山大教堂，走过叶卡捷琳娜二世，走过两条运河。一路走得很快，竟没撞到人。倒是很想撞到，不是像陀思妥耶夫斯基的"地下室人"那样撞到，而是无意的，然后道歉，这样兴许就会让脚步慢下

果戈理在小说中写道：直到"灯火给一切东西笼罩上美妙诱人光彩的那种神秘的时刻就来临了"，才有了"一种目的"，"一种不可思议的东西"——那就是"追逐"的主题：享乐，性，欺骗，欲望，等等。果戈理最后对涅瓦大街进行了彻底的揭示，拿出教导者的语气说道，"千万可别去相信这条涅瓦大街啊"。为什么呢？"一切都是欺骗，一切都是幻影，一切都和表面看到的样子不同。"——这是在说一条大街吗？是，又不是。

那天中午，当我拍下这张照片，眯缝着眼睛，审视着涅瓦大街时，不能不想到它的历史，不能不想到果戈理。涅瓦大街，圣彼得堡最繁华最热闹的大街，建于1710年，全长4.5公里，从涅瓦河边的海军总部一直延伸到亚历山大·涅夫斯基修道院，被称为世界最美的街道之一。果戈理在同名小说《涅瓦大街》开篇就说：这里"包括尽了一切"。这里的气氛是"游荡着的"，尽管无数的双脚"在上面留下了印迹"，"一天中间，'海市蜃楼'在这儿变幻得多么迅速"……

来。在路上，我总是走得很快。记忆中好像没有哪个女人喜欢与我一起散步。走得快，还是能够感受到两旁建筑的风貌：越是久远的，越是独特，鹤立鸡群，藐视一切。我发现，所有国家的所有城市，半新不旧的建筑，最喜欢往上面擦胭抹粉：红色，粉色，黄色，浅绿，淡蓝。半老徐娘的，搔首弄姿，透着不自信。我的结论：越老的东西，越结实。

走得快，也许是因为3年前的错过，所以当脚步走上铸造厂大街，才觉得这一次真的是走向阿赫玛托娃了。她的故居在舍列梅捷夫宫后面的南侧。那里，是我也是很多诗爱者敬仰的重要地标。

路左出现一个院子，中央的一小块草坪上立着一座雕像，走过去细看，是诗人涅克拉索夫[1]。在这条街上，只要留心，就会和很多诗人相遇，但稍不留神，也会擦肩而过。走着走着，就见前方的一处建筑显示出了雄阔的气场，应该就是舍列梅捷夫宫的后面了。从这里走进去，再向西走上一段，就是舍列梅捷夫宫了，当然，如果从涅瓦大街转弯顺着丰坦卡运河北走，就能到达这座宫殿的正面。它在俄罗斯的历史上占有一席之地。潮湿的日子里，它埋在地下的石头也许会渗透出一丝丝沼泽的气息。

1712 年，在波尔塔瓦战役中立下汗马功劳的陆军元帅鲍里斯·舍列梅捷夫，获得了彼得大帝的一个赏赐：城市郊外的一块宝地。乍一看，是一片沼泽，但周边茂密的森林显示了勃勃生机。舍列梅捷夫没有辜负恩赐，将这里建成了一座具有田园气派的庄园。舍列梅捷夫家族一直与皇族关系密切，对皇室忠心耿耿，1697 年舍列梅捷夫就陪伴沙皇第一次游历了欧洲，并成为俄罗斯驻波兰、意大利和奥地利的外交大使。1705 年成为第一位被册

1. 涅克拉索夫（1821—1878）：俄罗斯著名诗人，许多诗篇描绘了贫苦下层人民和农民的生活与情感，被称为"人民诗人"。

涅克拉索夫雕像（左）
舍列梅捷夫宫（又叫喷泉宫）（右）

封的伯爵。1719 年舍列梅捷夫去世了，他唯一的儿子彼得·舍列梅捷夫继承了一切，而且得到彼得大帝"像父亲一样"的关照。到了 1788 年彼得·舍列梅捷夫去世时，舍列梅捷夫家族成为世界上最大的地主，拥有广袤的土地。就说这座宫殿，就有 340 名仆人，每个门口都站着一个听差。建筑外墙上装饰着华丽的狮子头像和军徽，尽显家族煊赫荣耀，宫殿后面是一个巨大的花园，道路两旁立着从意大利运来的大理石雕像，中间还有喷泉，"喷泉宫"以此闻名。

阿赫玛托娃一些诗的最后常常"写于喷泉宫"。

1917 年"二月革命"期间，大批民众拥入这座建筑，上演了"打土豪分田地"。最后一位主人谢尔盖伯爵一看不妙，考虑再三，决定将宫殿交公，但与当局签署了协议，要求将这座建筑保留完好。别说，当局还真就信守了承诺。

1918 年，29 岁的阿赫玛托娃来到舍列梅捷夫宫，与第二任丈夫弗拉基米尔·希列伊科同住，他在这座建

筑的北面有一间房子，这位研究中东的年轻考古学家，曾是末代伯爵孙子们的家庭教师。阿赫玛托娃的第二次婚姻维持了 8 年，离开这里不久，她又和新的男人尼古拉·普宁搬回了"这里"[2]。有一点很奇葩，就是与普宁分居的妻子也搬了过来，他们低头不见抬头见。

继续往前走，见旁边一家小店开着门，我们决定进去问一下路，确保准确，一个 30 多岁的漂亮女人放下手机，出来领路，走了三四十米，她用手指着前面从二楼横出的一个杆子，那上面挂着一个招牌，她说的俄语听不懂，但我看清了招牌上的名字——阿赫玛托娃的签名。签名下是一个大门洞，大门洞右边是个小门洞，就在小门洞左面对着大街的红砖墙面上，用白色的水泥雕塑出了女诗人的头像。这个很有现代感的浮雕作品，与墙角裸露着的一根根很粗的电线并列，乍一看不雅，再

2. "这里"：不是"喷泉宫"，指的是这座宫殿后花园南侧的一座公寓楼。国内很多出版物都搞错了，把阿赫玛托娃故居误认为"在舍列梅捷夫宫"或"在喷泉宫"。

看就觉得很"行为艺术"。整个门洞的右墙上，写满了字，各种颜色，各种语言，俄语的多，也有英语的。没看见汉语。墙面靠西处，洒满午后的阳光，与东边的阴影形成强烈对比，使得那些或长或短的文字在明暗的光效之下，仿佛在颤动。站在光影中，就成了光影的一部分，看见自己的影子和诗句叠加一起，不由窃喜。不是每个人都享有过这种待遇的。离开墙上的诗，走出门洞，前面是一座花园，向左走，隔不远就可见一座小型的雕像，让你放慢脚步。来到南边一楼售票处买了票，出来再走二十来步，就到了故居博物馆楼下。墙上，挂着诗人的浮雕，标志性的冷峻。路边，一座木雕的阴凉里，躺着一只胖胖的黄猫，闭眼，傲慢无礼地睡大觉。要说，还是北京鲁迅博物馆的猫，热情好客，高兴了还给你打个滚的。

二、我提着一只马灯

走进楼，右侧是一条走廊，走廊左边有存包处、咖啡厅、购物室、洗手间，右边有很多窗，窗外的绿意在上面逗留。走到头，楼梯在左边出现，从这里开始，向上的每一步，都与诗人的脚步重叠。楼梯是石头的，硬，光滑，也不平。来到3楼——是3楼吗，幻想着与诗人一起往上走，至今记不得跨进故居的那一步，是在几层楼上。

就像在涅夫斯基修道院的拉扎列夫墓地，以为娜塔莉亚的墓碑会很艺术，找了半天也没找到，最后看到的是一座极为普通的大理石棺，令人惊讶——到此之前，

⚫ 阿赫玛托娃故居博物馆在铸造厂大街上的标志性招牌。上面是诗人著名的签名（左）
⚫ 参观者在阿赫玛托娃故居博物馆前面的门洞墙上的各种留言（右）

虽然清楚诗人的生活贫寒落魄，但一进门就撞到锅碗瓢盆，落在墙角的一个个旧箱子，架子上瘪了的铝锅、饭盒、粗瓷大碗，还有挂在墙上的擀面杖，碗架柜上面剥落的油漆……这些陈旧的日用品，还是让我大大地震惊了。这里，比一首抒情诗修修改改了多次的草稿，还要凌乱。很难想象，那张女神似的面孔陷入到烟熏火燎之中，搭着白色披肩的袅娜腰身在油盐酱醋中转来转去。但现实就是这样的一片镇静片。稍一定神，我嘲笑了自己，竟然忘了，只有流过泪的眼睛才会仰望星空，而普希金如果不被幽禁在祖籍地，如何写得出"记得你那美妙的一瞬"。更何况，她是阿赫玛托娃，她的预言和选择，已然注定了诗与生活，绕不过苦难。

但是，一个马灯的出现，还是让人感到意外。

她的众多的情人，她的三个丈夫，都不是提马灯的人。马灯，锈迹斑斑，没有了防风罩。它放在一个大理石桌面上，桌子靠墙那面立着一面镜子。它又在镜子里。当我也出现在镜子里时，终于想起来，诗人就是提着马灯的人。她从1940年开始写作的长诗《没有主人公的叙事诗》，描写了列宁格勒被德军围困的情形：

> 在喷泉楼的屋檐之下，
> 弥漫着傍晚的慵懒。
> 我提着一只马灯，和一串钥匙——
> 与远方的回声相呼应……

除了那个傍晚，很多个夜里，她也是提着马灯，小心翼翼地走下楼。院子里看不到人。夜空中出现枪炮的火焰，亮过了星星。马灯在这样的黑夜里，显得很沉，这样的黑夜也增添了光的亮度。她能看清花园的小路，再远的前途就看不见了。可她还是感到了一丝骄傲，马灯成为院子里的最亮的光。战争让所有的院子都像坟墓一样死寂。她还可以和光在一起。她还能活着，活过了大清洗，而且还要活过这场战争。

她活了过来。

那天上午，虽然我是误闯入了"二战"死难者的公墓，但身上骤然的一阵冷意，我却十分明了，来自一组黑色的数字：列宁格勒自 1941 年 9 月 8 日被德国军队围困，900 多天里，有 350 多万人冻死、饿死。阿赫玛托娃应该庆幸自己是位诗人，被安排撤离了城市，先到莫斯科，再到更远的安全的地方。

躲过了死亡，她深知活的意义，在被男人抛弃的日子里，在屈辱里，在儿子三次被捕的恐惧里，在违心地高唱赞歌里。

她能活下来，不是靠着对生命的热望，而是对人生的不完美，始终报以冷眼。她善于抒情，更擅长对命运发出洞见。命运的时刻，是眼里有灯的时刻，也是眼里含着盐粒的时刻。她具备一种极为特殊的天赋，启程之前，就对路上发生的险境拥有着预判和体验。她了悟身为诗人，不能放下的，就得全部担在肩上。这是她何以成为伟大诗人的独特的厉害之处。24 岁那年，她与第一

3. 古米廖夫（1886—1921）：俄罗斯著名诗人，"阿克梅派"代表人物，1921年被逮捕，以"参与反革命阴谋活动"罪名判处死刑，60年后得到平反昭雪。

个丈夫古米廖夫[3]还在婚姻中，《受宠的女人总是有那么多要求》就预言到了：

我不曾得到爱情和安宁，

不如让我独享痛苦的光荣。

这个马灯，照出了自始至终都存在着的：痛苦。她一生的诗，都是：左依饥寒，右靠监狱，她在中间踉跄奋行，没有强大的心理准备，如何走到最后，再绽放笑意。

1922年，她写《预言》就是在审视镜中的自己，并提醒：我见过那顶黄金打造的桂冠……/ 请不要对它过于羡慕 / 因为它根本就不配你的面孔 / 本身就是偷来的赃物。

她强调：

我的桂冠用弯曲的荆棘紧密编成……

就这样，"预言"的痛苦编织成的"桂冠"，戴上，就不曾摘下。就这样，她背负沉重的"光荣"，走向苦难。她不可能绕行。苦难，看轻回避它的人，而她不是躲在里面啜泣不止，她用沉默或诗，收容每一次的凄风苦雨，风云变幻。

她的生命总是提前触摸到暗夜。或者说，她的灵魂比诗，更早地跋涉于命运之途。或者如生于圣卢西亚的诗人沃尔科特所说："诗人也会越来越像他写的诗。"

"二战"死难者公墓，在圣彼得堡。从沃尔科沃地铁站出来，沿着大街一直向东走，不到两站路，在走过一条马路时，就能看到这座高大的墓碑，再往前走几百米有一个门，进去就是公墓了。可见，一片一片片密密麻麻的墓碑。从这里出来往前不远，这里安葬着很多作家、诗人、艺术家、科学家，像屠格涅夫、冈察洛夫、门捷列夫，还有诗人勃洛克……走过一座桥，10分钟左右吧，再向左，就是沃尔科沃公墓。

三、应该，让灵魂变得石头般坚硬

此刻，正如我看到的——她从外面回来，提着马灯，小心翼翼地走上楼，放下马灯——看到熨斗。它很大，笨重。展品是不让触摸的，我还是小心地拿了一下。它比想象的要沉。马灯和破旧的日用品成为前奏后，这个熨斗，就不显得意外了。我退后几步，很想把它看成艺术品，像看塞尚的苹果。但显然不可能。我只能想象着她拿起熨斗，就像拿起生活本身。沉甸甸的。

在这里，很多时间里她研习的不是诗，而是琐碎："请你原谅我／我自理能力太差。"她为不会打理家务而检讨。1918年8月，她与古米廖夫离婚，12月与希列伊科结婚，搬到了这里。从前夫那里出来，她连勺子和炊具都没拿，不是不想拿，而是拿了也不会用。生活比写诗，要难。我读过她三卷厚厚的诗歌全集，发现1919年只写了4首诗，其中一首哀叹着"我痛苦而衰老"。1920年只写了一首。1921年8月，她实在忍受不住了："对

阿赫玛托娃肖像画，俄罗斯画家奥尔加的作品（上）
阿赫玛托娃故居展品（下）

我来说／丈夫是刽子手／家就是监狱。"她与希列伊科在很多方面都不和谐，却从不怨恨这个男人。也许，"十月革命"带来的急剧动荡，桌上还能有面包就不错了。她弯下身段，学会了生炉子。在把劈柴放进炉子时，缪斯女神也躲开了，房间太冷了，而劈柴比卢布还少，最冷时手都拿不住笔。

我走到炉子跟前，生怕踩到脚下毡垫上的炉钩子。我伸出手在炉子上面，好像要烤火。写诗，我永远无法与她相比，要说生炉子绝对胜她一筹。我9岁就会生炉子了。生炉子，有时比写诗重要。

墙上陈列着一些照片，我以为会看到一条小狗，且希望它是塔巴。塔巴是希列伊科收养的一只小狗，她离开他后，带上了塔巴再次来到这里，与普宁同居。她身边不能没有男人，而男人也成为她痛苦的一个来源。有一次她给第二任写信，因为普宁向她要塔巴的生活费，她拿不出来。我相信，她具有超然的能力却无法预见这种荒唐之痛。

走廊上堆着一摞摞捆扎的旧书。

诗人在这里，不仅仅是贫穷：

随它去吧。不遭遇刽子手和断头台
这样的诗人世间稀无。

　　她在 1935 年写的《为什么你们往水里下毒》，如此
悲凉，又如此坦荡。同年 10 月 12 日，她身边的两个男
人，普宁和儿子列夫被捕。好朋友曼德尔施塔姆 [4] 也失
去了自由。这个秋天，她开始写《安魂曲》：

　　黎明时分他们把你押走，
　　像是送葬，我跟随在你的身后……

写于 1939 年春天：

　　我奔走呼号了十七个月，
　　一声一声召唤你回家。
　　我曾向刽子手屈膝下跪——
　　儿子啊，我每天都为你担惊受怕……

写于 1939 年夏天：

　　今天我要做许多事情：
　　我应该把记忆彻底杀尽，
　　应该，让灵魂变得石头般坚硬，
　　我还必须重新学会生存……

4. 曼德尔施塔姆（1891—1938）：
俄罗斯"白银时代"著名诗人，
"阿克梅派"代表人物。

我看着，破旧的东西；我走着，在光与影之间，呼吸觉得凝重。没有一点声音，偶尔有窗外的鸟叫传来，一下就被安静吸收得干干净净。这里的每一件旧物，都连接着俄罗斯诗人的光荣之路，而这份光荣如果不与苦难相连，就无法完成最后的抵达。她的《安魂曲》写了5年，诗歌能够全文发表，却是20多年后。如果马雅可夫斯基不是于1930年用一颗子弹结束了生命，看到"贵妇"写出这样的诗，怕是要一屁股跌坐地上。她的诗因为不符合"革命"和"新时代"的韵律，很早就不得出版了，但这不能阻止她在黑暗中继续写作。沉默不是诗的终结，而是火山底下滚烫的岩浆。她一边等待，一边锻造，站在"政治语言"之外，为人民代言，个人的处境也就呈现出广大的写照。在别人唱歌的地方，她发出孤独的怒吼，这呼喊成为她的财富，又注定要成为时代的良心。残酷的现实没有给她升华柔情的机会，苦难反而让她成了英雄。一个预言了痛苦并一次次经历着痛苦的人，她不可能再成为时代的速记员。她用心灵的伤口代替了鲜花。她在见证苦难的同时，实现了自我拯救，而她的苦难的广阔性，在别处的平原与河流中，也能听到那熟悉的步履和喘息。

　　她在世的时间算不得长，却经历了一个城市的三次改名：从彼得堡，到彼得格勒，再到列宁格勒。她的学生布罗茨基说，"历史会小心照料不愉快的记忆"，阴影虽然还在她的白纸上放大恐怖，但她的笔绝无慌乱，也许是顾念太深：

可是我知道人间唯一的一座城市，
我即使在梦中用手摸也能把它找到。

我来到了右侧走廊的尽头，向左转，又是展室，可我停下来，盯着西面的墙。墙面贴着各种报纸，粗体字，大黑的字，照片，绘画。这样的墙面多么熟悉，我的很多字都是在墙上认得的。认得的字，就展开一条路。

我们儿时在昏黄的煤油光下
欣赏过的糊墙纸，
至今还装饰着窄窄的走廊。

这是她在《北方哀歌》序曲中写的。这样的走廊通向世界的每一个角落。光明的，被堵上窗户的，寒冷的，一眼看不到头的。

总有人问我，为什么要到诗人的故居去？到诗人的故居，有一点像是回到了老房子，那里散发着旧家具、旧门窗、旧报纸的味道，甚至还有蛋炒饭的味道。失灵的味蕾被唤醒，记忆变得触手可摸。更重要的，故居帮助我更近地理解了诗人的生活，理解了那个时代，从而沉思现在——现在，比那个时候更好了，还是更坏了？

马灯，在我所见之前，对我不具有含义，正是在这里，马灯才再次被点燃，照亮了暗夜。但在此，我不是要找到痛苦的复印件，而是加深那个烙印。来之前所做的功课，那些文字和图片，都在不知不觉地浮现、对应，带着共鸣的痛点。诗人生活过的地方，放着一把理解她创

作的钥匙。在这里，我会从一只有裂纹的饭碗，一条披肩，一把椅子，读到很多熟悉的诗，读懂诗——不在别处，就在命运里。在这里，诗人"预见"的所有"痛苦"，都能找到一一对应的物件。而我还在——马灯的上面，炉子的上面，墙上的报纸上面，从镜子里——看到自己——虽然我与诗人不生活在一个国家和时代，但诗是时空之桥，谁在上面行走，谁就能拓宽所处的空间。此刻，我站在走廊上，看墙上糊的报纸，就是站在塞瓦斯托波尔的南岸，看黑海的汹涌澎湃。

四、有谁能拒绝自己的生活呢？

我想象了以赛亚·伯林[5]来到这里的情形，也就走进了陈列着莫迪里阿尼那幅小画的房间，阿赫玛托娃的形象也就顿时生动起来——时间回到了1945年的一天，诗人和伯林在这里彻夜长谈。那一年，伯林刚刚成为英国驻莫斯科大使馆一等秘书，迫不及待地想要见到诗人。如果要是知道，撤离列宁格勒的阿赫玛托娃再次回到这里，大楼遭到一枚德国炸弹的轰炸，公寓墙上出现一条巨大的裂缝，窗户破碎，没有自来水和电，他也许会推迟这次拜访：

> 房间陈设极为简单，我推断房间里的所有东西在大围城时都被弄走了——不是被洗劫就是被卖掉。只剩下一张小桌子、三四把椅子、一个木柜、一张沙发，壁炉里没有生火，上方挂着莫迪里阿尼的一幅画。一位仪态高贵、头发灰白的女士，肩上裹着一条白色的披肩，款

5. 以赛亚·柏林（1909—1997）：英国哲学家、政治思想史学家，二十世纪最著名的自由主义知识分子之一。

阿赫玛托娃故居

款起身欢迎我们。安娜·安德烈耶夫娜·阿赫玛托娃气度无比雍容。她举止从容，道德高尚，容貌端庄而又有些严肃。

我看到了那条白色的披肩，还有那幅小画——干净的线条勾勒出她的身体，简约、明快之外，留下了想象的空白。她与画家之间的情感，之短，之单纯，如果对应与第三个丈夫普宁的话，十多年就太漫长了，太复杂了。

画是轻的，箱子是重的。箱子还是床。1928年，16岁的列夫离开祖母来到母亲身边，晚上睡觉，走廊的皮箱就是他的床。他回忆说，走廊没有供暖，很冷。1945年11月，从劳改营出来的列夫又过来与母亲同住，箱子怕是无法承受住这个饱经风霜和痛苦打击的男人了。走进故居就看到箱子，墙角是一摞箱子，快顶到了天棚，地上还放着一个大箱子，箱子上是一个手提包，诗人出门经常拎的。如果没猜错，这个摆在明显处的箱子，是普宁送给她的。她去世时身边有两个箱子，都很重要。一个箱子里放着有关勃洛克的资料，她准备在做电视谈话时用的，除此之外还有一些衣物；另一个

箱子就是普宁 1936 年送她的礼物,里面有她不断修改的
《没有主人公的叙事诗》手稿等稿件。这个箱子是 1994
年放在故居博物馆的。这个箱子,在这里,装下了她与
普宁 15 年生活的很多碎片。她在《北方哀歌》的第 4 首
中悲叹:

十五年——仿佛用十五个
花岗岩世纪所封闭。
不过,我自己也像块花岗岩了,
如今,恳求吧,忍受煎熬吧。

她和三个男人生活过后,诗歌渐渐没了早期的羞涩、
浪漫、狡黠和精灵,烟火气十足。只是,角色不衰。

勃洛克对阿赫玛托娃的诗有一句著名的说法:"她写
诗似乎是站在一个男人面前,而诗人应该在上帝面前。"
她好像离不开男人。食欲可以是一种口味,但情欲则一
个比一个新鲜。有人骂她是荡妇。她听得见,装着听不
见。她在意的是从男人怀里能不能掏出心肝,喂养情
诗。但她又搬回舍列梅捷夫宫,与普宁同居,很大一部
分的需求则是喂饱肚子。无法理解——普宁的妻子和女
儿就住在隔壁,够奇葩。两人是在 1922 年好上的。尼古
拉·普宁是艺术史学家,长相英俊,会摄影,又是一个
嫉妒心极强的人。他一边爱着,一边忍受着她的多角恋
情,在日记里发泄怨恨:"我不知道会有这样的人,如此
完美和纯洁的天使竟会与如此肮脏和罪恶的肉体合为一
体。"后来他发现,可以控制她的,是性。他对此信心满

🔸 阿赫玛托娃用过的皮箱(左)

满。但 15 年也够漫长，性本是一条道路，最后竟成了一把炉钩子，不比窗外的橡树枝长。等到积怨终于不再煎熬彼此，回头再看当初之兴，灰飞，烟灭。

又是箱子。

她的诗里没有箱子。她把它从记忆里拎走了。如果要撕开记忆的封条，带血的那面一定留着普宁的嘶吼：他撵她离开这里。

她还留恋吗？

1938 年的时候，走廊全无照明，石头楼梯坚硬而冰凉。她往上走仿佛在登山，而顶峰却无风景。5 月，曼德尔施塔姆再次被捕，9 月，她发现普宁的妻子安娜·阿连斯怀孕了。于是，她与阿连斯调换了房间，让后者与普宁不再偷偷摸摸了。这已经不能说是奇葩了，而是耻辱，但她必须接受，因为她没有地方可去。尽管那个曾经死死抱着她大腿的男人，要求她彻底地搬出这里。面对驱赶，她转身就把冷酷转化为诗：

> 这就是我的生活，我的传说。
> 有谁能拒绝自己的生活呢？

1939 年 6 月，《安魂曲》第 7 首的《判决》再次发出"预见"：

> 我早已预见到了这一天：
> 明朗的日子和空荡的家。

从无情的男人的身上，总会发现一个善意的女人。1942 年德军继续围困列宁格勒，她撤离到了塔什干，2 月的一天，她到火车站等候普宁一家从这里取道去撒马尔罕。她手持一束红石竹子的样子，令人联想到她在夜里总是穿着大红的睡衣。后来，普宁在信中对她说："我当时认为，生命能像您那样完整而美满的，再没有旁人……"1944 年 2 月 24 日，这个男人在日记中再次回忆起阿赫玛托娃，那天他返回列宁格勒，列车停在塔什干，她走进车厢，灰白的头发上戴着一顶皮帽子，还带来了礼物。

她在普宁死后，1953 年 8 月写了《忆普宁》：

那颗心儿已不能回应
我的欢呼，有时欢跃，有时忧郁。
一切都结束了……我的歌声
飞向空旷的夜晚，可那里不再有你。

我看到了普宁为她拍的照片，她站在有栅栏的门前，喜气洋洋，姿势像要飞。还有一张是两人拉着手的照片，我愿意想象，那是普宁调好快门速度，再跑到她跟前留下的纪念。那个时刻是恩恩爱爱的，但唤不起我丝毫的温暖。爱情是一种自学。如果你感悟到了爱情是危险的，尽可以让爱的潮水汹涌澎湃，因为不会在冰山出现时惊慌失措。只要深爱，就没人能在爱河里全身而退。

那么，我为什么还要写下她和他们的恋情——我写，是为了忘却。

我警告自己：不向任何诗人，学习爱情。

五、请走进这里，和我永远在一起

安静！——请别走错门，
请走进这里，和我永远在一起。

在这里，我相信没有走错任何一道门。

我的手触摸着黑色屏幕，马上显影一行行俄文。我看不懂，但又读懂了，那些修修改改的诗文，显示了我们有着同样的际遇——涂抹，删改，再修订，直到定稿。

我的眼光落到书架上的一个白色小瓷像，是诗人本人。但愿就是那一个——1936 年 2 月，她前往沃罗涅日看望被流放的曼德尔施塔姆，为了凑钱买车票，卖掉了娜塔莉娅·丹柯为她雕塑的小瓷像。

当来到最后一个房间，我发现了另一个我，吓了一跳。原来，我出现在左边立着的一面大镜子里。

是谁把他派遣到这里，
瞬间从所有的镜子中走出。
无辜的夜晚，沉寂的夜晚，
死神派来了未婚夫。

镜子上还有好些人：她敬爱的人、诗人、朋友。我第一眼就看见了曼德尔施塔姆。

我在镜子上没有找到叶赛宁，也没看见马雅可夫斯基。她对这两位诗人的态度是矛盾的：认可他们的才华，又对他们受到的追捧和选择的道路，冷眼旁观。1915年12月，她把《在大海边》一诗从杂志上剪下来送给了叶赛宁，还写了题词，后来两人又见了面。有人说她怀着善意和殷切接待了他，但从叶赛宁那边来看，他却不喜欢她。其实，她更不可能喜欢他，这从她选择情人和亲密朋友的标准，就看得出来。她无法欣赏他总是想要掩盖来自乡村的土气而又故作的清高，尤其是出名后的狂妄。但是，1925年12月28日，叶赛宁在列宁格勒的安格特尔酒店自杀，还是令她沉痛，写了《忆谢尔盖·叶赛宁》：

> 可以如此简单地抛弃这个生命，
> 让它无忧无虑好不痛苦地燃烧殆尽，
> 但是不应该让俄罗斯诗人
> 以这种光辉的方式死去。

这里的"不应该"含义丰富——是谁不应该——很明显，她把诗人之死的一部分责任，让这个国家去承担。这是需要勇气的。

我在镜子里也没有找到马雅可夫斯基。他曾是她心头的一把刀。他挥舞无产阶级的刺刀，多次刺向她："闺房诗人""充满资产阶级情调"——这些话，与官方的批判虽然不经商量，倒也一唱一和。自1922

阿赫玛托娃故居里的镜子

年始，她就不能出版诗集了，如果要清算，马雅可夫斯基是无法逃过该负的一部分责任的。这位"未来主义"的马前卒想在彼得格勒扬名立万时，两人就撞上了，那是 1915 年 2 月的一天，在"流浪犬"俱乐部，马雅可夫斯基朗诵《给你们》，"知道吗，你们庸俗而又平凡／只会盘算怎么更好地填满你们的嘴"。很多人受不了这样的讽刺和攻击，开始反击，而在她眼里："他极其镇定地站在舞台上，纹丝不动，咬着一支大雪茄……对。我还记得他的这副样子，在闹哄哄的小市民中，很漂亮，很年轻，大眼睛。"她对他的态度，忍耐而宽容。1940 年 3 月，她为马雅可夫斯基写了一首诗：

你的诗句爆发出有力的声音，
崭新的旋律不断涌现……
不知疲倦的年轻手臂，
搭建起令人生畏的脚手架。

这是她的真话，也是她在那个年代需要说出的话："那些你要摧毁的——全部崩溃了"；你的声音是"波涛澎湃的回声"；你的论争"如同吹响进军的号角，嘹亮动听"。听出弦外之音了吗？尽管这个时候不应该强求诗人保持她的"风格"，但这种宣传口号似的语言，不是初心的，那就是违心的。如果还记得斯大林在 1935 年曾说过，马雅可夫斯基"是我们苏维埃时代最优秀、最有才华的诗人"，她对马雅可夫斯基的不吝赞美，就完全可以理解了。她要活下来，她还有儿子，她不能选择隐遁和避世。1946 年 8 月，阿赫玛托娃还是被开除出了作家协会，她成了"旧贵族文化的残渣余孽"，她"不完全是修女，不完全是荡妇，更确切地说，是混合着淫秽和祷告的荡妇与修女"。

这是一面镜子，却有着多棱镜的效果，折射出诗人的多面。

她于 1963 年 7 月写的《初次警告》，收在《子夜诗抄》组诗：

> 一切都会化为灰烬，
> 这与我们有何不同，
> 我曾生活在多少面镜子里，
> 我曾歌唱在多少深渊之畔。

她把个人的伤痛与所处的时代叠加在一起，指出自己伤口的同时，就撕开了社会巨大的伤痕。而这，才是导致每个人长久苦难的根源。

而诗，何为？

1939 年 6 月，她写出了《安魂曲》的第 7 首《判决》：

> 没关系，我早已有所准备，
> 对此事——我也能够应付。

她悲伤，却不沉沦，更见骨气。文字里所有的冷光，都经过了痛苦的磨砺。

我在镜子上看到茨维塔耶娃，一点不觉得意外。但两个女诗人之间并不是十分亲密，至少在她这边，一直有着藏而不露的冷意。1916 年 1 月，茨维塔耶娃来到彼得格勒，却错过了她。6 月，茨维塔耶娃写下一组诗献给她，有一行"哭泣的缪斯"后来被布罗茨基作为题目，来评述自己的老师。我看过好多本她的诗集，希望找到她对茨维塔耶娃献诗的回应，但只有一首，还是 1940 年 3 月写的《迟到的回答》。回复致意，竟需要这么长时间，而且是在茨维塔耶娃从国外落魄回来之时。这首诗在最后，也预言了不祥：

我们周围是送葬的钟声，

和掩埋了我们足迹的，

莫斯科暴风雪的怪异的呻吟。

一年后的 6 月 7 日，她在莫斯科的朋友家里，第一次见到了茨维塔耶娃，两人闭门深谈。翌日又见一面，聊天喝酒。8 月 31 日，茨维塔耶娃在卡马河畔的叶拉堡市的一间房子里，自缢身亡。

如果我的猜测不错的话，阿赫玛托娃对茨维塔耶娃怀有的一种冷淡，不是女诗人之间的竞争或者敌意，而是处世态度决定的，尤其是在留守国内还是逃亡国外的选择上，就像她对客居英国的情人安列普一生的难以忘怀，却又在心里产生愤慨：

那些抛弃了国土，任仇敌蹂躏的人，
我绝不会与他们为伍。
我不会去听他们粗俗的谄媚，
更不会为他们献上自己的歌声。

这首诗的最后，彰显的态度非常明确："我的坚守，更高傲和纯粹。"不错，她做到了。在组诗《野蔷薇开花了》第13首，她再次表明态度："你多余把雄伟、荣耀、权力／抛到我的脚下。"她低声说出了最强音：

……我不是生活在旷野里。
黑夜和永恒的俄罗斯和我在一起。

与很多诗人、作家和艺术家不同，她没有选择流亡，也没有选择自杀，显示了沉默的力量以及远离沉沦，即使有所妥协和违心，也保持住了尊严。活下来，成为一个见证。诗，毕竟是存在的，诗人是可以不死的。她没想过担当大义，但她确实做到了：

千万人用我苦难的嘴在呐喊狂呼。

她的诗，坚决不给权力和政治脱罪。
一切都是选择，如果说"预见"是准确的，如果说痛苦是命运的一部分。
再看这面镜子：

进入新的爱情，
如同进入镜子。

每一个来者必然会进入这面镜子，带着对诗人和诗的爱。很多人，千里迢迢，来自异国他乡，就像我。在镜子里看到自己，稍加审视，如能微笑一下，对伤害过我们的人，对生活的喧嚣、对命运的不公，都会在光的折射中有些和解吧。要知道，镜子上的那些人，哪一个，都比我们承受了更多的苦难。

这面镜子对着门，目送每个人离开，进入新的生活、新的爱情。

我该离开了，这是故居的最后一个房间。我离开，不带走云彩，但在心里带走了马灯，在漫长的黑夜，它会点燃篝火。它是最亮的星。

遗憾的是，没有时间再到舍列梅捷夫宫，找到镌刻在舍列梅捷夫家族盾徽上的格言："上帝善存一切。"但是，这里能留下的，如果属于善存，也是因为诗的缘故，因为阿赫玛托娃。

我看见一个女人迎面走来，当来到铸造厂大街时：她穿着破旧的雨衣，戴着老式的帽子，因为鞋不跟脚，使劲地用力。她拎着一个小箱子，这个箱子跟了她20年。她留着属于她的著名的刘海儿，嘴里念叨着"丈夫进坟墓，儿子入监狱"，又大声说"向坟墓起誓，任何人都不可能让我们投降"。她冲我微笑一下，好像在回答一个提问，慢声说"我在那里将重新获得眼泪的礼物"。

她从我身边走过去了。

1966 年 3 月 5 日，阿赫玛托娃在莫斯科的一家疗养院去世，遗容安详。送葬那天，队伍特意绕到这里，让她与生活过的地方做最后的告别。

但我来这里不是为她送葬。她还活着。我听到她一个人在马路上低语："人们所谓的春天，我却称之为孤独。"

我为她，轻轻鼓掌，为她的生活、命运、痛苦和光荣；为她对于诗歌和命运的态度：我既不想改写它，也不会解释它。

让诗人，越来越像她写的诗吧。

也让我，让我们，越来越像自己想成为的那个样子……

阿赫玛托娃之墓地，位于俄罗斯圣彼得堡科玛洛沃城。非常遗憾的是，那天我们去列宾诺寻访列宾庄园，只要顺着滨海公路一直往前走，也就几站路远，就可以到达这里了。

吸引他的并不是相貌
而是姿势

就像在列宾诺的列宾故居，我在找画家为马雅可夫斯基画的那幅肖像；就像在雅尔塔的契诃夫故居，我在找列维坦画的那幅《干草垛》；在阿赫玛托娃故居，我也在找一幅画，简单而又非常著名的画——年轻的莫迪里阿尼[1]，为阿赫玛托娃画的。

我在好几本书上看过这幅画，还临摹过两幅，都很像，但都撕了。

这幅画，只能属于莫迪里阿尼。虽然，它被展览、被印刷、被抚摸，却只有他的手，才能在她的身上留下温度。还有岁月的橡皮无法擦去的痕迹。

我终于看到了它。好险！这是倒数第二个展室了，如果最后一个展室还没有，我就得返回，重新寻找。就像错过的很多东西一样，有些是必须找回的。生活中，就是，存在着那些不能被替代的——我也是在学着、试着能把它们分辨出来。

到此，我必须看到它。我固执于自己的一些冒傻气的"必须"：必须到涅瓦大街的普希金文学咖啡馆喝一次酒，必须赶往遥远的塞瓦斯托波尔去寻托尔斯泰的行踪，必须买回在辛菲罗波尔机场相中

1. 莫迪里阿尼（1884—1920）：意大利著名画家，是 20 世纪初"巴黎画派"的代表人物。

1918 年时的莫迪里阿尼

的俄国海军棒球帽——现在，我瞪大眼睛，看着它。它，印证着一段纯真之情，虽然阿赫玛托娃一直否认，她和画家之间没有爱情。诗人狡黠而睿智，只要否认，那段过往就会留下无数的想象空间，任由评说，而她也能保护一下名誉，尽管在男女情事上的美誉度，远不如诗歌。

我看着那画……

1910 年 5 月，阿赫玛托娃第一次来到法国巴黎，邂逅了画家莫迪里阿尼。他 26 岁，孤苦伶仃，她 21 岁，与诗人古米廖夫结婚不久。画家与诗人相见恨晚。次年 5 月，她再次来到巴黎，此时她的婚姻已处在崩溃边缘。重逢令人备感珍惜，他带着她在月光中漫步于老城区。

他撑着一把又大又旧的黑雨伞上街。有时，我们撑着这把伞，坐在卢森堡公园的长凳上，夏季的雨水暖洋洋的。……我们两人异口同声地背诵我们记得牢牢的魏尔伦的诗句。我们喜出望外，因为我们记住的是同一些作品。

她没讲出两人诵读的是哪些作品，我斗胆发挥想象，也许是自己想听吧：

伴着安详的月光，美丽而忧伤，
把梦带给树上的鸟儿，
狂喜的呜咽带给喷泉，
带给立在雕像丛中细长的喷泉。

阿梅代奥·莫迪里阿尼是意大利人，1884 年出生，他自幼喜欢绘画，跟随印象派画家乔瓦里·法托里学习。1906 年移居巴黎，日子清贫。画家认识诗人时，尚无名气，常常身无分文。两人在卢森堡公园共进午餐时，因囊中羞涩，他都不能按照惯例坐在要付钱的椅子，只好坐到长凳上。她并不介意，也没资格介意，她神似女神，身非贵妇，婚姻又无望，两人相怜暗结。"我觉得他被孤独紧紧地困住"，她理解他的寂寞。她与他在一起，没听他提过任何熟人、朋友，或是画家的名字。他也不会讲笑话，"他彬彬有礼，但这并非出于教养，而是来自他那种高贵的精神"。

她对他的追忆，文字简约、明了，仿佛契合着他的素描线条的干净与简单。但她记得他为自己画了 16 幅画像，"他要求我把这些画镶上镜框，挂在自己的房间。可惜这些画在革命的头几年被毁于皇村"。我回想着她的话，难免叹息一声。

他为她画的画，没有全部毁掉。还在别处。有四幅画，分别收藏在巴黎和鲁昂。其中一幅画，她低垂着头，手抚肚脐，乳房挺起——有些评论家由此判定，两人关系非常亲密。得承认，有些八卦，不无道理。但那时她是他艺术理想的完美化身，确定无疑。她也愿意为他做模特。而且认为自己：

其实，吸引他的并不是相貌，而是姿势。

我看着那幅画——干净的线条勾勒出她的身体横卧在长沙发上……

🔹 莫迪里阿尼为安娜·阿赫玛托娃画的肖像画，右下角为阿赫玛托娃签名（右）

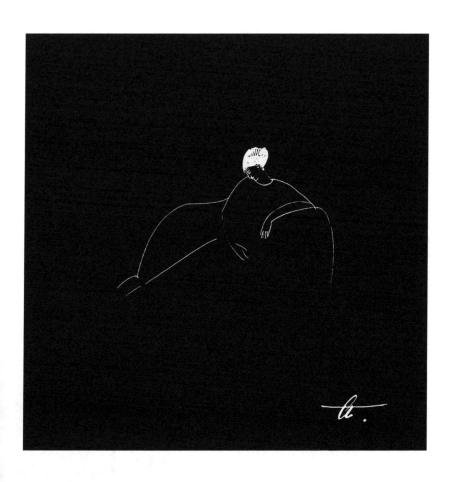

隐隐地，她的追忆化作画外音：夜深人静的巴黎，他散步到她住的楼下。她听到了他的脚步声，离开写字台，走近窗户，透过百叶窗，望着他在窗下慢慢离开。

　　她回国后，随着"一战"爆发和"十月革命"，无法再与西方的朋友取得联系。后来，她得知了他的死讯，悲痛之中又有幸运：在很多人认识他之前，就遇见了他。那么，这是怎样的一种遇见：

　　　　艺术的呼吸还没有吹燃完火花，还没有改造着两个人的生存，那应该是一个明媚的、轻快的、拂晓的时刻。

　　多么好。还没有经过"改造"。考察她一桩桩情事的最后，没有一个是圆满和美好的，都不如跟年轻的莫迪里阿尼，留下了完美而不曾被"改造"的爱人形象。
　　多年之后，在列宁格勒，她站在窗前：

　　　　我的生活中只有莫迪里阿尼才能在夜间任何时候伫立在我的窗前。为此我暗地里尊重他，但我从未对他说过我见过他。

　　我看着那幅画——干净的线条勾勒出她的身体横卧在长沙发上，左手臂靠着扶手……
　　他为她画的这张小画一直跟着她。1942年撤离列宁格勒时，她把它带到了塔什干。1944年她又把它带回来，重新挂在墙上。可惜的是，他写给她的那些信，都丢失了。但她还是能从失去的岁月捡回他的话："希望你善良，希望你温柔。"

好一个温柔。

此刻，我隔着一条绳子，盯着这幅画。我没有以赛亚·伯林那么幸运。1945 年 1 月的一天，他在这间房里与她彻夜长谈，在说起画家时，一定会起身，近近地，欣赏这幅画。此时，他仿佛对我说："那时壁炉上方挂着的就是这幅小画。"

没有谁比她更清楚这幅画在心里的价值。1965 年 4 月的一天，她想更改遗嘱，到了公证处因为太累不能提笔写了，回到大街上她对朋友说："还说什么遗嘱？把莫迪的画夹在腋下走吧。"

1911 年她写了一首诗，有这样的句子："我们两人误入欺骗的国度 / 痛苦而懊恼。"这里的"两人"中，不包括古米廖夫，他还是丈夫，却不是她的所爱了：

我们想用可怜的痛苦
来替代平静的幸福……
而对头脑不清、身体虚弱的朋友，
我不会弃之不顾。

而这里的"我们"，无疑有着莫迪里阿尼，"身体虚弱的朋友"才是古米廖夫——她不爱他了，又不忍心"弃之不顾"。就是这个原因，她才一直否认与莫迪里阿尼的亲密关系吧。

她坚持说：我没有给莫迪里阿尼写过诗。

我看着那幅画——干净的线条勾勒出她的身体横卧在长沙发上，左手臂靠着扶手，头扭转向身体，似乎在看着身上的光影，也许就是一次午后的发呆。

1965年的一天，一个阳光灿烂的日子，76岁的阿赫玛托娃再次来到巴黎的卢森堡公园。她为那个长着希腊美少年的头，为那双眼闪着金色的光芒，也为他痛苦地撕扯胸前的衬衣，说他喘不过气来，更为一份纯真之情，而来。

而我，站在这幅画前，不敢说自己纯真，只能说怀念。我怀念曾经是一个能被纯真轻而易举打败的人。每个人都有一个值得恭喜的过去。也是敬畏的过去。但，站在这里，我确确实实，又是为明天而来，为还能感动我的，那许许多多的，不确定与确定。

我站在这里。

我离开这里。

阿赫玛托娃纪念碑，在俄罗斯的莫斯科。这座艺术品的造型，就来自莫迪里阿尼为阿赫玛托娃画的一幅画，也就是我在阿赫玛托娃故居看到的这幅画。

丢失的黑戒指
没有人归还她

在阿赫玛托娃故居，一串项链，象牙色，放在一个展台上。它看起来是有温度的。我在一幅油画上看到过她戴着这串项链，但没留意画家，以至于后来看到莫迪里阿尼对她说，"珍宝应当带有野性"，也无法判断是不是他画的。

看到这串项链，我就希望还能看到一枚黑戒指。但项链旁，没有黑戒指。黑戒指，没有像熨斗、旧书刊、瓷雕像、白色披肩……在这里出现。如果出现，算是小小的圆满吧。可是圆满，又不属于阿赫玛托娃。

鲍里斯·安列普[1]是一个浪漫而迷人的男人。1908年他到巴黎学习美术，后又到了英国，艳遇不断。1914年"一战"爆发，他接到俄国军队的服役令回国。在首都，这个风流男子想不贴近阿赫玛托娃都难。她在1912年出版了第一部诗集《黄昏》，如一轮明月闪耀在俄罗斯的夜空，两年后第二部诗集《念珠》出版，更是璀璨夺目。"4月有温柔的凉意"，她为他心花怒放。两人经常在一起吃饭、散步。冬天了，一起去划雪橇。

1916年2月的一天，安列普从前线回来，立刻去见阿赫玛托娃，她将一枚鞑靼外祖母的黑戒指送给他：

斯·安列普（1883—1969）：著名镶嵌画画家，生于俄罗斯。他以伦敦国家美术馆、威斯敏斯特大教堂和英格兰银行的纪念性马赛克镶嵌画而闻名。

阿赫玛托娃素描画像（右）

如同天使，搅乱水面，
当时你朝我的脸看了一眼，
你恢复了我的力量和自由，
却拿走了我的戒指作为奇迹的纪念。

不日，安列普作为俄国政府委员会的秘书开赴伦敦。别离是诗的供养："我知道 / 你就是对我的奖赏 / 因为那些痛苦而艰难的岁月。"她并不知晓，恋人在伦敦旧地重游，仿佛回到旧情人的怀抱，泰晤士河比涅瓦河更有魅力。后来，安列普回国了，却是为了离开。她不原谅他的选择，认为是对自己，对俄罗斯的背叛。她是诗人，敏感，睿智，不是没有意识到即将到来的风暴。革命，将以怎样的雷霆万钧降临这片土地——不确定性就意味着危险的存在。但她拒绝离开。1917 年 7 月，她在诗中写道：

你这个叛徒：为了绿色的岛屿，
你抛弃了，抛弃了热爱的国土，
抛弃了我们的圣像，我们的歌曲，
还有寂静湖畔的那棵松树。

她要宣泄，要诅咒，但送出去的黑戒指，戴在那人的手上，又怎能不让她牵肠挂肚。她遥望着一个背影，开始写一首长诗，关于这枚戒指的。她从 1917 年写到 1936 年。这期间，她离婚，又与两个男人在一起，一个为了阻止她写诗，要烧了她的诗稿；一个向她要一条小狗的生活费，还偷偷回到前妻的床上滚床单；而她还要忍受儿子的不理解、友人的被流放、作品不能出版……为活着，要尊严又得有所妥协。但她能把这首诗写完，就是不屈不挠，就是与狼狈的日子抗争。黑戒指是外祖母的遗嘱所留，老人说："她戴着合适／戴上它／她会生活如意。"但她"却弄丢了这枚戒指"。她描述了一个动人的情节：在绣花的桌布下，把黑色的戒指送给他。而他注视她的面庞，然后起身，走向了门廊。

可是，她的"预言"在最后再一次出现：

从此没有人捡到它，没有人归还我！

从一个房间到另一个房间，我慢慢走着，看着，想着：这里有多少是"归还"之物——没有。我们都是一边走，一边丢。我们捡回的，永远比丢失的多。

她为安列普写了 40 多首诗，到了晚年还谈论着他。情人中，安列普无疑是最勇敢的。1917 年 1 月，安列普回到俄国，为了躲避桥头的堡垒，踏着涅瓦河的冰层过了河，去到她的朋友家探望她。这样的疯狂，可以和1843 年初冬的一些大学生相媲美，他们为了一睹法国女歌唱家波林娜·维亚尔多的风采，竟然穿过尚未结成厚冰的涅瓦河到剧院去。在剧院，屠格涅夫为波林娜的咏叹调五体投地，随后追随这个女人 40 多年，直到死去。还是回到安列普的那个晚上，阿赫玛托娃见到恋人，又是惊喜又是害怕。此时，满街都在捉拿旧政府的军官。他说他摘了肩章，让她放心。她心情激动，也为马上又要分别而难过。她预感到，他这一走，不可能再见面了。多年后，他回忆起当时的情景："我会经常来的。您瞧：您的戒指。我把制服上衣解开，把项链上的黑戒指拿给她看。安娜·阿赫玛托娃摸了摸戒指……"她对他说："这样做很好，它会保佑您的。"他把她的手贴在胸口上，发誓"永远戴着它"。

1917年7月，她在诗里写到戒指：

> 神秘的宝石戒指没能找到，
> 我已空等了多日，
> 那首歌如同柔弱的女囚
> 也早已在我心中死去。

安列普自这个春天离开，再也没有回来过。

> 那些抛弃了国土，任仇敌蹂躏的人，
> 我绝不会与他们为伍。
> 我不会去听他们粗俗的谄媚，
> 更不会为他们献上自己的歌声。

1922年7月她的这首诗，对安列普的离开，恨意中表白了立场，她不能离开俄罗斯。她选择留下来，"获得更高傲和纯粹"。她有资格高傲，就像她高挺的鼻梁，以诗一般的尊贵遗传了但丁的鼻梁。

1945年，安列普为伦敦国家美术馆制作了《现代的道德》镶嵌画，在众多历史名人中，竟然出现了阿赫玛托娃的肖像。他把昔日的恋人放在"怜悯"中。后来，他对自己的艺术创作进行了解释："一个年轻的女人被天使从战争的恐怖中拯救出来。……这不是一幅肖像，而是阿赫玛托娃对她的青年时代与列宁格勒围困的记述。"

我很想看到她对安列普这番话的看法，遗憾的是没有找到。但我想，她不会赞同。不过她即使不满意，也只能一笑了之。拯救她的，于失恋中，于战争中，于寒冷中，于迫害中，于屈辱中，从来就不是什么天使，而是痛苦。

痛苦，让她活了下来。

她赢回了属于诗人的光荣，也赢得了时间，她的诗终于可以出版了，她又可以出国了，她接受了更多的鲜花和掌声。

1965 年，她接受牛津大学名誉博士学位，前往英国。此行，她还有一个不能公开的秘密：要见一见暌违了近半个世纪的安列普——这个终身惦念的男人。但他

鲍里斯·安列普的工作照

缺席了那场仪式。她很伤心，到了巴黎，又给他打电话。

出现在她面前的，是一个发胖的老男人：

我那天坐立不安——经过了 48 年的离别。说什么呢？……有关黑戒指的事又能说些什么呢？让我怎么讲呢？我没能把瑰宝保护好。我没有坦白说这件事的勇气。

此刻，我离开展品站到窗前，外面一片葱绿，透过树杈可以看见不远处的花园里的长椅，小路上没有人，听到了几声鸟叫，也就听见了铸造厂大街上的车声。

我十分理解老人。愧疚，不全是丢失了黑戒指，而是他的离开等于把她给丢失了——丢给了苦难岁月。晚年的安列普深知，揭开两人相见的最后时刻，是疼，但他冲着自己，捅了一刀。因为这一刀，我对他充满敬意——他回忆了与阿赫玛托娃见面的窘迫，在两人都没了多少知心话要讲，而他如坐针毡想要分别的一刹那：

一股热情突然爆发：我亲吻了她的双唇，她没有回应。我走向一条昏暗的甬道……

然后，老人走了出去，在大街上走了很长时间。
然后，老人在一个咖啡厅里一直坐到深夜。
再然后，1966 年 3 月 5 日，她去世了。

这是我从诗人故居的北边窗口向外看到的情景。后来，在这个安静的花园里，我们找到了阿赫玛托娃的雕像，最神奇的是，我们"发现"了一座曼德尔施塔姆的雕像，令人沉思良久。

此刻，我站在这里，想不到第二天从列宾庄园再往前走上一段不长的路，就可以到她的墓地看一看。太多的错过，就这样无法挽回，也成为再一次的提醒：无论如何，不要让时间去祭奠爱意。一秒也不要。

几天之后，在塞瓦斯托波尔南岸，我跳下黑海。海水拥抱着我，令人浮想联翩，我想到阿赫玛托娃就在远处游泳——当我在圣彼得堡的舍列梅捷夫宫巨大的后花园，抚摸她的青铜雕像，她忧郁的眼神带着清凉的温度，那温度与海水的温度是一样的，经过皮肤传递到心底，获得宽广的慰藉。她对自己"野丫头"外号为黑海所赐，感到宽慰。那时她的家有个别墅距离塞瓦斯托波尔三俄里，"我7岁到13岁每年夏天都住在那里"，那总

话说那天早上，我能在塞瓦斯托波尔南边的黑海游泳，一是有点傻，穿着带花纹的健将内裤，就扑进了海里，全然没有考虑会不会抽筋；二是孔宁的激将法：范兄，在黑海游泳，你可能就这一次机会了。当我在海里时，再看孔宁，除了给我拍照外，就躺在躺椅上，优哉游哉地看风景——我后悔没有吓唬他，大喊抽筋了，看看这个旱鸭子着急的样子。又是一个遗憾啊！

是令人愉快的黑海边的歇暑。那时，她不戴帽子外出，裸着的身子仅罩着一件薄衫，还光着脚。来到海边，她从高处一跃而下，一游就是两个小时。

两天之后，在新西伯利亚国际机场，我丢失了此行一路都戴在手腕上的远方朋友送的手串，六道木的。

又：2018年4月，孔宁去英国旅行，两次到伦敦国家美术馆参观，拍到了安列普的《现代的道德》镶嵌画——迈上台阶，进入美术馆正厅，映入眼帘的第一幅画不是传统大师的，也非印象派的名作，而是脚下安列普的著名镶嵌画。也许，这正是美术馆的有意安排，独显构思之细腻和精巧：让观者先低头，除了低下身段之敬畏，也有凡事从零开始，打好基础，踏实而行……

⒣ 镶嵌画《现代的道德》，鲍里斯·安列普的作品

生来不是坐牢的曼德尔施塔姆

我没有被抢劫一空，也并非处在绝路，

只不过，只是，被扔在这里。

当我的琴弦变得像伊戈尔的歌声那样紧，

当我重新呼吸，你可以在我的声音里

听出着无边黑土的干燥的潮气

听出大地，我的最后的武器……

——曼德尔施塔姆：《诗章》

奥西普·埃米尔耶维奇·曼德尔施塔姆

О´сип Эми´льевич Мандельшта´м

1891

年1月15日，出生于波兰华沙；童年在彼得堡度过。

1899—1907年，就读于彼得堡著名的捷尼舍夫学校。

1907—1910年，赴巴黎、海德堡留学；游历了瑞士、意大利。

1910年，在彼得堡的《阿波罗》杂志上发表诗歌。

1913年，出版第一部诗集《石头》。

1915—1916年，与茨维塔耶娃相恋。

1918—1922年间，辗转于基辅、克里米亚、莫斯科和彼得堡，不为新政权所用，也没有栖身之地，居无定所。

1919年春天，在基辅认识娜杰日达·哈津。两人后来结为终身伴侣。

1922年，出版第二部诗集《哀歌》；开始写作《时代的喧嚣》。

1926—1929年，没有写诗；过着居无定所的生活。

1930年，赴亚美尼亚旅行8个月；秋天，恢复写诗。

1933年10月，写作《我们活着，感受不到脚下的国家……》，即《斯大林讽刺诗》。

1934年5月13日，首次被捕，先是被流放到乌拉尔地区的切尔登，秋天转至俄罗斯南部的沃罗涅日。

1935年和1936年，开始写作《沃罗涅日笔记》。

1937年5月16日，结束流放，回到莫斯科，却被禁止在此定居。

1938年5月2日，再次被捕，被判处5年苦役。

1938

年12月27日，官方公布的诗人死亡日期，推定的可能死亡地点是苏联远东地区符拉迪沃斯托克附近的第二河临时劳改营。

诗人的尸体葬于何处至今不明。

我非常喜欢这座雕像。

诗人的头，像一个不屈的大鸟的头，孤独地，高傲地抬起，面对命运多舛。下面4

个黑色的正方体，镌刻着诗人的语言。每个四方体，似乎是摞上去的，活动的，随时可以搬走的。但搬不

走的，是诗，在风里，在雪里，在时间里……

但还有
萨拉曼卡的森林

一、俄罗斯没有曼德尔施塔姆的墓地

也许在瓦甘科夫公墓、在新圣女公墓、在沃尔科沃公墓、在涅夫斯基修道院的季赫温公墓和拉扎列夫公墓，都不可能找到他的墓地，所以，目光常常在探寻、停留、发呆之时，在某个瞬间、某棵树下、某处鸟鸣的深处，我又分明看见了他。

曼德尔施塔姆。

俄罗斯没有曼德尔施塔姆的墓地，这是这片土地对诗人的又一个亏欠。而曼德尔施塔姆注定与诗一起存在，存在一刻，世界就要为其默哀，为不能安放那可以燃烧成火把的肋骨、那像雪一样白的白骨。

"他在这个世界上注定找不到自己的位置。"

我从娜杰日达·曼德尔施塔姆[1]悲情的话里，还能理解出另外一层含义：诗人的诗也是四海为家。倘若诗不是去流浪，而是被流放，历史已然证明了，它们的声音是有户口的，就落户在民众的心灵，还会铺成道路，还会成为被记忆的伤口，为了不再发生，或少发生。

那天下午，我前往特列恰柯夫美术馆，在一个十字路口等红灯时，看着快速通过的那些车、那些人，尝试体味一个苦痛的细节：

1. 娜杰日达·曼德尔施塔姆（1899—1980）：俄罗斯作家，1921 年与曼德尔施塔姆结婚。她著有两卷回忆录，中文版有《曼德尔施塔姆夫人回忆录》《二本书》。

"你们打算去哪里？"莫斯科的民警问诗人和妻子。

我满嘴都像被灌进了泥浆，讲不出话来。

能够沉默，也许最好。

诗人结束了在沃罗涅日的流放后，竟然无处可去了。一开始，有 12 座城市不对他开放，3 年过后，他竟然失去了 70 多座城市的居住权，而且是终身失去。如今，这些热烈地拥抱着诗人的诗歌的城市，会为当时的拒绝而愧疚吧，甚至遗憾，要是收留了诗人，就可以为诗人竖一座纪念碑，雕像将成为著名的景观，吸引更多的人前来敬拜。其实，它们现在也可以竖起诗人的雕像，以忏悔和敬爱之名。

曼德尔施塔姆的诗在墙上。俄罗斯的诗人有一个荣誉：就是形象可以"涂鸦"到楼上，诗歌可以发表在墙上。

曼德尔施塔姆，一个无家可归的人。

曼德尔施塔姆，这个通过诗又找到了家的人。

曼德尔施塔姆，死了的人，尸骸不知何处，那就处处都是他的安息之地吧。

曼德尔施塔姆在普希金死于决斗一百年之后，实际上被一脚踩死在了帝国的地面上。

布罗茨基越是这样说，诗人越是一次次复活，以诗的方式，被建筑，被镶嵌，被深刻，被牢牢地张贴在墙上。

不错，我在涅瓦河边，在红场月夜下，在克里米亚半岛的废墟上，在黑海破碎的浪花旁，在新西伯利亚的剧院前，都能看到他，孤单而跟跄地走着，或坐在树下，双唇嚅动。当然，我最喜欢他年轻的样子，1920年暮秋，从亚美尼亚回到彼得格勒，29岁，生动，焕然一新：

他并不矮，而是中等个。不错，他夸张地把头往后仰，因此使他在脖子上显得更像亚当的苹果。高高的额头上蓬松的头发有点微卷，发顶的稀疏无论如何算不上秃顶。当然，他很瘦，可那时我们中有谁不瘦呢？

到了次年春天，时逢解冻，街上呈现着一大片水洼，我仿佛又看见了他，耳边响起奥多耶夫采娃的旁白："他走在对面的人行道上。他直盯盯地看着我，笑得全身

我是从众多的也是零碎的回忆文章中，认识了青年时代的曼德尔施塔姆。但，都和这张照片上的不同。我也不想"拼凑"一个完整的曼德尔施塔姆。正如在看了玛丽娅·斯捷潘诺娃的《记忆记忆》后，她说一个诗人这样看曼德尔施塔姆，"他的面孔如此独特，能让小卖部的老太婆想起自己的亲孙子"。高傲的吉皮乌斯给友人写信也提到了他，"这个神经衰弱的犹太崽子，两年前还在编草鞋呢，现在却出息了，偶尔能写出很不错的诗句来"。

乱颤。他朝我挥挥帽子，便急急忙忙过马路向我走来，搞得水花四溅，水漫套鞋。"他之所以笑得全身乱颤，是想到她的《公猫之歌》的一段。那段日子里，诗人到处借宿。"我从来没有，也从未在任何地方感觉到自己有家。更不用说主人了。"——他的话就像预言，终因一首《我们活着，感受不到脚下的国家……》被逮捕，流放到沃罗涅日，3年时间，他与妻子共租过5处房子。

很少有诗人像曼德尔施塔姆那样害怕孤独。他必须置身于人群之中，否则，总是感到害怕。他只要独自坐在房间，就觉得有人进来，待他敢转身了就一直枯坐着，看着门。这是极大地缺乏安全感而导致的恐惧。这种恐惧会逐渐地放大，再放大，直至他无处躲藏，却又不知道害怕什么了："假如我知道我怕什么就好了。我怕，这就是一切。……无缘无故的恐惧。"

一天夜里，在圣彼得堡，我们从叶赛宁自杀的酒店出来，往回走时迷路了。在陌生的路上徘徊，在幽深的运河边兜着圈子，夜色微凉。我稍微有点担心，担心碰到警察，语言不通，跟他们讲不明白，一旦被带到警局就会很麻烦。但我的不安与诗人的恐惧，不可同日而语。

诗人害怕警察，尤其是秘密警察：

整整一夜我都在等待一位客人来临
门，它的链条在窸窣作响。

客人，不是带着酒来的人，而是带着逮捕证的内务部安全人员，还有"那个使我们在睡梦中惊叫的，所有未来民族中的犹大"。谁是犹大，去发挥你的想象力吧。

夜深了，我迟迟无法安睡。闭了灯，拉上窗帘，屋里很暗。我想，莫伊卡运河在不远处也和我一样吧，轻拍堤岸，安静不下来。我不再"尝试体味"而是彻骨地感受到了一个人的恐惧，1931 年 1 月的恐惧：

主啊，帮帮我，度过今夜。
我担忧我的生命——你的奴隶。
活在彼得堡就像睡在棺材里。

1934 年 4 月的一个夜里，在莫斯科，客人来了，闯进了诗人的家。

客人，带走了诗人。

诗人不能不恐惧。在流放途中，一个留着大胡子的男人，身穿深红色衬衣，手握一把斧头，就吓倒了诗人。这让我重新审视波兰诗人米沃什的话，"死亡并非总是最大威胁；奴役常常才是"，尤其看到娜杰日达·曼德尔施塔姆忍着悲痛的回忆："他能平静地面对流放、驱逐和其他把人变成集中营尘土的方式，可是一想到死刑，就不寒而栗。"

死亡，意味着诗的完结。

他要呼吸。他用呼吸孕育诗。

二、在阿赫玛托娃身边，他才不会孤寂

8月的一天下午，从涅瓦大街左拐，走上铸造厂大街，向北去寻阿赫玛托娃故居。走进一个带有艺术气息的门洞，再出来就见前面是一座花园，显然是舍列梅捷夫宫（喷泉宫）巨大的后花园的一角了。一条通向左边的小路的尽头，就是阿赫玛托娃故居博物馆，在参观示意图上清楚地标示了出来。也可能在示意图上多看了那么一秒，就一秒，就看到了 Мандельштам。想不到，这里竟有一座曼德尔施塔姆的雕像，还有一座是阿赫玛托娃的。

他的雕像为什么会在这里？

从阿赫玛托娃故居出来，就去找曼德尔施塔姆。走不远，在一个路口拐角，看到一个小雕像，但它更像是一个行为艺术的石凳：高的黑色的平面上刻着一个人

头，下面一块平铺的石头表面也是黑色的，刻着的像是他的身子吧。可是，没有手，没有脚。穿的也不是衣服。粗犷的或者说是潦草的条纹，看不出是什么。这件艺术品落满尘土，尤其是地下的那部分，紧挨地面，旁边是一些不起眼的杂草。我拍了一张照片，就走过去了。前面又有两个木雕的书，它们更吸引人，尤其一个被火烧得漆黑，我凑到跟前还闻了闻。哦火，说到底是无法焚毁文字的。继续往前走，是一个圆形小广场，旁边有长条椅子，还有抽象的雕像。停下来四下打量，不见曼德尔施塔姆，也没有看见阿赫玛托娃。又走过好几条幽静的小路，就在一条路的深处，出现了一座雕像，仿佛一个高大的圆筒从上到下被砍去一大半，就剩下残片了，带着弧度——就在弧度向外的那面，雕刻着女诗人的侧面像。光线从树叶间照下来，暖暖的，但她的脸依然冷峻，倔强。这样说不对劲，应该是"悲凉"或"冷峻"。还是曼德尔施塔姆题献给她的诗最能反映她的神态："半侧过身来，哦，悲哀／你迎向这世界的冷漠。"当我又想起后面的两行："那条仿古典的披巾从肩上／滑落，变成了石头"——顺着雕像往下看，地下那平面的黑色石头，是与站立的雕像一体的——猛地意识到，它与方才看到的雕像，风格有些一样，会不会出自一个艺术家之手。就是说，那座路边的、杂草丛间的雕像，就是曼德尔施塔姆。

赶紧回去。

再次回到那座低矮的雕像前，蹲下来，寻找碑文。没有生卒年，诗人死于 1938 年的集中营，无法确定具体的死期，而刻着 2007 的字样可能说明雕塑完成的时间。转个方向，继续找，在竖起的连接肩膀和腿的那一面，刻着几行俄文，看不懂，却看懂了下面的落款，是阿赫玛托娃的，还有 1936 的字样，这是她写于 1936 年的文字——是诗，还是信？ 1936 年，曼德尔施塔姆和妻子在莫斯科南 500 多公里的沃罗涅日流放，阿赫玛托娃倒是有一首诗就叫《沃罗涅日》，是写给诗人的。会是那首诗吗？接着，又发现这几行字的右上方，有 O.M.——这是曼德尔施塔姆名字的俄文

🌀 孔宁在阿赫玛托娃纪念碑前留影（左）
🌀 曼德尔施塔姆纪念碑（右）

缩写。看到这，我长出一口气，然后便被一种巨大的惊喜笼罩住了。此行，都不敢期待会遇见他，现在，真的可以确定，这座只有凳子一般高的雕像就是诗人时，我一时间都不敢站起来，就蹲在他跟前，两手放在他身边。我也不再疑虑，他的雕像为什么会在这里了。

他就应该在这里。只有在阿赫玛托娃身边，他才不会孤寂。

两位诗人都是"阿克梅派"的代表人物，友情深厚。他了解她，"你像个小矮人一样想要受气／但是你的春天突然来临"，这两行诗预见了一年后也就是 1912 年女诗人第一部诗集《黄昏》的诞生，同年，她的儿子列夫出生。1917 年和 1918 年间，她虽然又嫁人了，却没有妨碍她经常去找他，他将这期间写的许多诗都题献给了她。两人的亲密用她的话说，是深厚的持久的友谊，而不是爱情。

她总是他家的第一个带来温暖的客人——流放之前，流放回来。在娜杰日达·曼德尔施塔姆看来："他俩的友谊是在喜欢插科打诨的青年时代结下的。他俩一见面就顿时变得年轻了，争先恐后地相互打趣。他俩有着他们的词，他们的家常用语。"两位诗人年轻时，在一些聚会上，她一般很少说话，只是抽烟，只有在他朗诵诗时，她灰色的大眼睛才会一亮，人也活跃起来。1933 年，两位诗人不约而同地沉浸在但丁的诗中。有一回，她朗诵了《神曲》的"炼狱篇"第一部分，他听后激动得潸然泪下。晚年时，她回首往事，"我们大家都朗诵诗，只有曼德尔施塔姆的朗诵有如白天鹅在滑翔"。

1933 年至 1934 年，她的儿子列夫常常住在他在莫斯科的家里，成为诗人热心的读者。而她只要能凑到路费，也就会到莫斯科，手里不忘还要提着一个破旧的小提箱。她的这件"奢侈品"现在就放在故居的一个大箱子上，我差一点拿起来感受一下，就像偷偷拿起那个沉重的熨斗。在他家里，她总是穿着鲜红色的睡衣，夜里就住在厨房。1934 年年初，她在他家住了一个月，到了4 月，她又来了。一天夜里凌晨，她见证了他被抓走。走之前，她把他从邻居家要来的要给她当作晚饭的一个鸡蛋，让他吃了。他默默地坐到桌子旁，撒上盐，吃起来。

这枚鸡蛋，贵如黄金。

1936 年年初，在很多人都在躲避曼德尔施塔姆的时候，阿赫玛托娃经历了 36 个小时的筋疲力尽的奔波，来到他的流放地沃罗涅日。在她的故居，我看到了书架上有一个白色小瓷像，是她本人——但愿就是那一个的"完璧归赵"，她前往沃罗涅日看望被流放的他，为了凑钱买车票，卖掉了艺术家为她雕塑的小瓷像。那天，她苍老而痛苦，但一看到他，马上活跃起来，恢复了昔日的美丽。这次经历，让她在 3 月 4 日创作了《沃罗涅日》。

1937 年 5 月，曼德尔施塔姆被允许从流放地回来，家里的第一个来者又是阿赫玛托娃。她在他和妻子回莫斯科的第一天早晨就赶了过来。

1938 年，阿赫玛托娃不顾盯梢和潜在的危险，继续探访曼德尔施塔姆。这年 5

曼德尔施塔姆纪念碑，在诗人曾经流放过的城市沃罗涅日月，他再次被捕。1939 年年初，一条短信成为文献："我们的朋友连娜生了个女儿，而我们的朋友久娜莎成了寡妇。"短信传到她手里，密码被破译：她的朋友，诗歌的伙伴——死了。他，留下孤独，给她。

既然她也孤独，那么他在这里再好不过。

娜杰日达·曼德尔施塔姆在绝望的日子里，曾经想过死，那样，"就可以又跟奥普斯在一起了"。"不，"当阿赫玛托娃听到后说，"你大错特错了。到那里现在是轮到我跟奥普斯在一起了。"

此刻，两人算是在一起的吧。他和她中间，有花，有树，有杂草，有小路上的行人，还会有雨，有雷电，有雪……但这些，再也不会妨碍两位诗人的大声说笑，或是聆听彼此低诵的《神曲》。

三、我躺在大地深处，嘴唇还在嚅动

阿赫玛托娃的文字，到底是诗，还是信——刻在曼德尔施塔姆雕像上的？

我一遍又一遍地阅读曼德尔施塔姆的《沃罗涅日笔记》。它生硬。像块岩石，摩挲久了，又发烫。有很长时间，我喜欢他早年的诗歌，像 1912 年的《巴黎圣母院》：

> 巴黎圣母院，我愈是沉迷于
> 琢磨你的顽固性和你磅礴的穹顶，
> 便愈是渴望：有一天我也将
> 摆脱这可怕的重负，创造出美。

1938 年曼德尔施塔姆第二次被捕时的照片（右）

诗人显露了要"创造"出自己的"美"的风格。
1923 年的《无论谁发现了马蹄铁》：

我现在说着的话并不是我说的，
而是从大地里挖出来的石化的麦粒。

从中，可以感受到意向的大气与诗意的深度。而
《石板颂》将探寻继续拓深，似乎要掌握一次机遇，复活
一种不朽：

我愿我能把我的手一直伸向
那支古歌中的燧石路，
就像插入一个伤口：为了抓住
燧石与水，戒指与马蹄铁

我不能不欣赏这些诗，因为我也年轻。但是，恐
惧、颠沛流离、孤独、饥饿、寒冷，不自觉地改变了他
的诗风，从内容的沉郁、苦涩、撕裂、抗争，到不拘形

式的跌宕、停顿、散漫放肆、漫无边际。流放，让他的
《沃罗涅日笔记》成为岩石，粗糙，硬，尖利，毫不回
避，触角对接着风，对接着黑夜漫漫。

1936 年，他写了一首金翅雀的诗，最后两行毫不
迟疑：

哦，我的相似物，我来回答你：
只有一个法则，那就是活着！

1936 年 12 月写了 4 行话，直截了当：

我对世界依然还有一点惊奇，
对孩子，对雪。
但是像道路，不会装出一副笑容，
也绝不像仆人那样顺从。

1937 年 2 月，他又发出呼喊：

我歌唱，当我喉咙湿润，灵魂干爽，
当我眼睛含着够多的泪水而良心不说谎。

1937 年 3 月，他在《怎么办，我在天国里迷了路》
明确表白：

请别给我戴上，在我的额头上
戴上这样或那样的桂冠。

你最好把我的心撕成

铁饼般滚动的声音的碎片。

这些诗，已经不见了"阿克梅派"那种古典的"高峰"和"乡愁"意味。诗风的转变契合了悲惨的命运。布罗茨基说，"他有太多东西要说了，根本就顾不上操心他在风格上的独特性"。不错不错，他在《我不得不活着》中坦言："我不得不活着 / 虽然已死去过两回。"后来又愤愤不平，倔强，抵抗：

剥夺了我的四海、我的远方和高飞，

只允许我踟蹰在暴烈的大地上，

你得到什么？一个辉煌的结果：

你不能制止我双唇嚅动。

沃罗涅日，对于俄罗斯的这位诗人来说，就像是美国诗人卡明斯所言："进入这些镣铐，就是进入了自由。"哦，自古罗马的奥维德被放逐到莽荒的黑海岸边，凡是流放地，诗人们的诗都获得了解放，深邃而辽阔。

如今在这座城市，有了一条"曼德尔施塔姆街"，为诗人竖立了雕像，如果非得说这是一种纪念，我倒认为：对诗人的忏悔更为合适。为他一个人站在那里的孤单而忏悔，为他捂住胸口的忐忑而忏悔，为他在偌大的城市不得安身而忏悔。

那么刻在曼德尔施塔姆雕像上的诗，会是阿赫玛托娃的《沃罗涅日》吗？

我把图片发给了朋友尹岩，她会俄语，很快直译出来。我只看了后两行"这里的黑夜／看不到黎明"，立刻确定，这就是阿赫玛托娃的诗：

在遭受贬黜的诗人房间里，
恐惧和缪斯在轮流值班。
黑夜潜行，
它不知道黎明。

1937年5月的一天，曼德尔施塔姆被允许从流放地回来，阿赫玛托娃从圣彼得堡第一时间赶到他身边，朗诵了《沃罗涅日》。没人记下当时的情景，他是激动，还是冷静，还是默默无语。但，他在沃罗涅日，很多时候都没有屈服那黑夜。两年前的5月，诗人就展示出了顽强抵抗的一面："我躺在大地深处，嘴唇还在嚅动／我要说的话，每个学童都将记诵。"诗人相信他的诗拥有了新的武器，且看《诗章》：

我没有被抢劫一空，也并非处在绝路，
只不过，只是，被扔在这里。
当我的琴弦变得像伊戈尔的歌声那样紧，
当我重新呼吸，你可以在我的声音里
听出无边黑土的干燥的潮气
听出大地，我的最后的武器……

此刻，我单腿跪在雕像下面的黑色大理石面，双手

扶住雕像，然后拂去上面的灰尘，拂去他眼睛上的灰
尘。我触摸着他干瘦的脸，生硬，粗糙。我的手不敢
抖。我盯着那张嘴，它微微张开着，下嘴唇比上嘴唇要
长一些，像有一些委屈，要哭。实际上，那是在嚅动。
就是此刻，他还是重复那个动作："我躺在大地深处／嘴
唇还在嚅动。"

双唇嚅动——这是曼德尔施塔姆写诗时的一个征
兆。娜杰日达·曼德尔施塔姆理解得更为深刻："双唇刚
刚嚅动，正在痛苦地寻找最初的词……"诗人的这个习
惯，来自对但丁的热爱，继而为《神曲》而苦学意大利
语。"嘴在嚅动，……我突然明白到，我说话的努力的重
心已向我的双唇移得更近了……"

沃罗涅日的最后一年，曼德尔施塔姆的诗作大量涌
现，一首接一首，有时同时写作好几首诗。他让妻子赶
紧记录："快，否则我就来不及了。"

同是一个他，诗人，从 1926 年到 1930 年，没有写

曼德尔施塔姆纪念碑（局部）

诗，仅写了一些散文。

"快，否则我就来不及了。"

娜杰日达·曼德尔施塔姆说："这就是关于死亡迫近的清醒预感，可我当时看得还没有他那么清楚。"那时，他已经无法独自出门，"始终十分紧张。他在抓紧，他把时间抓得很紧。由于这种紧张的工作，他的呼吸变得越来越困难，常常憋气，脉搏紊乱，嘴唇发青。他的犯病大多发生在街上。"在家里，只有妻子在身边，他才能安静下来。他们面对面坐着。她"默默地看着他嗫动的双唇，而他在夺回失去的时间，赶紧道出自己最后的话语"。

也许，这个时候，他也会想起 1917 年写的《你说话的样子很奇妙》：

> 他们会说，爱会飞翔，然而
> 死神拥有更多更强劲的翅膀。

ⓝ 曼德尔施塔姆的夫人娜杰日达

1937 年 1 月 19 日，诗人在《如今我被织进光的蛛网》里信心满满：

人民需要属于他们的自己的诗，

整天都因为它而醒着，

沐浴在它的声音里——

那亚麻般卷曲、光的头发的波浪……

如是，诗人才如娜杰日达·曼德尔施塔姆所说："我从未见过一个像奥·曼这样贪婪地活在当下的人。"他不是苟活，而是坚信"我的一根肋骨是燃烧的尖矛"。

我抚摸着雕像上的潦草的身体。没有肋骨，没有手臂，也没有脚。一张脸之后，他的肩膀和身体向下，通过直立的那面，也就是刻有那 4 行诗的一面，与平铺在地上的石头联系在一起，也与大地和草联系在一起。再看他的身体——这时，我猛然觉得，艺术家是把诗人的身体雕刻成了一只鸟——飞翔，向上，努力向上。是的吧，这是天使在邀请一颗疲惫的心灵，向上，采撷天空的辽阔与安宁。

1936 年，曼德尔施塔姆写了好几首与金翅雀有关的诗。他喜欢鸟，尤其是金翅雀。这种鸟羽毛华丽、意志顽强，总是高高地昂着头歌唱着，度过它们的时光。他深知，自己的被流放，形同笼子里的金翅雀。可是，尽管一双翅膀失去了自由，"笼子是一百条谎言的铁条"：

但还有萨拉曼卡的森林

供聪明的、不服从的鸟儿出没。

萨拉曼卡的森林远在西班牙，也近在幻想之境、慰藉之畔。这时诗人不得不为、不能不为自己的灵魂之翅，建起了自由之林。

但是，当他睁开眼睛，现实又让他发出绝望的撕裂的声音，《让这空气成为证人》：

教教我吧，已经忘了
怎样飞翔的瘦弱的燕子，教我
无羽，无翼，又怎能
应付空中的那座坟墓？

既然空中也是坟墓，那就紧贴大地吧，和野草在一起，和尘埃在一起，和来来往往的脚步在一起，和雨在一起，和风吹落的叶子在一起，和雪在一起。

你们啊，低语的乌拉尔群山，宽肩的伏尔加土地
或这平原的乡村——都是我应得的权力——
我还要继续深深呼吸你们。

我从雕像旁站起来。
我盯着那张嚅动的嘴，盯着那被束缚的鸟的身体，盯着那身体旁的土和杂草。然后，我又蹲下来，拔掉了几根枯了的草。

一刹那间，我感觉到了这个举动的幼稚，可笑，甚至愚蠢。

他，诗人的，雕像，不是高高大大的，不是竖立在广场上、博物馆前、大街的林荫路旁，让人们仰视和敬拜，而是低低的，隐身于这一古老的后花园的不起眼的一角，任由尘土罩面，杂草陪伴，过往的脚步匆匆，也不会有鸽子飞来……

他，诗人的，雕像，在还原那一个，真实的，曼德尔施塔姆。在还原那个恐怖的时代——1936——这里的黑夜，看不到黎明。

此时，再一次回望那座雕像，再低吟阿赫玛托娃的诗：

在遭受贬黜的诗人房间里
恐惧和缪斯在轮流值班。
黑夜潜行
它不知道黎明。

哦，在我们生存的这个地球上，在我们身边，是不是还有那样的黑夜——它不知道黎明。

如果有，就让诗人的愿望变成现实吧——但还有萨拉曼卡的森林。

是凤凰，在火中歌唱的茨维塔耶娃

别人不需要的你们给我：
一切都该在我的火焰中燃尽！
我诱惑生，也诱惑死，
给我的火焰添加轻盈的柴薪。

……

我是凤凰，只在火中歌唱！
请你们支持我崇高的生活！
我崇高地燃烧，烧成灰烬，
愿你们的黑夜也明亮。

——茨维塔耶娃：《别人不需要的你们给我》

玛琳娜 · 伊万诺夫娜 · 茨维塔耶娃

Мари́на Ива́новна
Цвета́ева

1892

年 10 月 8 日，生于莫斯科。父亲是莫斯科大学的艺术史教授，母亲是著名钢琴家鲁宾斯坦的学生。

1910 年，自费出版了诗集《黄昏纪念册》，引起诗坛关注。

1912 年 1 月，与谢尔盖 · 埃夫隆结婚；同年出版第二部诗集《神灯集》。

1917 年，埃夫隆应征入伍；夫妻开始失去联系。

1921 年，出版诗集《里程碑》，诗歌创作进入成熟期。

1922 年夏，获悉埃夫隆流亡国外，正在布拉格上大学，便带着大女儿阿莉娅（小女儿于 1920 年 2 月死于一家保育院）离开莫斯科；逗留柏林期间，出版了诗集《致勃洛克》和《离别集》。

1922 年 8 月，来到布拉格；一家人在城外过了 3 年多的拮据生活。这期间创作了一百三十九首诗。

1924 年，与埃夫隆在查理大学的同学罗泽维奇热恋，创作了两首著名长诗《山之诗》和《终结之诗》。

1925 年 10 月，全家迁居巴黎，家中又多了一个男孩。

1926 年，经帕斯捷尔纳克推荐，与著名诗人里尔克通信；"三诗人书简"留下一段佳话。

1930 年代，散文创作的高峰期，佳作频出，像《一首献诗的经过》《母亲与音乐》《我的普希金》等。

1937 年，埃夫隆卷入一场由苏联情报机构组织的暗杀行动而秘密逃回苏联；稍前，阿莉娅已返回莫斯科。

1939 年 6 月，因生活困顿，又置身俄侨界诸多非议和敌意之中，带着儿子回到苏联。8 月，阿莉娅被捕，被流放；10 月，埃夫隆被控从事反苏活动被捕，后被枪决。

1941

年 8 月，德军迫近莫斯科，她与儿子被疏散到鞑靼斯坦小城叶拉布加；她在期望担任作家协会食堂洗碗工的申请被拒绝后，又与儿子发生了一场争吵；8 月 31 日，她在租住的木屋中自缢。

她给儿子留下遗言："……你要明白，我再也无法生存下去了。如果你能见到爸爸和阿莉娅，告诉他们，直到最后一刻我都爱他们。请向他们解释，我已陷入了绝境。"

诗人安葬在当地公墓。

作者在茨维塔耶娃纪念碑前留影

1914—1922
在鲍里索格列布巷 6 号

一、鲍里索格列布巷 6 号

我以为读得不认真，错过了。

但不是。茨维塔耶娃就是没写——鲍里索格列布巷
6 号。

她，10 岁前，是在莫斯科三塘胡同老宅和卡卢加
省塔鲁萨市附近奥卡河上的孤零零的沙丘别墅度过的。
1940 年 1 月，她，48 岁，写了一篇个人小传，清楚地
记得父亲说过的那处老房子，"我一辈子过着格调高尚的
生活！而且自己已经单独居住惯了。我的所有的孩子都
是在这座房子里出生的。……自己种了白杨树"。然后，

她写的是，"从革命初期到 1922 年，居住在莫斯科"。

茨维塔耶娃回忆过往，历历在目，却对在 1914—1922 年住了 8 年的鲍里索格列布巷 6 号，只字未提。

我确信，她不是忘了，而是不愿再提起。因为饥寒交迫，因为离别，因为情爱无法安居于此，因为 1939 年在国外漂泊了 17 年，再回来，这里不是家。也许，她早就看清了：

你经过自己的家，
你的家在夜晚已经走样！

那天早上到瓦甘科夫公墓，细雨蒙蒙中，看叶赛宁，看加莉娅，看特罗皮宁[1]，看萨夫拉索夫……出来时，雨越下越大，走走躲躲，到地铁口时我们的脸上都是水，T 恤、裤脚和鞋，都湿了。想着衣服干一干再走，地铁口的冷风又大，就一身湿漉漉地上了地铁，有座也只好站着。出来时，阳光明朗，天空湛蓝，白云朵朵，走着走着，头发干了，衣服也不知不觉地干爽了。那就快些走吧，一路寻着鲍里索格列布巷。感觉快到了，才发现这巷子很宽，不是习惯中巷子的那种狭窄，相当于路。路宽却少有车，人也少，太静了。下过雨在有的路面凹处，倒映着旁边的树和房子。房子都不高，很多墙面刷成了淡黄和乳白相间，像面包和奶油。她的故居又会是什么样呢？眼睛盯着两侧楼房，只要看到"6"，就是到达目的地了。但我先是看到了路右边的一座雕像，确定了鲍里索格列布巷 6 号，到了。

1. 特罗皮宁（1776—1857）：俄罗斯著名的浪漫主义画家，他一生大部分时间的身份是农奴，直至 47 岁才获得自由。代表作有《花边女工》《普希金肖像》。

🔺 茨维塔耶娃故居之一，俄罗斯塔鲁萨市（左）

当我拍下这张照片时，心里隐隐作痛。从这个角度看，茨维塔耶娃用双手将自己的脸紧紧护住——她害怕什么吗——面对自己的故居，她害怕自己哭出来吧——当她颠沛流离从国外回来，这里已不再是家……

🍂 茨维塔耶娃故居外景（右）

到了，她不愿回首的地方，再想她的诗，冷峻里透着悲凉："如果灵魂生来就有翅膀／它不需豪宅，也不需草房！"

树围绕着她。她坐着，双肘放在一根石柱上，小手臂上举，让头靠在手上，表情凝重，眼睛，似乎看着地面。她的女儿阿莉娅看到母亲这个样子，一定会反对的。在女儿眼里："妈妈的眼睛没有一丁点灰色，眼珠碧绿澄澈明亮，像醋栗，又像葡萄，眼珠的颜色始终没有变化，从来也没有变得灰暗。"

站在她身旁，我看着前面的鲍里索格列布巷6号，也是黄白相间的楼房，外观极为普通，房前没有了树。我突然觉得，她与这处房子间的

距离，不是眼睛看到的这样近，而是看不到的岁月的遥远。同时，也似乎理解了，她——她的雕像，为什么没在故居的楼下——这是艺术的——分离，对应了她在这里的命运。

她认同这样的安排吗？

我转过身看着她。她，嘴唇紧闭。她不是无话可说，而是不想说。

离开她，我走进前面的这幢楼。

朋友！别再找我！换了时尚！
连老人们也已把我遗弃。
无法亲吻！我从忘川的水中
　　伸出两只手臂。

我想轻轻地对她说：《给一百年后的你》，不，一百年太久，他们终会来的，而我已经来了。

这里于诗人去世半个世纪的1992年对参观者开放。我不来，不少我一个；我来，多的是给予我的时间的礼物。

从外面看，这座不大的二层楼房，规规矩矩，显得严谨，可是里面设计得却是非常的复杂而又奇特，算得上是个离奇户型。走上楼梯，将所有房间走一遍，会发现天花板的高度不同，门和窗也不是正儿八经的东南西北，屋角随时变化，如用一首抒情诗来形容：整体和谐，思绪多变，且不押韵。这处具有艺术感的房子，在不守规矩、变化无常中，又能维护和守持一种平衡，倒

我拍下这张照片后，站了一会儿，在心里深深地感激他——要不是他，3年前我就不会在普希金造型艺术博物馆留下那么多美好的回忆，并为此行不能再去那里，向他说：对不起！

也符合诗人的性格。

二、母亲自己便是抒情诗的种子

进来就看到餐厅。这里布置得很典雅。圆桌，围椅，一个大的三层餐具柜，很别致，里面摆放着玻璃和陶瓷器皿。象牙色瓷砖镶嵌的壁炉上，左右各立一个古希腊风格的花瓶，中间玻璃盘雕花精美。墙上挂着一个玻璃相框，里面的男人正像茨维塔耶娃说的，"我们家里的人都是大脑袋"，这是她的父亲。伊万·弗拉基米罗维奇·茨维塔耶夫的最大功绩，就是为俄罗斯留下了一座宏伟的亚历山大三世艺术博物馆——如今的普希金造型艺术博物馆。3 年前我刚走进去时未感到它的壮观，当迈

每当想到普希金造型艺术博物馆，想到 2015 年 8 月的那天——在这里尚祥、陶醉的感觉就油然而生。在这里，你就会懂得俄罗斯为什么会出那么多的世界级艺术大师。美育教育一直是这个"战斗民族"的传统。我在读《记忆记忆》这本书时，特别能理解玛丽娅·斯捷潘诺娃的这句话："不知为何，我经常会想起，在普希金造型艺术博物馆的幽暗讲堂里，有人给我们一群 10 岁孩子讲的那堂关于拜占庭建筑的课。"

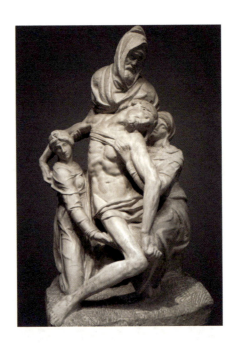

上了几十个台阶后，往两边一看，立时傻眼了，那些高大的雕像瞬间使得整个建筑雄伟宏阔，人倒渺小起来。此刻，它的总设计者留着白色胡子，穿着长礼服，神情严肃。博物馆揭幕仪式之前，他被授予"荣誉监护人"，礼服要用真金来缝制，他就直嘟囔，"想起来都可怕，这黄金要用多少钱呢"。他为博物馆殚精竭虑，省吃俭用，妻子夫唱妇随，难怪女儿有些抱怨，"她那临死的目光看见的不单是我们两姊妹的成长"，母亲直到最后一秒钟还想着博物馆。

这里还有一个八角小桌，上面放着茨维塔耶娃和埃夫隆的结婚照，新娘要比新郎成熟一些。两人相爱时她18岁，他17岁，等他满了18岁，两人就结婚了，那是

🅝 茨维塔耶娃和埃夫隆的结婚照（上）
🅝 茨维塔耶娃故居内陈设（下）

1912 年 1 月，9 月她做了母亲，大女儿阿莉娅出生。双喜临门，这一年她出版了第二部诗集《神灯集》。她的第一部诗集在两年前出版，《黄昏纪念册》得到勃留索夫、古米廖夫、沃罗申等著名诗人的称道。在一面白色展台上，一座普希金石膏像很容易令人想起她的《我的普希金》："那个永远用双肩擎着朝霞和暴风雪，无论是我到来还是离去，无论是我跑开还是跑来，手中永远拿着一顶礼帽屹立着的人。"

看到这些，眼前却总是她离开时的样子：柜子空了，地板上全是碎纸片，墙角堆着碎玻璃和书与杂志，还有饥寒交迫时，她把精美的家具砍了，当木头扔进壁炉。在这样的火光中，她写诗：

泪珠掉落的地方，
明天会有玫瑰开放。
我编织了花边，
明天将要编织渔网。

整个天空是我的海洋，
整个大地是我的海洋。
这不是普通的渔具，
它是我歌唱的渔网！

离开餐厅往里走，穿堂放着一架大钢琴。母亲留给她的钢琴，在 1920 年换了一袋黑麦面粉，难道这架钢琴后来又完璧归赵了？如果这里不放钢琴，而是在地上画出钢琴，更能唤起记忆。复原，未必就好，有时空空荡荡，更能体现时间曾在这里存留。钢琴旁边的两面墙上分别挂了相框，一个是贝多芬，一个是她的母亲。玛丽娅·亚历山德罗夫娜·梅因，很想头胎生个儿子，看到是女儿，叹了口气："至少将来是个女音乐家。"这位母亲是尼古拉·鲁宾斯坦的学生，一个狂热的音乐家，她把女儿的童年捆绑到钢琴凳上，但女儿却不是吃这碗饭的，"一按键，立刻就按出来眼泪"。女音乐家在1906年去世后，女儿"就不再弹琴了"。时隔多年，女诗人回忆母亲，"我对诗歌的热爱来自母亲"。她无法忘记，在她小的时候，"母亲经常朗诵和演奏音乐"。在她看来"母亲自己便是抒情诗的种子"。

她6岁开始写诗。

三、我从不遵从戒律

穿堂没有窗户，它连接着餐厅、婴儿室和女主人的房间。

她的房间不大，却是卧室兼书房，一张宽阔的写字桌是父亲送的，上面放着父母的合影，还有一张丈夫的照片。写字桌后面的墙上挂着一幅拿破仑的小幅画像，上头还有一幅黑白年轻女子的照片，镶嵌在外方内圆的木框里。桌子对面是个窗户，冲着院子，窗台很宽，摆了一个绿色花瓶。房角立着的柜子里有一些法语和德语书。靠近门这边，放着一张床，床头上方挂着埃夫隆的油画，床的右边墙上是一幅圣女画像。这个房间多角、有棱，很不规则，或者说很不"规矩"，非常契合女主人的脾气。

茨维塔耶娃和埃夫隆 1914 年秋天搬入新居，可就在 10 月，她就与女诗人索菲娅·帕尔诺克离家出走了。帕尔诺克天生就倾向萨福之恋，有着灰色的大眼睛，目光沉郁，反射着内心的忧伤。茨维塔耶娃比她小 7 岁，一见到她就被震慑住了，迷恋是情不自禁的。埃夫隆被妻子的大胆出轨气得够呛，一怒之下跑去当兵。她直到次年 5 月才回家，结束了这段"撩人的情欲"。9 月，她写了一首诗：

我从不遵从戒律，从不去做弥撒，
——直到赞美诗响起而我化为灰烬。
我将继续堕落——我就是罪孽本身——
带着上帝赋予的五种感觉：带着激情！

茨维塔耶娃一旦爱上，就毫不犹豫，就奋不顾身："我们曾是那么不忠诚 / 但那却意味着 / 我们是那么忠诚于自己！"

她的确做到了"忠诚于自己"的所思所想，蔑视"戒律"。

她对爱情的认识过于早熟了。母亲带她看歌剧，问她喜欢哪场，她说，"达吉雅娜和奥涅金"。母亲根本无法理解，6 岁的女孩竟然看懂了普希金的爱情戏。但女儿一再肯定，就是喜欢"达吉雅娜和奥涅金"。多年过去，她还确定："喜爱的一切都是 7 岁以前就喜爱的，此后再也没有喜爱过什么。"

她"喜爱"爱情。在鲍里索格列布巷 6 号，一开始

🔺 茨维塔耶娃的写字桌

她与埃夫隆就聚少离多，更别说后来长达4年的别离。在这里，她很长时间一个人带着两个女儿——后来小女儿死了——面对饥饿、严寒，但情欲一直野蛮生长。

她"喜爱"成熟男人，也迷恋青年才俊。朗恩，24岁的诗人，1919年年末，在她最孤独时来到莫斯科，与其说客居她家，不如说她收留了他。这段恋情来去匆匆，两个星期后，他走了，留下她魂不守舍。此刻，我站在写字桌前，看着窗外，无法想象她竟能立马做到一刀两断："我保证：金色小鸟／再不会撞进你的窗棂！"她给他写信："我已经逐渐习惯了没有您陪伴的日子。"

也许，就像流亡国外那些年发生的恋情，茨维塔耶娃早就有着清醒的认识："……我不是爱上了奥涅金，而是奥涅金和达吉雅娜，是他们两个人一起，是爱情。"哦，她"是爱爱情"。从6岁开始，"无论是当时，还是后来，我从来都不喜欢接吻，我总是喜欢离别。"

情欲旺盛，火光熊熊，之后，冷却的，是灰。可是，我有更多的理由相信她在诗中所言："我们知道另一种炽热"，而"生命有更伟大的眷顾已够了／比起那些爱的功勋和疯狂的激情"。

这一次，她说的是灵感，是诗。

1921 年她在笔记本上写道："对于我来说，诗歌就是家……"

如是，她终要"回家"的。

四、没有人比我更温情更坚毅

我再次遗憾自己不懂俄语。懂的话，就可以读一段压在写字桌玻璃下的诗了。她的手迹，工工整整，"横"都很重。

1916 年，她在这里先是写下了动人的爱的诗篇。

年初，曼德尔施塔姆两次来到莫斯科，对于这位命运多舛的诗人，她在 15 年后的《一首献诗的经过》中这样回忆："眼睛低垂着，而脑袋却高昂着。"在她看来，他为诗而存在："不写诗，在世上就坐也不成，走也不成——活着也不成。"她一直否认与曼德尔施塔姆产生过恋情，但情诗却留了下来，不，是流传了下来。第一次分别，她看着他渐行渐远：

我在您身后看着您，
没有人比我更温情，更坚毅……
我吻您，远隔
分离我们的数百公里。

最令人动情的，是肖斯塔科维奇后来为之谱曲的这首：

这样的柔情是从哪儿来的？
这样的鬈发我也不是
第一次抚摸到，我吻过的
嘴唇也比你的更深暗。

　　如果说因为《穿裤子的云》，1915 年是属于马雅可夫斯基的；那么 1916 年无疑属于茨维塔耶娃，这一年，她创作了一组《莫斯科诗抄》，又为勃洛克和阿赫玛托娃写了两组多首的献诗，都成为经典。1922 年《里程碑》再版，作品的三分之二来自这一年。当帕斯捷尔纳克读到《里程碑》时，深深地懊悔不曾与她深入地接触，致信于她表达了崇高的敬意，"亲爱的、可贵的、无与伦比的诗人"。同年 12 月，茨维塔耶娃又写了一首抒情诗，格外动人：

我愿和你一起生活

　在某个小镇，

　在一个漫长无尽的黄昏

　和不绝如缕的钟声中……

　　在这个小房间里转来转去，我有一种莫大的陶醉与满足，经历着她的 1916 年，经历着她的诗歌创作进入一个新的阶段：那个大胆的抒情女主人公，歌唱自我，歌唱自己的忧伤和痛苦，歌唱自己的爱情。

　　转来转去，必须小心地板上一张完整的狼皮。狼皮出现在此并不令人吃惊。"我天生喜爱狼，而不喜爱小羊羔"，她在《我的普希金》中说，"提到狼，我便联想到带路人。……把小羊羔拽到黑魆魆的森林里去的狼，是值得爱的"。这匹狼，她指的是农民起义领袖普加乔夫[2]。她在 1920 年写有一首《狼》，更像一首情歌：

2. 普加乔夫（1742—1775）：俄罗斯农民起义领袖，生于顿河沿岸的一个贫穷的哥萨克家庭。1773 年，普加乔夫聚集了 80 名哥萨克人发动起义，揭开俄罗斯历史上一场反对农奴制压迫的农民战争序幕。起义队伍不断壮大，最多时达到 10 万人。起义最后失败，1775 年普加乔夫被叶卡捷琳娜二世处死。

　用里程消灭里程吧，

　把里程还给里程！

　我抚摸你的皮毛，

　你在思念你的思念！

　……

　别了，白发的狼皮！

　我不会在梦里忆起！

　会有新的女傻瓜，

　她相信狼的白发。

🅷 茨维塔耶娃纪念碑，俄罗斯塔鲁萨市

五、我不会出卖你

我来到育婴室。这是这个家里最大的房间了，有
40 平方米吧，光线充足，却也显得空荡荡的。沿着墙
摆有儿童床、木马，高的书柜里放着诗人的书，都是精
装，很厚，墙角立着的木柜子上放着一个狐狸标本，这
些都不足以让这里充实、温暖。最困难时期这里冷冰冰
的，与她想象的自己的孩子可以在这里看书、玩耍相差
十万八千里。1917 年 4 月的一天，茨维塔耶娃的小女儿
伊丽娜在医院出生，她给阿莉娅写信："你的妹妹伊丽娜
是仙鹤给我叼来的。"但在 1919 年 11 月末，她犯了一个
无法原谅的错误，听了旁人的建议，把小女儿送进保育
院。结果，来年 2 月，小女儿就死了。这次骨肉分离，
除了悲伤，还有悔恨。她分辨不清，送走小女儿是以为
保育院能让孩子活下来，还是家里的土豆只够养活大女
儿。为了阿莉娅，她给两位朋友写信恳请能收留女儿，
哪怕睡在走廊或者厨房，而她自己"再也不敢一个人住
在鲍里索格列布的房子里了，我怕自己在那里上吊"。

我又来到顶层。这里有两个房间，其中一间是埃夫
隆的卧室，茨维塔耶娃称这个房间为"顶层宫殿"。一
进来，就见左边靠墙立着一个 4 层却很高的书架，玻璃
罩面，里面放着一些精装书。挨着书架是一个长方桌，
两边各一把椅子，桌的上方墙上挂着 4 个相框，里面是
人物的铜版画，我认出了两个人，一个是库图佐夫 [3]，
一个是塞瓦斯托波尔军港总指挥纳希莫夫 [4] 将军。这几
张画体现出一些男主人的兴趣。一个 3 层的格子架，最

3. 库图佐夫（1745—1813）：俄
罗斯帝国元帅、军事家、外交
家。1811 年至 1812 年率军结束
第 7 次俄国与土耳其战争。1812
年，法国皇帝拿破仑发动对俄战
争，库图佐夫晋升陆军元帅，重
任俄军总司令，他成功地制定了
"焦土战术"，主动放弃莫斯科，
诱敌深入，同年底将法军全部驱
逐国境，他在追击拿破仑途中病
逝，葬于圣彼得堡的喀山大教堂。

4. 纳希莫夫（1802—1855）：俄
罗斯帝国海军上将，在 1853 年
指挥舰队大败土耳其海军。1855
年在克里米亚保卫战中，巡视工
事时受伤身亡。他安葬那天，敌
军停止炮击和进攻。

👁 茨维塔耶娃故居床头上的老鹰标本（右）

上一层是一张他姐姐的照片，样子有点婴儿肥，不注意会以为是茨维塔耶娃。中间格子的相框里是一张照片，漂亮，气质典雅，是薇拉，她是著名女演员，1904年建立了自己的剧院，上演契诃夫、高尔基、易卜生等人的佳作。还有一个柜子在墙边，上面摆放了两张夫妻俩的单人照片。总之，这里与育婴室一样显得空荡，丝毫看不出男主人生活过的痕迹，倒是沙发上的墙面挂着一只展开翅膀的鹰的标本，活灵活现。这只鹰令人联想到她的"白天鹅"。结婚后，她恋情不断，却又放不下丈夫，"他是我的亲人，无论到什么时候，无论到什么地方，我都不会离开他"。她在给友人的信中说，自己一辈子都会爱着丈夫的。1917年1月之后，她与丈夫4年不曾见面，只知道他参加了白军，而白军与红军作战，节节败退，正像他的一生，从未成功。埃夫隆终其一生都郁郁不得志。写小说，默默无闻；当兵，部队一败再败；流亡国外读书，也是一个穷书生；最终回国，导致家破人亡——自己，妻子，儿子，先后死去，只有女儿活了下来，还有十多年是在流放中。在埃夫隆参加白军后，她

这张狼皮，吓了我一跳。当我拍照时，甚至想它会不会猛地跳起来，扑向我。

便站在白军一边，写了很多诗，把诗集定为《天鹅营》。如果埃夫隆是天上的"白天鹅"，这也是她的浪漫，或者一厢情愿。也许，她比任何人都清楚，丈夫不可能飞黄腾达，那就更不能抛弃他："我不会出卖你，在指环里 / 如碑文石刻你永世得到保全！"

不错。1941 年 8 月 31 日，在写给儿子的遗书上，她说："如果你能见到爸爸和阿莉娅，告诉他们，直到最后一刻我都爱他们……"

六、我的梳子齿儿就是琴弦

也许有点累了，从楼上下来时很想在楼梯上坐一会儿，又担心影响到别的参观者，就回到诗人的房间，在那墙的棱角上靠了一会儿，右边有她的书，左边是拿破仑，那个年轻女人看着很像玛丽娅·巴什基尔采娃——茨维塔耶娃非常喜欢她 12 岁时开始写的日记。这位俄罗斯天才女艺术家生于 1858 年，貌美惊人，通晓 6 国语言，红颜薄命吧，只活了 25 岁，留世一部著名日记和《亲吻您的手——玛丽娅·巴什基尔采娃与莫泊桑通信集》，她的绘画被许多美术博物馆收藏。前几天在圣彼得堡国家博物馆，我和孔宁专门来到她的画前看了半天。她的《春天》令人难忘。我们曾想要去她的家乡波尔塔瓦看看，如今属于乌克兰了，那里也是果戈理的故乡。

有梦总是好的。但对于生活在此的茨维塔耶娃，面包比梦宝贵。丈夫死活不知，为了让女儿和自己活下来，她变卖了一些东西，咬紧牙关不向厄运低头。1918年 11 月，她写道，"世上没有更奇妙的梳子，我的梳子

齿儿就是琴弦"，就在这个月，她去民族事务人民委员会上班了，目的就是挣卢布。她每月可以挣到 720 卢布。一年后，生活更加艰难。饥饿连接着严寒，而一楼又安排住进了另一户人家，她带着女儿搬到"顶层宫殿"——没有男人的冷宫。房子对面的两棵树更让她感到孤单：

两棵树相互渴求。

两棵树。在我屋前。

两棵老树。一幢老屋。

……

两棵树，披着日落的尘土，

冒着雨，还会顶着雪……

但我隔着写字桌使劲往前探着身子，想从窗户看到那两棵树，却没看到。再回头，看到的是她：没有面粉，没有面包，施舍的午饭都给了女儿，自己饿着肚子。

我的一天：起床，房顶的窗户灰蒙蒙的，寒冷，地板上有一摊水，有锯末，水桶，抹布，到处是孩子的衣服和衬衫。锯木头。生炉子。在冰冷的水里洗土豆，然后放在茶炊里煮……晚上十一点或者十二点我也终于能躺在床上。枕头旁边有盏小灯，有笔记本，有烟卷，偶尔还有块面包，四周很安静，这些都让我感到运气不错……

她在日记里记下了这一切，又在诗中写道：

从前我也曾头戴鲜花，
诗人们写诗赞美我。
1919年，你忘了我是女人。

这时，阿莉娅已经懂事了，她给人写信，"一天接一天只有我和妈妈两个人过日子"，为了换点卢布，妈妈"想把她的法文书都卖掉。很长时间我们都不用电灯了。莫斯科生活艰苦，没有木材。每天早晨我们去市场。看不见彩色衣物，只有面袋布缝的衣服和光板的皮羊袄"。母女俩在自己家里像"游牧民族一样随处过夜"，在"爸爸的房间里"，"住在厨房里"，"从里面倒插上门，防止野猫、野狗，怕外人钻进来"。

这期间与茨维塔耶娃成为密友的谢尔盖·沃尔孔斯基公爵，回忆那个时候女诗人的家，"冰凉的房子里，

5.巴尔蒙特（1867—1942）：俄罗斯著名诗人，象征派代表人物。

有时还没有灯光，家徒四壁……肮脏的壁炉里没有燃料……街上的阴冷侵入房中，仿佛它们才是这里的主人"。而从茨维塔耶娃家里的土豆获得了温暖的诗人巴尔蒙特[5]的回忆，则是另一种样子："……生活条件异常艰苦，许多人都在呻吟、苦闷、走向死亡，而这更像两姐妹的母女俩，这两颗诗的心灵，却与世隔绝，自由自在地生活在幻象之中，描绘出种种令人感动的奇迹。……一面是饥饿、寒冷、无人理睬的孤寂环境，另一面却是不断地歌唱，走起路来精神抖擞，脸上总是带着微笑。这是两个为理想献身的女性……"

我又来到穿堂，再次看着那个红色的大喇叭，如果像巴尔蒙特说过的，那么它现在也能播放出茨维塔耶娃和女儿的歌唱吧。但我分明听到的，还有别离之声。

"我已经习惯了离别！离别——仿佛就是我的居住之所。"1921年6月末，茨维塔耶娃给朗恩写信如是说。

离别——仿佛就是我的居住之所。这是她8年生活的写照，也是自我的认可吧。尽管1914年之秋搬进鲍里索格列布巷6号，"梦幻之所"应该呈现的绝非如此。那时，她虽然先是离别了母亲，又离别了父亲，可身边还有年轻的丈夫、牙牙学语的女儿。那时，她22岁，有健康，有旺盛的情欲，有灵感，足以抵挡命运的残酷与冰冷。

正是这8年，孤独，恐惧，饥饿，严寒，生离死别，情无所依——她接受了所能接受的，她反抗了必须反抗的。所以，她才可以忽略这段过往了，无怨无悔。

但是，我要告别时却告诉自己：绝不可以忘记这里。2018 年 8 月 7 日下午，我在留言簿上毫不犹豫地写了三个字："我来过。"

我来过，是要见证且铭记：生命中还有比诗更宝贵的东西，就是：活着，等待，还能去爱。我来过，为纪念而买了一本俄语版的《莫斯科诗抄》。我相信，我能触摸到诗意以及诗之外的更深的忍耐和眷念：

> 我走在古城莫斯科的街道，
> 你们也会在这里行走。

茨维塔耶娃，从这里，我只是拿走了你的诗集，轻轻的。我害怕你这样说：

> 你们拿走珍珠，会留下泪珠，
> 你们拿走黄金，会留下秋叶，

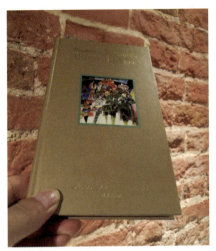

虽然我不懂俄语，还是花 200 卢布买下了这部诗集，就像 3 年前在圣彼得堡的涅瓦大街上的一家书店，买了俄语版的《安娜·卡列尼娜》和《樱桃园》。

刻着茨维塔耶娃诗歌的石头，在俄罗斯科罗廖夫市。我请尹岩老师翻译一下，她告诉我，石头上的诗叫《致捷克》：像石头一样坚硬的，像燃弹一样炽热的，像水晶一样纯洁的人民，祝你们繁荣。

你们拿走紫袍——

会留下鲜血。

　　茨维塔耶娃，在鲍里索格列布巷 6 号，没有任何人
可以拿走属于你的，一切。一切，以诗为证，以苦难为
凭。时间在这里停下脚步，阅读"每行诗都是爱情的孩
子"……

　　1922 年 5 月 11 日，茨维塔耶娃带着阿莉娅离开了
鲍里索格列布巷 6 号。母女俩坐马车先到火车站，离开
莫斯科再到里加换乘开往柏林的火车。6 月 7 日，埃夫
隆从布拉格赶过来，分别多年的一家人终于团聚。他们
的女儿后来回忆：

　　空荡荡的广场，明亮的阳光，有个孤零零的高个子
男人朝我们跑过来。母亲和父亲紧紧拥抱，站了很久，
彼此为对方擦拭泪水淋漓的面颊。

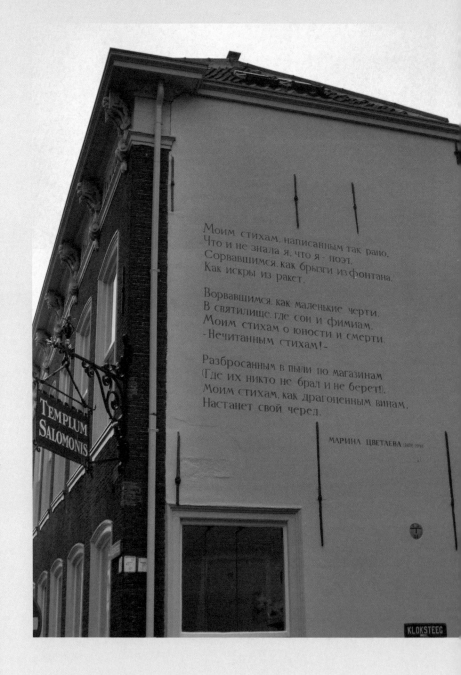

茨维塔耶娃的诗在楼的墙面上，荷兰莱顿市

为爱和革命
而生的
马雅可夫斯基

你们的思想

正躺在软化的大脑上做着好梦，

好比油污的沙发上躺着个吃胖的奴仆。

我却偏用血淋淋的心的红布挑逗它，

辛辣地讽刺，刻薄地挖苦。

我的灵魂没有一丝白发，

也没有老头儿的温情和想入非非。

我声炸如雷，震撼世界，

我来了——挺拔而俊美，

二十二岁。

——马雅可夫斯基：《穿裤子的云》

弗拉基米尔·弗拉基米罗维奇·马雅可夫斯基

Владимир Владимирович Маяковский

1893

年 7 月 19 日，生于格鲁吉亚库塔伊西省的巴格达吉村。父亲是林务官，经常给孩子们读诗。1906 年父亲去世后，全家移居莫斯科。

1908 年，参加俄国社会民主工党；3 次被捕；尝试写诗。

1911 年，进入莫斯科绘画、雕刻、建筑学校；写诗崭露头角。

1912 年年底，与大卫·布尔柳克等人发表《未来主义宣言》；参与"未来主义"的"巡演"，展示了非凡的演讲能力。

1913 年，创作了第一部剧作《弗拉基米尔·马雅可夫斯基》；在彼得堡上演时充当主演，展示了一定的表演才能。

1915 年，发表著名长诗《穿裤子的云》，奠定"未来主义"头号诗人地位。

1917 年，十月革命后，在群众集会上发表演说、朗诵诗歌，为革命呐喊。

1919—1922 年间，参加俄罗斯电讯社（简称"罗斯塔"）工作，创作了众多配有短诗的战斗性极强的招贴画"罗斯塔之窗"。

1923 年，创办《列夫》（即《左翼艺术阵线》）杂志；开始疾呼文学艺术要为无产阶级革命事业服务，为现实斗争服务，为未来的共产主义服务。

1925 年，发表了著名长诗《列宁》。

1927 年，为纪念十月革命十周年，创作了长诗《好！》。

他从"未来主义"诗人转变为无产阶级的歌手，为革命大声呼号，对官僚主义痛恨至极，将庸俗丑恶揭露鞭挞，却始终是个"孤独"的号手。一些诗歌流派对其"革命性"进行攻击，而"拉普"（俄罗斯无产阶级作家协会）对其又予以排斥……

1930

年 4 月 14 日，诗人向自己的胸口射出了一颗子弹。

诗人安葬在莫斯科的新圣女公墓。

我以为我在莫斯科凯旋广场拍的那张落日余晖下的马雅可夫斯基纪念碑，很有气势，很能代表诗人气质。但，看了孔宁发过来的这张图片，我才觉得，这个马雅可夫斯基更具诗人品质。你觉得呢？如果你今后旅行到了圣彼得堡，很有可能会遇见诗人，正在这里等你。

我的灵魂
没有一丝白发

一、给社会趣味一记耳光

那天中午在街上转了又转，最后，选中一家格鲁吉亚风味的酒馆。它的外墙颜色和粗糙的表面都像岩洞，从门口往里看又有点幽深，透着一股子神秘，很适合一路的探寻。进去了再看，房中间有一个大大的鱼缸，吸引眼球的不是鱼，而是一条古老的沉船。再看窗户，好家伙，上下左右那厚度厚得极其夸张。桌子也稳，椅子也重，好嘛，一切看着都安全。点菜。烤鱼、烤肉、啤酒端上来了，味道与量，十分厚道。

行走，吃是很重要的。吃好，才能走好。

看我们吃得惬意，有个人会很开心，咧嘴大笑。当然，不会是斯大林，而是马雅可夫斯基，虽然他们的故国都是格鲁吉亚，黑海在西边汹涌澎湃。现在，黑海在鱼缸里。

想到马雅可夫斯基，不是偶然的。我很清楚，此次重返俄罗斯，在很多地方都会与他相遇：他的诗，他的嗓音，他的疲惫却斗志昂扬的姿态。这是必然，如他在《我自己》中说："有一次我一直跑到最高峰。山峦向北方低下去。北面有一个峡口。我以为那边就是俄罗斯。非常想到那边去。"

后来，他真就来了。

这个浑身带刺儿、赌性十足的来自格鲁吉亚一个叫巴格达吉小山村的男人，1906 年来到莫斯科，13 岁，10 年后成了俄罗斯最能走的诗人。

他性情多变。1910 年 1 月的一天，他第三次走出监狱，不想再做"地下活动"了，要搞艺术工作。于是，他拿起画笔，走向广阔的大地，一个夏天他就变了。伏尔加的悠长与荡阔洗涤了他，他长高了，声音洪亮而自信。他更好动了，精力充沛，求知欲更强，也更有勇气和魄力。1911 年 8 月，他考上了"莫斯科绘画、雕刻、建筑学校"。这所学校走出了很多著名画家，像萨夫拉索夫、希施金、列维坦。帕斯捷尔纳克的父亲曾在这所学校任教，为托尔斯泰的《复活》画了很多插图。很庆幸，我有老版的《复活》，插图就是老帕斯捷尔纳克所画。

要说马雅可夫斯基的画，也不赖，可他更青睐诗。"未来主义"领军人物布尔柳克听了他的朗诵，夸他是"天才的诗人"。他要不是把大量时间用在写诗上，我在莫斯科特列恰柯夫美术馆和圣彼得堡国家博物馆，在看过《白嘴鸦归来》《乡道》[1]，看过《黑麦》《维亚特卡省的松树林》[2]，看过《弗拉基米尔大道》《深渊旁》[3] 之后，也许也会看到他的作品。不过坦白地说，他那些战斗的"招贴画"出现在这些地方，难度还是颇大的。

但是，马雅可夫斯基"到那边去"的诗歌之路，走对了。

而我，也可以说是"到那边去"的最能走的诗的使徒。那天，早上到圣彼得堡南边的沃尔科沃公墓，朝拜

1.《乡道》：萨夫拉索夫的代表作品。
2.《维亚特卡省的松树林》：希施金的代表作品。
3.《深渊旁》：列维坦的代表作品。

屠格涅夫、冈察洛夫，中午到涅瓦大街起点的海军总部花园，向莱蒙托夫致敬，然后沿着涅瓦大街一路前行，再拐到铸造厂大街，向北，遇见了涅克拉索夫，又在舍列梅捷夫宫的后花园见到阿赫玛托娃，再拂去曼德尔施塔姆身上的灰尘。这之后，继续向北，在一个十字路口停下，等红灯变绿灯，穿过马路，站在布罗茨基故居的楼下，又在朝向圣主显容大教堂的路上右拐，绕到了诗人家的后院。从这里离开，原路返回，在 π 书店，看见普希金、帕斯捷尔纳克、茨维塔耶娃、叶赛宁，出来南行横穿涅瓦大街，去寻肖斯塔科维奇住过的地方。站在那栋楼前，窗户上反射着的已是落日的余晖。再次来到涅瓦大街，向着起点走去，一直走到普希金文学咖啡馆。在这里微醺了，再去涅瓦河畔，看青铜骑士，看十二月党人广场席地而坐的小孩和恋人，看夜色苍茫中隐约离开的勃洛克的身影。然后转身向南，走进安格列杰尔酒店，再出来，在墙上找到一座浮雕：叶赛宁的生命在此"断裂"……就这样一路走着。

行走疲惫。可真的说起行走之疲惫，还得是马雅可夫斯基。但是，他得允许我说，我是刚刚从涅夫斯基修道院的季赫温和阿扎列夫公墓而来，看过了陀思妥耶夫斯基，看过了柴可夫斯基，看过了希施金和库因奇[4]，最后看过了普希金的妻子娜塔莉亚，接着还要去寻"黑暗中写作的人"——陀思妥耶夫斯基故居——他会不太高兴的，不，他会哑然一笑的。甚至会带一丝愧疚，为自己的年轻，为自己的莽撞，为自己的不可一世。

1912 年年末，19 岁的马雅可夫斯基与几个朋友竖起

4. 库因奇（1841—1910）：俄罗斯最富浪漫主义情调的风景画家，代表作有《白桦林》《第聂伯河上的月夜》。

"未来主义"大旗。他摇旗呐喊，声嘶力竭，蔑视一切。在俄罗斯，文学新人的每一步，都走在普希金、果戈理、陀思妥耶夫斯基、托尔斯泰的绿荫之下，而在马雅可夫斯基前面，还站着高大的勃洛克——他老老实实地承认，勃洛克就是整个诗歌时代——更何况，还有"象征派"，还有"阿克梅派"，还有"意象派"……对于"未来主义"，想要显山露水，只能剑走偏锋。这是战术。此前，他闯到了诗歌重地，在彼得格勒著名的"流浪犬"俱乐部做了人生第一次公开朗诵。他要面对的，不说勃洛克，就说古米廖夫，就说阿赫玛托娃，就说曼德尔施塔姆，哪一个他都招惹不起。但他毫不畏惧，大胆朗诵了《夜晚》和《早晨》——他也实在掏不出更多的诗作了。先把旗帜亮起来再说，一本"未来主义"文集也出笼了，包装纸印刷，破布包皮，实实在在地具有破坏性，加上一个响彻云霄的名字：《给社会趣味一记耳光》。这宣言前所未有地大胆、狂妄：

时代的号角由我们通过语言艺术吹响。过去的东西太狭隘。学院和普希金比象形文字还难以理解。把普希金、陀思妥耶夫斯基、托尔斯泰等等从现代轮船上丢下水去！

马雅可夫斯基认为，"只有我们——才是时代的代表"。他父亲要是没死，看到儿子此等嚣张也得被气死。这个身材高大、声音洪亮的林务官，常给家里的孩子读普希金、莱蒙托夫，在儿子心里种下了诗的种子。儿子如今等于忘恩负义。"未来主义"惹起众怒，暗自偷笑，

这是马雅可夫斯基青年时代的标志性照片：拿捏很好的绅士派头，掩饰不住内心的狂野。

他们名不见经传，巴不得各路著名人士骂他们，骂得越是狗血喷头，越为他们打广告。"未来主义"在众怒之下又开始了巡演，到辛菲罗波尔、塞瓦斯托波尔、基辅、明斯克、喀山、第比利斯、巴库。一程又一程。为了"未来主义"，马雅可夫斯基冲锋陷阵，自小就喜欢《堂吉诃德》是有道理的。直到1919年年末的一天，也许真是疲惫了，他声明要"赦免伦勃朗"。其实，他的内心是尊崇普希金们的。10年后，他在诗中写道："我和您，都拥有永恒。"在他的住所，桌上堂而皇之地摆着《普希金全集》，而对于他嘲讽过的勃洛克，也能背诵其许多诗篇。说到底，"未来主义"宣言，除了用大喊大叫的方式挑逗各方面神经，引起多方关注，在他的心里，还是要打破一切束缚：

我憎恨

各色各样的死东西！

我崇拜

各色各样的生命！

喝酒！为各色各样的生命！

我和朋友宁宁为行走的顺利，碰了一下杯。

啤酒很好喝，麦芽味浓郁，稍有一点苦，但因为凉，苦味也爽利。服务员是个30多岁的女人，圆脸，笑眯眯的，挺耐看。可能我们点的菜有点多，还是两个东方人，偶尔她会把目光送过来，笑笑。我真想化身马雅可夫斯基，请她过来喝一杯。但遗憾总是有的。

陀思妥耶夫斯基地铁站旁的陀思妥耶夫斯基纪念碑（上）

从酒馆出来，在陀思妥耶夫斯基地铁站不远，看到了在"黑暗中写作的人"，他坐着，深深地，弯着背，双手抱膝。他的目光看着脚下。他不曾因为马雅可夫斯基说过，将他"从现代轮船上丢下水去"，而离开坚实的大地。这之后，我们又找到了著名的雕塑"爬烟囱的小男孩"，他在居民区一个楼的墙壁上，戴一顶黑色礼帽。如果他走下来，我愿意相信，他就是那个戴着礼帽，手拿烟卷，驾驶着"未来主义快车"的马雅可夫斯基。

那时的马雅可夫斯基，说雅就雅，说不雅那真不雅——他基本就穿两件黄色上衣。穷的。黄上衣是他母

为了寻找这个淘气的"爬烟囱的小男孩"，我们兜了很大的一个圈子，还不断地打听，都没有得到明确的指引。最后，我们还是靠着直觉和锲而不舍，找到了小家伙。

亲用一块绒布做的，当晚他就穿上讲演去了，后来这件黄上衣几乎就是"未来主义"的符号象征。一个作家想把他引荐给朋友，朋友直言不讳，"如果你把黄上衣弄到我这儿来，我就报警"。他倒是不在乎唾沫和冷眼，就是喜欢穿上黄上衣，就是"为了不和你们一样"。黄上衣代表着新的"美学主张"，是和"城市大众活生生的生活"的美联系在一起的，是和"电车、无轨车、卡车的街道……摩天大楼"联系在一起的，是新生的力量。我看过他20岁的一张照片：头戴一顶黑色的宽檐帽，算是压住了又长又乱的头发。眼睛圆瞪，带着藐视，鼻子像匕首一样向下，鼻下一抹黑胡子，嘴上叼着一根烟卷。这样说吧，他手里要是要一把长刀，就是个海盗，且比电影里的加勒比海盗文艺很多。他很重视外貌，要是不开口，就紧闭嘴唇，掩饰一口烂牙，可要是开口了，也就顾不得那么多了，滔滔不绝，面对嘘声、跺脚和喝倒彩，直言不讳：

> 如果你们把自己想象为夜莺，那就朝着巴尔蒙特吱吱叫去吧，我更喜欢工厂和火车的汽笛声。

"未来主义"快车巡演引起不少骚动，在敖德萨就遇到了意想不到的待遇。第一场演讲报告会亲临现场的，就有总督将军（省长）、警察局长、8位警察所长、16位所长助理、25名分局侦查员，另有60位警士在剧院各就各位，50位骑警在剧院外巡逻警戒，生怕诗人们惹是生非。这样的场景着实令马雅可夫斯基

兴奋不已。后来，他成了第一个将听众召集到大礼堂和剧院听诗的苏联诗人，全拜这段经历所赐。他将萝卜插在大衣纽扣眼，往脸上画狗和各种符号，在台上潇洒自如，一口烂牙口若悬河，极富侵略姿态。据统计，他在舞台上一共收到了两万多张观众递上的条子，他想回答就妙语连珠，惹他生气了则冷言冷语，挑起争端。

二、"穿裤子的云"遇见缪斯女神

敖德萨——站在塞瓦斯托波尔的西海岸，我隔海相望，轻轻地说出它的名字，因为巴别尔，因为巴别尔的《敖德萨故事》和《我的鸽子窝的历史》。

敖德萨——站在塞瓦斯托波尔的西海岸，我隔海相望，再次轻轻地说出它的名字，是因为玛莉亚，是因为马雅可夫斯基急迫的呼喊：

🟢 马雅可夫斯基雕像，俄罗斯新库兹涅茨克

放我进来，玛莉亚！

我不能待在街头！

……

而我

全身是肉做的，

纯粹是一个人，——

我直截了当要求你的肉体

我曾试想在阿尔巴特街、涅瓦大街发现玛莉亚的面孔，也试想在黄昏的莫伊卡运河边、青铜骑士旁的草坪找到她，但她只能在敖德萨。

让马雅可夫斯基疯狂的玛莉亚，魅力十足，17岁。他为她失魂落魄。不过，诗中的"玛莉亚"显然是诗人爱恋过的女子的融合体，而他把最猛烈的抒情，全部倾注在了这个名字所蕴含的爱情中。在敖德萨，他没能抱得美人，在彼得格勒的一个房间朗诵这首诗时，旋即被另一个女人的目光击中了。不，他和她同时被击中了。击中他的，是莉莉娅，深色眸子射出短剑一般锋利的目光，还有她的一头红发，浴火而燃。

真是遗憾，在这座城市停留的时间不够宽裕，要不然我会找到那里，倾听马雅可夫斯基的男低音：

……我可以温柔得让你挑不出毛病，

不是男人，而是一朵穿裤子的云！

他背靠着门框站着，从上衣里面的口袋掏出一个不大的笔记本，扫了一眼，又放了回去，沉思片刻，开始朗诵。他的声音震撼了房间里的人。多年后，莉莉娅回忆，当时，大家都抬起头，目不转睛地注视着眼前的"奇迹"。他的姿态一次都没变过。他没有向任何人投去目光。他抱怨，他愤怒，他嘲笑，他歇斯底里。朗诵完了，他坐在桌边，要茶喝。她赶紧从茶炊里给他倒茶。她的丈夫布里克宣称，即使他再也不写一行诗，也都将是个伟大诗人。那晚，他在日记本上写了一行献词：给莉莉娅·尤里耶夫娜·布里克。从此，他将自己所有最长的情诗和最好的诗，都献给了这个女人。他给她的情书，有 125 封之多。

我不喜欢这个女人。从一个男人的眼光看她，她也没有多少动人之处。但我试着去欣赏她，站在马雅可夫斯基的一边。欣赏她，才能理解诗人。无可否认，她是诗人的缪斯女神。她的地位，不可撼动。1915 年，她 24 岁，比他大两岁。一个贪图尝试新体验、渴望随时抒发激情的肉感女人。在与男人周旋时，她不是靠颜值取胜的。有人说她"宁做烈焰，不当温泉；宁愿疾言厉色，也不愿温文尔雅；宁选择才华横溢，也不喜百般机巧"。

在她看来，世间之事再大，无非就是地动山摇和欲火中烧。而她的脉搏永远都在急速跳动。她一眼看出眼前的男人粗野而多情，内心的岩浆正待喷发，她又有能力承载、疏导、驾驭滚滚而来的激情狂飙。

这朵"云"来得恰逢其时。莉莉娅与布里克结婚两年后，就开始了分居，但她不会离开他，永远不会。而他面对妻子对诗人的激情，便扮演了一个冷血动物的角色，毫无妒忌，默许自己一转身，妻子即投另一男人之怀。更何况，他也太欣赏诗人的才华了。9月，他出钱，出版了《穿裤子的云》，诗集印了1050册。从此，在这个家里维持着怪异的"三位一体"，偶尔会有一半是海水一半是火焰，总的来说却是不离不弃。多数时间里，马雅可夫斯基陷入嫉妒之中，莉莉娅则我行我素，没有忠诚一说，布里克则平静如水，平衡了三人之间的奇妙的关系。

三、库奥卡拉见证行走的作诗法

一天下午到一家珠宝店去看蜜蜡，与著名的"流浪犬"俱乐部隔街相望。看着那么近，却是一条街，一百年。虽说不见了狗吠，1915年2月的那个声音还是在的。在那里，马雅可夫斯基的朗诵，遇到了攻击和谩骂，他早有准备，因为他在挑衅："知道吗，你们庸俗而又平凡 / 只会盘算怎么更好地填满你们的嘴……"他讽刺了在座的和不在座的"你们"，藐视还在后面："我倒宁愿在酒吧间 / 给妓女呈献菠萝水。"

但是，在芬兰湾的列宾诺，昔日的库奥卡拉，马雅可夫斯基则是另一个样子。

『流浪犬』俱乐部。按照今天的说法，这里就是圣彼得堡文艺青年的打卡地儿。

又是一个晴朗的日子。

早饭后步行到干草市场地铁站，坐 2 号地铁到小黑河站下车，出来在两个好心的女孩引领下，坐上开往列宾诺的 211 路中巴。一路畅通。一个多小时后，列宾诺快到了，窗外满眼都是绿色的树林，云彩就不说了吧，还是大朵大朵的，像肥胖而又懒得减肥的天鹅。我担心坐过站，盯着路边，等待出现那个看过很多遍的著名大门——看到了！车也停下来了。其实，这是一个不大的木栅栏门，三根圆木做了门柱，暗褐色，上面刷成白色的，像是毛笔尖，右边的两个柱子靠得近一些，形成一个一米多宽的小门。小门在竖着的白木板中间，由红蓝褐绿黄白的木板，组合成一个木偶式的小人，据说在当地，木偶放在门上可以辟邪。这时过来一个外国人，聊起来得知他是个德国画家，从柏林来朝拜列宾，先看了莫斯科特列恰柯夫美术馆，再来这里。我们合影，接着我把镜头对准了大门。当年主人健在时，只要家里有人，这个门与别墅的门从不上锁，路过的陌生人走进庄园摇响别墅的手摇铃，就会受到热情的接待。

　　走进庄园，沿着一条铺着小石子的路往里走，立刻被浓密的绿荫覆盖住了，还有悦耳的鸟声，时远时近。1899年5月，列宾买下了这片庄园，取名"别纳特"，意思是"老家"。走了不远，就见前面一处不大的开阔地上，耸立着一座白色的木结构三层小楼，楼上三个三角形的阁楼在阳光下发出耀眼的光。小楼背靠森林，前面和两侧，绿树高耸，花团锦簇。走进别墅往左拐，来到一间不大的木屋，在这里买票，我们是最早的访客了。拿到了票，语言不通又遇到了一个小问题，售票员给我们看一个纸板，说着听不懂的俄语，最后好不容易才搞明白，她想确认我们是中国人，还是日本人，或是韩国人，好提供语音解说。

🔊 列宾庄园著名的"大门"，其实一点都不大（左）
🔊 列宾故居外景（右）

向右来到第一个展厅，一眼就看到了墙上的那幅画，虽是黑白复制品，我也盯了好一会儿。哦，《伏尔加河上的纤夫》。旁边是放映室，正播放列宾的纪录片，听不懂，径直来到南边的画家书房。这是一间凸出去的房子，南边和东西两侧都有窗户，白纱窗帘拢起，外面的绿意就做了窗台上一些小雕像的背景。有托尔斯泰不奇怪，列宾在雅斯纳亚·波良纳为作家画了很多速写、油画。我从那贝多芬式的发型认出了俄罗斯音乐的拓荒者安东·鲁宾斯坦。房间中央放着一张大写字台，上面有书，本子，几个镜框，一个雕像人物举着的台灯造型有力，摆在中间，下面是几张纸，应该是画家的书信吧。房间东边立着画家半身雕像。遗憾的是，一道绳子从东到西地拦着，很多展品不能近观，而且还不许拍照。带着遗憾，来到另一个房间，又见到一座托尔斯泰雕像，我不能再无动于衷了，这么多的艺术珍品，不能拍照留下纪念，太对不起千里迢迢赶赴这里了。

不行，必须得拍照。

情急之下，我冲着馆员大妈，激动地说起汉语："我来自遥远的中国，我是一个作家，我非常敬爱列宾。我和朋友是第二次来到俄罗斯，我希望可以拍到一些珍贵的图片，带回去与朋友们分享。"我比画着拍照的姿势，上前拥抱住她，又对她说："我必须拍照。我要把这里的很多艺术品通过照片带回中国。"

她被这突如其来的热情搞蒙了，推开我。但，她笑了。我继续比画拍照的姿势，并再次紧紧地拥抱了她。她笑出声来了。另一个展室大妈在门口看到了这一情形，也笑出声来。这时，大妈开口了，好像是英语"YES"的声音。

"乌拉！"这是我发出的欣喜。可以拍照了，心情放松下来，也就不慌不忙。

但我看遍了故居每一张画、图片、雕像，没有找到列宾为马雅可夫斯基画的那幅画。我一直幻想它的完璧归赵。

1915 年夏初，列宾来到附近的楚科夫斯基[5]家里，想听一听马雅可夫斯基的朗诵。作家有点担心，生怕马雅可夫斯基的奇装异服以及嚣张，得罪了德高望重的老人。当时，年轻的诗人和伙伴经常来楚科夫斯基的家聚会、读诗，而这里离列宾的别墅不过 5 分钟的路，想必，老画家也对"未来主义"有所耳闻。那天，列宾突然就来了，而马雅可夫斯基正在朗诵：

5. 楚科夫斯基（1882—1969）俄罗斯著名作家、批评家、翻译家。十月革命后开始儿童文学创作。晚年写有回忆录《同时代人》，再现了列宾、高尔基、马雅可夫斯基等作家、艺术家形象。

> 我
>
> 金口玉言，
>
> 吐出每个字
>
> 能给灵魂新生，
>
> 能给肉体欢庆；
>
> 可是我告诉你们：
>
> 最微小的一粒活的微尘
>
> 也比我已做的和将做的一切更贵重！

老画家对诗人喊了一声："好，棒极了！"

我在寻找那幅画时，分明听到了这声喝彩。从画家二楼的窗户往外看去，森林的西边就是来时的大道，而路的下面就是芬兰湾了。在那里有一处海滨浴场，沿着海岸向右走，有一道用石头垒成的陡坡，这里的石头和潮水见证了《穿裤子的云》的诞生：

> 翻遍荷马和奥维德的诗章，
> 找不出我们这号
> 满脸煤烟的人物形象。
> 那也无妨。
> 我知道：
> 一见到我们的灵魂的金矿，
> 太阳也会黯然无光。

在楚科夫斯基 11 岁的儿子看来，马雅可夫斯基作诗不是写，而是边走边念叨。他看过许多次了，而他"写出来是在最后一气完成"。

列宾很喜欢《穿裤子的云》，要给年轻的诗人画像。诗人有点慌乱，连忙说，我还是画您吧。于是，他就画了几张速写，其中一张是列宾和楚科夫斯基在聊天，得到了老画家的赞赏："太像了！别生我的气，这是多么出色的现实主义呀！"老画家回家就准备了一块大画布，邀请诗人到他的画室。马雅可夫斯基受宠若惊，特意剃了一个平头前往，老画家看了，很是不爽，认为诗人的发型很有个性。年轻人安慰老人，头发会长出来的。老画家老大不愿意，将大画布换成了一块小的。遗憾的是，这幅诗人肖像画后来遗失了。

拍下这张照片，是为了不断地激励自己：笔耕不辍。老年的列宾左手已经托不动画盘了，为了作画，他就做了这个可以绑在腰上的画盘。

这之后，年轻的诗人和老画家经常见面。晚饭后大家常常到海边和树林里散步，列宾总是让年轻人朗诵诗。马雅可夫斯基大多都是读的别人的诗，勃洛克，阿赫玛托娃……唉，我实在是想不通，这个家伙可是在很多的公开场合，批评女诗人的作品是"闺房诗"。看来，公开说讨厌是一回事，私下里喜欢就是另一回事了。

库奥卡拉给马雅可夫斯基留下了难忘的记忆，他在自传《我自己》中回忆：星期日"吃"楚科夫斯基，星期四差一点——吃列宾的白菜（因为列宾是素食主义者）。傍晚我总是在海滩上散步，写《穿裤子的云》。

告别列宾庄园，回到来时的路上，正午的阳光有一种烘焙的微甜。往远望去，道路消失在绿色的尽头，那里的一片绿树间，安息着阿赫玛托娃。路西是茂密的森林，森林下是芬兰湾。海水汹涌。就近择一条小路，或是径直钻进树林，往下走，涛声会引领脚步直达海边。我分明听见有人在讲述马雅可夫斯基作诗的样子：

这要持续五六个小时，每天如此，每天他都沿海边走十二到十五俄里。他的脚掌都被石头磨破了。黄色的粗布上衣被海风吹淡了颜色，太阳早已经融入蓝色，而他还没有停止自己那疯狂的走来走去。

每天早晨吃过早饭，马雅可夫斯基就来到这里。这里空旷无人，他迈着长腿，在湿滑、陡峭的坡墙上走来走去，一边走，一边挥动手臂，拼尽全力高喊，不这样他听不见自己的朗诵，因为海风海浪的声音很大。

此刻，我的目光穿越森林，来到海边，追上了诗人的脚步和他的大喊大叫：

　　我
　　尽管被今天的一代嘲弄取笑，
　　被编成长长的笑话，
　　还带着黄色，
　　却能看见无人看见的
　　踏过时间的山岭的来者。

　　在人们的近视眼光截断之处——
　　率领着饥饿的人群，
　　头戴着革命的荆冠，
　　一九一六已经迫近。

　　而我，是它的前驱；
　　哪里有痛苦，我就在哪里；
　　我把自己钉在十字架上，
　　就在落下的每滴泪里。

四、我想让我所说的，为所有的人所听见

　　坐上了开往市内的大巴，闭上眼睛，满眼都是芬兰湾的海水，一个人还在岸边徘徊，放声高歌。渐渐地，这个姿态与第一次在莫斯科见到的高大纪念碑，叠化一起，迸发出响亮的声音："我需要开辟更大的空间，我需

要的不是小提琴，而是烟囱。我想让我所说的，为所有的人所听见。"

是的，听见。听见诗人之预见："头戴着革命的荆冠"之"迫近"——1917年十月革命果然到来。预见革命是因心里装着革命。1908年他就参加了俄国社会民主工党（布尔什维克），全身心地投身于政治活动。他怀揣非法读物，在下层民众中散发。他被警察盯上了，3次被捕，关进监狱，最后那次他刚过17岁，就被关进了单人牢房。所以，他才会在《穿裤子的云》中对一些书不以为然：

任何时候
我什么都不想读。
书？
什么书！

他的藐视在1922年的《我爱》里得到
回答：

舒适的小天地中，
专为卧房的需要
涌现出一批卷发的抒情诗人。
但这种哈巴狗的抒情有什么内容？！
而我
却在布德尔克监狱
学会了
爱的课程。

夏里亚宾故居博物馆外景。可以说，是歌唱家的剧照将我们指引到此的。

诗人瞧不起在纸上赞美俄罗斯的诗人，而他是"用一身皮肉来学习地理——我到处露宿，走到哪里就躺到哪里"，发生在这片大地上的苦难，"就是我的历史教程"。他一开始写的东西极具"革命性"却简直不像诗，一旦"抒情"了又觉得与自己"社会主义的品质"不一致，"便压根儿不写了"。可见，还在少年时，"抒情"与"革命"就在他身上交织、矛盾、斗争、冲突，结果常常是"革命"压制住了"抒情"。对于革命，他义无反顾，"参加还是不参加面对我来说这种问题是没有的。这是我的革命"。

🔺 马雅可夫斯基纪念碑（左）

大巴进城又走了几站，我们下车找了一家饭店吃饭，然后前往夏里亚宾故居。

连续走上两座大桥，看着墨绿的悠悠河水，心想：马雅可夫斯基要是知道我是去看夏里亚宾，一定会嗤之以鼻，甩我一身大鼻涕。他对男低音歌唱家没有留下来继续革命，而是选择了出走，毫不留情地予以鞭挞，虽然有人夸他的嗓音，可以与夏里亚宾媲美。走下大桥又想：要是到穆斯塔米亚克去，他的反应又会如何？

1915 年，他与高尔基的遇见，可谓是遇见了恩宠。令人遗憾的是，几年后两人的关系由于误会而恶化，始终未能调和。

马雅可夫斯基不无自豪地回忆："到穆斯塔米亚克去。会见了马克西姆·高尔基。我把《穿裤子的云》的几段念给他听。深受感动的高尔基在我的背心上淌了许多眼泪。他听了这几段诗而伤心起来。我微微有些自负。"他的背心上到底有没有高尔基的眼泪，无人见证，但这年 2 月，在"流浪犬"俱乐部，两个人的见面就有

在"这里，我们享受了"包馆"待遇。此前在大门口遇见的俄罗斯美女，听说我们是从遥远的东方来看夏里亚宾"，也是十分高看我们两眼。我们受到了很好的接待，最后在一个小舞厅，馆员为我们播放了三首歌唱家演唱的咏叹调，感觉好极了。没想到几天后，我们在克林的柴可夫斯基故居博物馆，又享受了两遍作曲家的《船曲》。话说回来，从照片上看我们精神饱满，从这里出来已是傍晚，又步行前往芬兰车站，去寻列宁在装甲车上的雕像。不过在走了半个多小时后……

252

多人在场了。如今在那里，"瘸腿的椅子和破凳子"没有了，但我看得见裹着一身黑丝绒的阿赫玛托娃，总是找不到家的流浪儿曼德尔施塔姆，还有帕斯捷尔纳克说的"热情，柔情，深情"的勃洛克。在那里，马雅可夫斯基与高尔基的会面，是精心策划的。高尔基声誉日隆，几乎与托尔斯泰齐平，"未来主义"者们为能邀请到这样的重量级人物到场，自负而又有面子。他们都换了衣服，穿上了晚礼服。高尔基对诗人语重心长："你这么有才华，不要为小事烦恼不已！"大作家告诫年轻的诗人，他的粗鲁"不过是由于拘谨而已"，"应当和大家多交往"。如果这不过是两个人的交心，高尔基对"未来主义"的表态就有些"抬举"之意了，要知道，马雅可夫斯基们正在遭受口诛笔伐。高尔基说：

> 未来主义提琴很不错的，只是生活还未在其上演奏出悲伤的音调。……他们全盘接受生活，包括汽车、飞机。接受生活是重要的品质。不喜欢生活，就造就另一种生活，但请像未来主义者那样接受整个世界。在未来主义者的主张中，有许多多余的、无用的东西，他们呼喊、咒骂，不然怎么办呢？他们有一副好嗓子，就应当抵抗。

这番话，让"未来主义"者们极为兴奋。高尔基非常清楚，他们急需自己的态度，又说："未来主义者的东西很有内容！"马雅可夫斯基和他的团队太需要这种声援了。不能不说，高尔基对马雅可夫斯基独具慧眼。此时，他的颧骨愈发地突出了，像两个山崖。1906 年他还

🔺 高尔基雕像，在莫斯科的高尔基故居博物馆（右）

在柏林，帕斯捷尔纳克的画家父亲就为他画过肖像，颧骨就"显得有些棱角"了。当时的诗坛还没有人意识到眼前的这个张嘴就露出一口烂牙的年轻人，像受伤的狼一样，具有强大的破坏性。他的诗歌的语音不是跟在经典后面咏叹的，而是一种反叛。他掀起的尘埃定要形成一道光环，闪烁世俗之上。

马雅可夫斯基来到穆斯塔米亚克时，高尔基正在写作，接待他的是女主人，她为了不让他寂寞，和他一起到森林里去采蘑菇。他放松了下来，讲起小时候在高加索也采蘑菇，还给女主人读了自己的诗。高尔基很高兴诗人的到来，跟他讲，"您一开始就出了名，并且大喊大叫，劲头十足，但您是否有足够的力量？日子还长，时间抓得紧吗？"他的样子像个老大哥，还在送给诗人的《童年》上题了词。不久，诗人回赠《穿裤子的云》："赠给所爱戴的马克西姆·马克西莫维奇。"而在长诗《脊柱横笛》的题词将"所爱戴的"换成"深切爱戴的"。唉，很难相信两人最后竟然分道扬镳。但诗人承认，高尔基让自己更有自信。高尔基说马雅可夫斯基"更具悲剧性"、在"提出社会良心、社会责任问题时，本身总是明显地表现出俄罗斯民族基础"。这样的评价非同小可。

我们在莫斯科住的民宿，离马雅可夫斯基地铁站很近，而从民宿往街上走，路口的马路对面正对着凯旋广场——曾经叫作马雅可夫斯基广场。广场的名字可以改来改去，但他会一直站在这里，双腿岔开，像个大大的A。我有时会幻想，白日里他高昂着头，看向远方，等到夜深人静，大街上少有人时，他也会偷偷望一眼距这

里几百米处的故居，甚至会调皮地跳下来，跑回去干一个晚上的活，黎明前再回来。

莫斯科，应该记住诗人对革命的热忱。

他用诗歌拥护，更用行动拥抱革命。他日日夜夜地工作，又写又画，而且心里有数，"做了大约 3000 幅招贴画，写了 6000 首短诗"。他对从国外回来的诗人巴尔蒙特说，自己"只写时代的光"，一点不吹牛。为俄罗斯电讯社工作那段时间，他白天在一个没有取暖设备的、冷风飕飕的车间里干活，晚上回到家还要画，遇到了任务紧急，睡觉时要在枕头下放上劈柴，不让自己太舒服，以免睡过了头。1919 年 10 月到 1922 年 2 月，两年多紧张的工作，如果不是一心革命，人早就趴窝了。大量炮制宣传口号、广告诗，吞噬了诗人很多才华。可是这份工作也保障了诗人的温饱。没有身体谈何革命。

革命。

诗人的革命，意味着对一切因循守旧、故步自封、陈规陋习的斗争，还有对庸常生活里的一潭死水、庸俗腐朽的反抗。爱伦堡[6] 说过一句话极为准确："没有革命

6. 爱伦堡（1891—1967）：俄罗斯著名作家，1954 年发表中篇小说《解冻》，1960—1964 年发表《人·岁月·生活》，被誉为"解冻文学"的开山之作。

256

就没有马雅可夫斯基。"

　　马雅可夫斯基对革命不知疲倦。意大利"隐逸派"诗人蒙塔莱与他毫不沾边，但一行诗倒是很贴切地用来说明前者的诗歌："不雨则已，雨则倾盆。"他的晚辈诗人布罗茨基说，"还有什么比冗赘的宣传和国家赞助版的未来主义更令人作呕的呢"，但我在这里不厌其烦地谈论的，与其说是马雅可夫斯基的诗歌，不如说是诗人的人生。

　　革命为马雅可夫斯基铺就了道路。

　　马雅可夫斯基"以心的血，使道路欢喜"。

　　也许住的民宿离他的故居很近，近到能在夜里听到他在房间里走动，嘴里念念有词，就像在芬兰湾那样作诗。我听到了他的最后一首长诗《放开喉咙歌唱》：

我的诗

　　　将用劳动

　　　　　凿穿千载万年，

它将出现，

　　　沉重，

　　　　　粗狂，

　　　　　　摸得着，

　　　　　　　看得见……

他，做到了。

我不想说马雅可夫斯基对别人的影响，也不会操心很多人羞于说他对自己的影响，就像与其说《在人间》《钢铁是怎样炼成的》对自己的启蒙，不如说《神曲》《魔山》《卡拉马佐夫兄弟》对自己的引领，更能令人另眼相看——至今，我要是心血来潮想写一些分行的文字，常常会挪用他的"阶梯"，当我沮丧之时，总会吟诵《穿裤子的云》：

我的灵魂没有一丝白发，
也没有老头儿的温情和想入非非。
我声炸如雷，震撼世界，
我来了——挺拔而俊美，
二十二岁。

我以心的血
使道路欢喜

一、我来了——挺拔而俊美

莫斯科，夜色已深，天空黑得辽阔而深邃，没有了暮色四合时那种神秘的蓝。从酒店出来，一点红酒的微醺，拂着夜的清凉，甚是惬意。过马路，走上安静下来的广场，其"凯旋"之名还是起到了一点醒酒作用，看西，看北，看东，看成一个巨大的舞台，演员们都谢幕了，道具和布景还在，灯光还在。我便幻想，谁在其上，谁就是主演，于是有些大步流星。不过，一个身影立刻让我彻底醒悟，主角还在：他身在高处，楼房退后，灯光折返，暗影低垂。他身体粗犷，姿态傲然。他是旧时代的叛逆者。他是新生活的歌唱者。他是反抗者。他是孤独者。他是马雅可夫斯基。

我走到近前，站住，看着他，不能不想起他的诗：

我来了——挺拔而俊美，
二十二岁。

这宣告声炸如雷。我，从内容到形式都是否定：蔑视权威，抨击世俗，打击一切旧的堡垒。我，生怕众人读不懂自己，再来四声呐喊：打倒你们的爱情，打倒你

们的艺术，打倒你们的制度，打倒你们的宗教——《穿裤子的云》裏挟着雷电暴雨，狂奔而来。

我的那点酒意瞬间荡然无存，记忆里全是这首长诗，并再次确定，读懂《穿裤子的云》就读懂了诗人的一生："我觉得／'我'／已经容纳不下我了／有个人极力要从我中挣脱。"马雅可夫斯基是冲着整个俄罗斯在坦言：

> 其实，在你所有的儿子里，
> 说不定要数我
> 最美丽。

我的双肩背包里还带着茨维塔耶娃的《莫斯科诗抄》，虽然那"花楸树点燃红色的珠串"美丽，那"不眠

🔴 马雅可夫斯基纪念碑

的大钟声音洪亮"，但要说走在莫斯科的任何一条大街，令人想到的诗句，第一个不能不是马雅可夫斯基——他——会倒在冰凉的地上，用石头的外皮撕破脸，再用眼泪去洗涤肮脏的沥青，抬起头，用嘴唇亲吻"电车的聪慧的面孔"——这是一种献身革命的"最美丽"。

1915 年，"我"的战斗姿态非同寻常，又与 1923 年《关于这个》中的批判精神紧密呼应，"我"鄙弃、憎恨一切的奴性，这一切就是一群卑微的蚊虻变成了日常生活，"散落在我们的红旗制度上"——这是必须予以涤荡的。

马雅可夫斯基创造了诗歌的"革命形式"。他的"阶梯式"刀砍斧削，打破了"抒情"所依赖的冗长句子。1924 年他在《纪念日的诗》中与前辈普希金对话，开始还算温文尔雅，最后陡然是与过去决斗的勇士：

我憎恨

　　各式各样的死东西！

我崇拜

　　各式各样的生命！

我盯着夜色下的诗人，不能不觉得他高大，即使孤独也是高大的孤独。但他唯恐人们认不出自己，迫不及待地宣告："我就是第 13 名使徒。"耶稣只有 12 个使徒，这第 13 个使徒来自哪里？当然，不是追随，而是逆子。是战斗者："该是你讲话 / 毛瑟枪同志。"

于是，"同志"的复数"我们"出现了：

我们自己是火热的颂歌的创世者，
且听工厂和实验室的交响。

也许在他眼里，城市都是巨大的革命"车间"吧，而眼前的莫斯科，早已不再是简·莫里斯[1]眼中70年前的那个"粗鲁不文却鬼迷心窍的城市"了，在她眼里，"那些丑陋建筑之间的林荫大道上，铭刻着难以描述的斯大林式风味的空旷"早已不见，尤其在这个夜晚，在我享受了一顿美酒佳肴，看着干净的街道，明亮的灯光，鲜艳的广告，辽阔的夜空，站在诗人身边，尤其想着"未来主义"的宣言，丝毫不觉得马雅可夫斯基和他的诗、他的时代，过气了。恰恰相反，当下的城市建筑者们，不论属于什么流派，都是在践行诗人的主张：

街道——我们的画笔，
广场——我们的调色板。

马雅可夫斯基的精神和诗意，是不过时的。他从不沉醉于历史，他也绝不背上包袱。他的眼神不带一丝陈腐气息，他的脚步也没有半点醉态。他是火，是大风，是车轮驶过扬起的尘土，如果他有迷恋，那是对风尘里翻滚着的速度和风暴的迷恋。他的灵魂里没有一丝白发。他干干净净：

我们是
麻风城里苦役犯，

1. 简·莫里斯（1926—2020）：英国著名记者、旅行文学作家、小说家、历史学家。早年深受性别认同障碍困扰，1972年在卡萨布兰卡接受了变性手术，成为一名女性。1953年，他曾作为随行记者报道了英国探险队登顶珠穆朗玛峰；2008年，她被《泰晤士报》评为"二战"后英国最伟大的15位作家之一。她有多部著作在中国出版。

这儿，黄金和污泥到处传入麻风，
可是我们比大海和太阳洗净的
威尼斯的蓝天还洁净！

从"我"到"我们"，从批判到歌颂，从破坏到建设：

今天
要把生活重新改造，
直到衣襟上最后一颗纽扣。

今夜，他的雕像过于高大了，但不妨碍我下意识地去看"最后一颗纽扣"，却看不到。他与我开了一个玩笑，外衣敞开了怀，一个扣子也不系，衣摆被风吹向两侧，展露宽阔的胸膛。当然，"最后一颗纽扣"不在这里。但他站在这里就是铮铮有声，让我想到在夏里亚宾故居的有些不自在，虽然他对歌唱家的态度有失公允。1927年6月他在《共青团真理报》上发表《人民演员先生》，嘲讽了夏里亚宾在国外的一次善举：

今天，
　　谁不跟我们
　　　　一起歌唱，
谁就是——
　　　　反对我们。

但显然，他针对的又不只是夏里亚宾。他要求"站队"。不是一本正经，而是庄严："我 / 爱 / 我这 / 土地"，且要"放开喉咙歌唱"。

歌唱是他的性格，也是命运。正如不是他选择了革命，而是革命选择了他。

但今晚，我不想着革命了——再见，诗人。

往民宿走的路上，心想，在圣彼得堡没有看芭蕾舞，要是在莫斯科能看一场电影也不错——当然是《日瓦戈医生》。当然，这想法过于幼稚，不过想到帕斯捷尔纳克，自然想到他对马雅可夫斯基的一段评价，大致这样：马雅可夫斯基从他诞生的偏僻的南高加索林区把一种信念带到了探戈舞和溜冰场的世界，这种信念在穷乡僻野中仍是根深蒂固的，即坚信俄国的教育只能是革命的教育。

二、我寂寞，我渴望亲眼看看我是谁的同路人

我们住的民宿离马雅可夫斯基地铁站很近，每天出行都要先到凯旋广场对面，再选择是向左还是向右，也就总是看见他。他站在这里 60 年了。当年，纪念碑揭幕的瞬间，他顶天立地，左肩披着长长的布，好像随时都要抓住它，扬起来，扬成一面旗帜。那是 1958 年 7 月。我愿意这样想：早上我走，他是站在马雅可夫斯基广场，身披霞光；夜晚我归，他是站在凯旋广场，头顶星光。此刻，我看着他，隔着一条马路。车来车往。人来人往。好多东西都发生了改变，但他不会为肩上曾经肩负的而后悔。俄罗斯还没有一个诗人可以像他，深入大地，融入人民。他将身体变成革命的喇叭。正是他的传播，那些与艺术无缘的街巷、电车，甚至牛奶、糖果，

🅝 4 枚苏联发行的马雅可夫斯基邮票（左）

都有了自己的词、格式。他使出浑身的语言蛮力守护着革命，时刻警惕着，仿佛旁观者都是扑向娇嫩的小鸡的老鹰。他亮出诗的肌肉，咄咄逼人。他放大了自己，这是他的天真，他的性格，他的悲情，也是他的命。

他什么时候会走下高高的基座，到广场的椅子上坐一坐，或是去旁边的秋千上荡一会儿。他累，却从不依附什么，也没时间沉思伤口和血。他是射手，不习惯点射，而是扫射："不获全胜，绝不把风暴的武器抛在一边。"

他走火入魔。他到国外旅行还念念不忘革命的利益。1922 年 11 月他第一次到巴黎，哪是《和埃菲尔铁塔闲谈》，而是策动叛逃：

在莫斯科的日子里，经常从凯旋广场穿过。每一次，我都盯着那里的秋千，很想过去荡一会儿。可是，每一次都有人在秋千上，而时间又不允许我过多停留。离开莫斯科后，我才发现，这个错过是不能原谅的。马雅可夫斯基为革命而呼号、奔走，不就是为了看到人们可以在秋千上自由地荡来荡去吗？我希望下次，可以在诗人的身边，荡一回秋千……

到莫斯科去！
到我们的
莫斯科
地阔天高。

1925 年 9 月在美国纽约，他面对哈德逊河旧技重演，只不过这次是鼓动共青团员：

用歌声
　　迫使
　　　哈德逊河流向莫斯科。

　　他在骨子里认定了苏维埃是世界上最先进、最美好的社会。而一旦看见"西方的好东西"就着急上火，即使在颂扬列宁的诗中也表达出不满和忧虑：社会上"还有非常多的各式的流氓"和"官僚"，还有"派别专家"，还有"马屁精"。在《忠仆》中一针见血地指出，自己的国家非但不是乐园和天堂，"还存在着市侩的发霉的青苔"。

　　几天后在雅尔塔，从奥特卡山上的契诃夫故居下山，到黑海北岸的海滨大道，一路向东，找到列宁的雕像，我心里还是挺虔诚的。虔诚，还有着对马雅可夫斯最长的诗篇《列宁》的致敬。今天读来，这首长诗都具有着经典意义，尤其诗中大胆地表达了不要把领袖神圣化，更不要"膜拜"：

　　列宁纪念碑，在雅尔塔海滨大道最东边的广场。这里是雅尔塔的行政中心。海滨大道过去叫列宁大街。

如果说

　　　他是

　　　　　帝王的和上天的，

我

　决不能抑制住

　　　　自己的气愤，

我

　一定要

　　　　横冲直撞

奔入送葬的队伍

　　　　　挡住膜拜的人群。

　　这是需要巨大的勇气的。他这样说，冒着极大的政治风险，但他是战斗者，不善防御，且把自己当成爆破筒，整个投掷出去。他的大胆，他的立场坚定，让他孤立无援，不免有些茫然：

但是，活见鬼，谁是我的同路人！
没有人

　　　同我

　　　　　一道前进。

　　他陷入孤军奋战："我寂寞，我渴望亲眼看看我是谁的同路人！？"

请听听吧，

　　后代同志们，

　　　　听听这个头号呐喊家，

　　　　　　这个鼓动家。

　　他在最后的长诗《放开喉咙歌唱》中还在渴望……

　　在俄罗斯诗人当中，对革命，马雅可夫斯基是最响亮的号手。但他不是一路赞歌，而是还夹带武器——讽刺。他自诩"最喜爱的一种武器"就是"讽刺的骑兵"。他对机关里"坐得屁股都起了茧"，没事就"研究戏剧处和饲马局的合并"、整天讨论如何"买一瓶墨水"的种种"开会迷"，以及擅长各种"舔功"及"拍马屁者""胆小鬼""官老爷""造谣家"……毫不手软。愤慨之余，他揭露《初学拍马屁的人应用的一般指南》，鞭挞《情面》之"世俗丑态三部曲"，"用诗行轰击可怕的庸俗生活"。他痛恨《官僚制造厂》"会把全部热情变成冰霜"，对官僚主义恨之入骨：

我要撕破

　　官僚主义，

　　　　像狼一样狠。

　　如果说马雅可夫斯基不停地开火，很是痛快，那就错了。他对种种丑陋、庸俗、腐朽的批判，全部来自革命的现场和细节——这，不是他所歌颂的生活所应该"养育"出的东西。它们是毒瘤，是怪胎。他无法不痛恨这种对革命理想的背叛。他失望，他不理解，却又无法动用真正的"武力"予以炮轰。他只有语言和嗓门——时常沙哑的嗓门。他这是逼着自己往不愿看到的痛恨里说话。他一方面"觉得自己是一座苏维埃工厂，它制造的是幸福"，一方面希望国家给自己规定"年度任务"。他这种承担"社会订货"的创作态度，使得他不停地接受各种"时事诗""广告诗""讽刺诗"的订单。在与帕斯捷尔纳克的争论中，他说"您爱天空的闪电，而我爱电熨斗里的闪电"。

"社会订货"耗费了诗人大量的心血。他需要缓过劲来，才能再次为夜晚的魅影和清晨的薄雾，心存感念，为街上擦肩而过的微笑和随意的微风，怦然心动。

三、抒情与革命的纠缠

那天傍晚从果戈理故居回来，街灯都亮了，天空还是浅蓝的，落日的余晖呈现出粉红的玫瑰色。在凯旋广场，处处洋溢着温暖和祥和，长椅上坐着聊天和发呆的人，有小孩子在荡秋千，荡得我心里直发痒。走到马雅可夫斯基纪念碑对面，再向天空看去，诗人身上披了一层柔和的光彩。这样的时刻不能不想到《穿裤子的云》对爱的表达——大胆，张扬，放肆，温柔，疯狂，宣告

一种新的爱姿：

> 粗鲁的人用铜鼓演奏爱情，
>
> 温柔的人用的是小提琴。
>
> 可是你们都不能像我这样
>
> 把自己从里到外翻个过——
>
> 把全身都变成嘴唇！

考察诗人的欲海情欢，只要当真，每一次都是沦陷，尤其与莉莉娅，甘心做忠诚的小狗，汪汪了15年："除了你，我什么都不需要""没有你在身边陪伴，我真是感觉寂寞难耐""我会像一只爱你的小狗那样尽力为你做一切事"。1922年2月，他与莉莉娅的关系一度紧张，自我"囚禁"3个月，却再次写出非凡的抒情长诗《关于这个》，表达了"在人间我还没有爱够可爱的东西"。在3月的家庭朗诵会上，诗人激情勃发，打动了卢那察尔斯基[2]，这位教育人民委员认为马雅可夫斯基是伟大的诗人，"是最细腻的抒情诗人，尽管他本人有时都不明白这一点"。其实，诗人心里是清楚的。他可以是雄辩家，是吹鼓手，更可以是抒情诗人。尽管他的读者等待他的抒情，等得有点太久了，但这首诗无疑证明了：诗人的想象力与抒情的技艺没有枯竭。

他又成了不带任何政治标签的诗人。

1928年秋天，他在巴黎与美女塔季亚娜一见钟情，这场爱一上来就排山倒海。美女对母亲说，"他是第一个能在我心中留下印迹的人"，他让她开始想念俄罗斯了，

2. 卢那察尔斯基（1875—1933）：我罗斯教育家、美学家、哲学家和政治活动家。十月革命后任教育人民委员，积极推动文学、戏剧、电影、音乐、美术和出版事业的发展。他提倡文艺创作多样化，支持探索和创新，主张对文艺家采取宽容态度。他著有《文艺学、评论和美学著作》8卷。

马雅可夫斯基纪念碑，莫斯科凯旋广场

"他的身体和道德都是如此地强大，以至于在他走了之后，是一片沙漠"。他想娶她，把她带回莫斯科，离开巴黎时他与一家花店讲好，每周早上都得给心爱的女人送一束玫瑰。他又能抒情了，一挥而就《关于爱情的本质从巴黎写给科斯特罗夫同志的信》，也算是完成了《青年近卫军》杂志编辑科斯特罗夫的约稿：

我倾听：

在轰鸣——
这是人类的，

淳朴的爱情。
这是飓风、

烈火、

洪水
一齐在怨诉中出现。
谁

还能够

制胜它？
你能吗？

试试看……

这首诗成了一枚炸弹。可以想象，那些无产阶级评论家对情诗的嗤之以鼻，大骂这位头号共产主义诗人竟然陷入资产阶级的情网。要是他们看了诗人的信，估计更得目瞪口呆了——思念她是他"唯一的喜悦"。其实，他们的记性真是不好，1915 年的"云"早就倾注出了诗人的柔情：

> 不管如何——
> 即便我是一尊铜像，
> 即便我的心——生铁铸就，
> 夜间也想把自己的铿锵
> 藏进女性的
> 温柔。

1929 年春，马雅可夫斯基再来巴黎，这场苦恋的女主角回忆，"他回来时比离开时恋得更深"。她甚至感到害怕。

很少有女人能抗拒得了马雅可夫斯基的疯狂。

当我漫步在雅尔塔的海滨大道，除了想着契诃夫"带小狗的女人"，听着涛声，也会想到一个高大的男人出现在每家商店，买一瓶最贵的古龙水，送给可爱的布柳哈年科。女孩不让他买了，他说，"一束花太微不足道了！我想让你铭记，给你送的不只是一束花，而是一亭子的玫瑰和雅尔塔城所有的古龙水"。女孩生日那天，他几乎为她买光了雅尔塔花店里的花——这是 1927 年的事了。

诗人来了温柔，真是温柔得可以：

不管你在赤裸裸的放浪中，
还是在怯生生的战栗里，
请给我你的芳唇永不凋谢的欢悦。

自《穿裤子的云》，诗人的情诗都是这朵"云"的影子和下的雨。诗人一旦陷入爱河，爬上岸来，抖落的水珠都是晶莹的爱之露。这一年他又把《脊柱长笛》连诗带情都献给了莉莉娅：

即使你被送到海外，
藏在夜的洞穴里——
我也要透过伦敦的雾
用灯笼般的火唇深吻你。

他幻想成为帝王，在金币上刻上心爱人的"俏容"。请相信，他要是拥有了这个权力，会的。

但凡遭遇抒情，他就像被压制的岩浆，一下子喷发出来，又像流浪汉看到了一碗饱饭，还有鱼子酱，狼吞虎咽的，可算捞到了。要说还是高尔基，当年就看出了诗人说话，"就像带着两个声音，一会儿像最纯洁的抒情诗人，一会儿却带着剧烈的讽刺语气……让人觉得他不认识他自己，而且在害怕些什么"。高尔基还认为，他"也是一个不幸的人"，是不是判断出了诗人必然要在"抒情"与"革命"两条线的交织上，时常撕裂。是的，

看过多张马雅可夫斯基照片之后，我觉得，他确实是个不错的演员。至少很懂得照相。遗憾的是，一直没有找到他主演的电影。说到演戏，一生当中，我们每个人或多或少，都演过的吧。

他纠葛、挣扎、冲突、调和。他会为抒发爱的情感而羞愧，批评自己这是一种"挥霍"，又不能不情不自禁："只消离别片刻／只消不见瞬间／就百折不回地奔向你。"还会痛苦地叹息："什么时候才是我得救的日子。"

　　这种"冲突"在自传《我自己》中得到说明。他年少就成为监狱的常客，在铁窗里苦苦地思考。1907 年 7 月他第 3 次被捕，关在单人牢房，11 个月里读了很多文学作品，也写了很多诗。"象征派——别雷，巴尔蒙特。形式的新颖把我吸引住了。但总觉得格格不入。这些主题、形象都不是我的生活中所有的"，他尝试写作，结果

"好像革命的哭泣"。"象征"与"意象"第一次与"革命"发生冲突。所以出狱时写了一本子的诗被没收了，他还心存感激，觉得那些东西对不起革命。

可是，后来他又跑到监狱，从看守那里要回了那个笔记簿。诗人，无法回避抒情，至少在内心里无法回避。他真有这种本领：消化钢铁，吐出玫瑰。但无疑，当他放下"抒情"而歌唱奔跑的汽车和汽笛时，诗歌的"水准"就得降低一些，以确保广大的读者能够看得懂。但他愿意。既然"我以心的血，使道路欢喜"，这点"牺牲"也就算不了什么了。

诗人的想象力从未贫乏过。他是写了大量的广告诗、宣传诗，却没有偏离抒情，而是在内心对抒情进行了控制，或是压制。为此，他不是没有痛苦。尤其深知痛苦的来源，只能一个人默默吞咽。爱伦堡在《人，岁月，生活》中的一段披露，让我们了解到诗人的抑郁。那是在巴黎，爱伦堡早早去见诗人："在他经常留宿的旅馆的一间小屋里，被褥没有铺开——他没睡觉。他见到我时神色忧郁，没有请安就立刻问道：'你也认为我从前写得要好些吗？……'"作家当然这样认为，却不能这样回答。诗人接着说："谁在海上能不做玄想？"谁也不能。他给玄想留了很小的空间，但是，回到故乡高加索时，看到山川与大河，他就不再抑制自己：

干吗放弃荒凉、

峥嵘、

粗野的美，

　　　　而换来些名声、

　　　　　　书评、

　　　　　　　辩论会？

　　　　我的位置

　　　　　　在此地，

　　　　　　　而不在那些《红色园地》……

　　坦白地说，马雅可夫斯基后期的许多诗，我都不喜欢，空洞，口号，干干巴巴。但这不妨碍我热爱并珍惜他的那一腔热血，对所信仰的愿景奋不顾身的姿态、呐喊、跃动。他所代言的事业，没有按照预想的茁壮成长，不是他的错。而1930年那一天，他射向自己胸口的子弹，同时重重地击中了社会。如今，他站在凯旋广场，他凯旋了，且还是一颗随时射出的子弹，瞄准一切丑恶与庸俗，这个国家，乃至世界，都应该庆幸，还有这样一个猛烈的火力。

　　闪电照亮暗夜之时，雷声延续着他的生命。

四、我还没有活完我人间的岁月

　　每次到新圣女公墓，我都会去看他。诗人的头像消瘦，脸颊好像被刀削过一般，眉头紧皱，眼神凝重，坚定，而又焦虑。我不喜欢这座雕像，它太小，放在一个不高的黑色石柱上，孤单，缺少力量。两边衬托着的红色的大理石面过于光滑，消解了里面的火。在这里，我希望看到他安静的样子。毕竟，"抒情与革命"缠绕了诗人的一生，让他休息吧。可是，这也是自欺欺人。休息

🔺马雅可夫斯基雕像（左）

不是他的风格，也就更愿意相信，他留给自己的最后一
颗子弹，也是战斗。他射向的是另一个"我"，而那个
早已"挣脱"出去的"我"，还在俄罗斯的大地，健步
行走。

　　在叶卡捷琳娜堡，我听见他沉郁的声音："我们扭转
了历史的奔腾／请把旧东西永远送别／共产主义者和人／
不能够残忍嗜血。"

　　在辛菲罗波尔的夜晚，他告诉我，这里的夏天："累
累果实／压弯了树枝。"

　　赶往雅尔塔的路上，他又叮咛你："到雅尔塔的路像
一部长篇小说／你得随着它心潮起伏。"

ⓝ 马雅可夫斯基墓地，在新圣女公墓（左）
ⓝ 作者在克里米亚半岛的里瓦几亚，瞭望黑海（右）

……马雅可夫斯基，永不停歇：不是在抒情，就是在抒情的路上；不是在战斗，就是在战斗的路上。他掏出自己的灵魂，任由人们踩扁变大，"当一面血淋淋的旗"，他"把心当作旗帜高高举起"。

我有时会很骄傲在俄罗斯的行走，但仅是对比马雅可夫斯基的1927年，就不能不惭愧。这一年，他连续180天没有出现在莫斯科，走了40座城市，举行100多场讲演，他"正在续写被中断的中世纪游吟诗人传统"。他每次讲演都会持续3个多小时，随后是听众提问，他精神饱满，斗志昂扬。他抓住每一刻空隙时间创作，写了70首诗、20篇文章、3部电影剧本和献给十月革命10周年的长诗《好！》。

他到过的地方都留下了诗。那些诗是一种存在，不会像纸上的尘土，风一吹纷纷落下。我愿意想象它们是一片片荒草，但火认识它们。它们是一个时代的参演者，以大地为舞台。

一天中午，从克里米亚半岛的瓦几亚宫出来，向山下的黑海走去，森林密布，看不到海，却能听到惊涛拍岸，直到来到一片空地，前面豁然开朗，黑海一览无余。我想不出更好的语言来形容，只能搬出马雅可夫斯基的诗句：

我漫步

　　克里米亚

　　　　南方的海岸，

仿佛是

　　往昔的乐园

　　　　在人间出现！

我相信，他真的就在这里。他那么高，身形伟岸，怎么会安于躺在新圣女公墓：

我还没有活完我人间的岁月，

在人间

我还没有爱够可爱的东西。

每当我读到这几行诗，我的眼前都会有两个画面叠化一起：一个是《穿裤子的云》，"我皮鞋里的一根钉 / 其可怕也超过歌德的幻景"；一个是 1930 年 4 月 17 日，诗人火化时很多人看到了露在棺木外面的鞋子上的金属鞋掌——它依然铿锵作响，在俄罗斯的大地上。

一切都可火化，那铁，坚固。

我相信，诗人不朽。

我不敢说一天夜里，在圣彼得堡的街上迷了路，走过一座座桥，是想遇见诗人灯塔一样的身躯，然后听他说：

我是人间爱情的拯救者，
长年累月站在桥上，
　　　　忍受嘲笑，
　　　　　　忍受屈辱，
一定站着，
　　　　为所有的人站着，
为所有的人受罪，
　　　　为所有的人痛哭。

我确信，我总能听得见诗人的痛哭。

痛哭吧，马雅可夫斯基。我愿意看到你的眼泪、你的忧伤，也不愿意你总是不知疲倦地"放开喉咙歌唱"。

马雅可夫斯基，不必请求化学家让你"复活"。既然你希望男孩子"变成父亲"，女孩子"怀上身孕"；父亲"至少成为世界"，母亲"至少成为大地"。那么，马雅可夫斯基，你的诗就是你的复活，是战斗精神和抒情灵魂的复活。

1893 年的夏天，还是生机勃勃。

1930 年的春天，依然鲜花盛开。

那个早上，就要离开莫斯科了，隔街与你做最后的挥手告别。你站在那里，但我清楚，在我们渐行渐远之后，只要想起你，你最鲜活的样子，总是那少年，在高加索，在蜿蜒的山间小路上，拿着"一柄木剑和一个木盾"，向"周围的一切进攻"……

马雅可夫斯基出生地，格鲁吉亚库塔伊西省巴格达吉

为乡村
最后抒情的
叶赛宁

我在这里完全是个陌生人，

认识我的人早已把我忘怀。

从前那间祖屋所在的地方

如今只有一堆灰烬和一层尘埃。

……

同胞们的语言于我变得陌生，

在自己的国家我成了外国人。

……

我会将整个心灵交给十月和五月，

唯独不会交出心爱的竖琴。

——叶赛宁：《苏维埃俄罗斯》

谢尔盖·亚历山德罗维奇·叶赛宁

Серге́й Алекса́ндрович
Есе́нин

1895

年 9 月 21 日，生于梁赞省乡村的一个农民家庭。

1904 年，入本村学堂读书。

1909 年，进入当地一所教会师范学校学习。

1912 年，前往莫斯科，在肉铺当过伙计，在印刷厂当过校对。

1914 年，开始发表诗歌。

1915 年，前往彼得格勒（今日的圣彼得堡）求教于勃洛克。

1916 年，出版第一部诗集《扫墓日》，在诗坛占有一席之地。

1918—1919 年，逐渐成为莫斯科"意象主义"诗歌流派的核心人物。

1920 年，创作了著名的《我是乡村最后一位诗人》和《流氓的自白》等诗歌。

1922 年 5 月 2 日，与访苏演出、举办舞蹈学校的美国舞蹈家邓肯结婚；婚后随邓肯先后到过德国、法国、比利时和意大利；10 月 1 日，抵达纽约。

1923 年春天，与邓肯又到巴黎；婚姻岌岌可危；回到苏联后开始逃离邓肯，一段姻缘结束。

1924 年，出版诗集《小酒馆的莫斯科》，展示了抑郁消沉的心灵，轰动文坛。

1924 至 1925 年，创作进入高峰期，写出了组诗《波斯抒情》、长诗《安娜·斯涅金娜》和《黑影人》。

1925 年 9 月 18 日，与托尔斯塔娅（托尔斯泰的孙女）结婚。这是诗人第 4 次结婚，但婚姻还是没有让诗人获得想要的安静生活。11 月 26 日，住进莫斯科的一家神经病院，很快又离开医院，前往列宁格勒。

1925 年 12 月 26 日，在列宁格勒的一家酒店用血写了绝命诗："……这世间，死去并不新鲜 / 活下去，当然更不稀罕。"

1925

年 12 月 28 日投缳自尽。

诗人安葬在莫斯科的瓦甘科夫公墓。

在叶赛宁墓地，一个美丽的女孩
与诗人的墓碑合影。
我拍下的瞬间，感到温暖，感到
美，感到安慰……

故乡的
陌生人

一、燃烧吧，晴朗的白昼，而我想要忧愁

下午的阳光热辣辣的，告别布罗茨基的"一个半房间"，穿过马路再向南，就走在阴凉里了。接下来，要去寻肖斯塔科维奇[1]生活过的一处老房子。此时，我的那种感觉愈发强烈，这就是：走在铸造厂大街，就是走在诗人会出现的路上——来时遇见了涅克拉索夫，在舍列梅捷夫宫的后花园遇见了曼德尔施塔姆，更别说在姆鲁济楼下，恍然间淡入淡出的吉皮乌斯、勃洛克、古米廖夫。果然，走过阿赫玛托娃故居不远，墙上的一块人物浮雕令人停下脚步。

是叶赛宁。

几天后要到莫斯科的，将去瓦甘科夫公墓拜谒他的墓地，没想到这就遇见了。自然，更早的遇见是在诗里。但那时，我虽喜欢他的"乡村"，却更迷恋"荒原""魔山"，直到不惑之年，才重新找回那"蓝色的小路"和"蓝色的眼睛"。此刻，我看着他，猜想这里是他成名后下榻过的地方。

他第一次来这座城市，忐忑而又虔诚。那时他在莫斯科的一家印刷厂干活，早早娶了妻子，在妻子眼里，一头金色卷发的他像洋娃娃一样漂亮，却傲慢自负、自

1. 肖斯塔科维奇（1906—1975）是20 世纪世界著名的作曲家，也是前苏联最重要的作曲家之一。卫国战争中创作的《第七交响曲》享誉世界。

尊心很强，人们不太喜欢他。他写诗，很少会发表，没人愿意理解他，他的情绪就很颓唐。于是他决定西行。1914年，不到20岁的他扔下妻子和初生的儿子，来了。他穿着土里土气的皮袄，一双上过油的笨重的皮靴，摘下马车夫的高帽子时，会露出一头淡黄色的、略微卷曲的头发。马雅可夫斯基大他两岁，对他的样子有些不屑，"我知道，一个地道的而非假装出来的农民脱下自己的衣服，换上高勒皮靴和西装上衣时，都是满心欢喜的"。高尔基第一次见到他时感觉眼前就是个小男孩，他们来到一座桥上，看着桥下黑色的水面，"叶赛宁使我产生一种模糊的感觉，好像他是一个自觉在庞大的彼得城堡里没有自己位置的、谦逊的、有点不知所措的少年"。高尔基判断准确，叶赛宁在《关于自己》里说：

> 我上了路，要走很远的路。从早晨起我还没吃过东西，肩上的东西越来越重，但还是走呀走。去见勃洛克，这是头等大事，一切其他的事以后再说。

他和很多人讲过与勃洛克的见面，"在见到勃洛克时我直冒汗，因为这是我首次见到活着的诗人"。他紧张，还饿，不知不觉地把勃洛克的白面包都吃完了，勃洛克一直笑着，问他再来一个煎鸡蛋不反对吧。"在当代诗人之中我最喜欢勃洛克"，每当谈到这位大诗人，他总是很激动，"啊，勃洛克的诗，多么妙啊！你知道吗，它仿佛照亮了我的心"。

与叶赛宁挥手告别，往前面走，路边有家"π"书

🍁 封面上的叶赛宁

店，打算进去看两眼就出来，可一进到里面就流连忘返了。很多书的封面都是熟悉的面孔，无法漫不经心——果戈理、屠格涅夫、托尔斯泰、陀思妥耶夫斯基、契诃夫、高尔基、阿赫玛托娃、茨维塔耶娃、曼德尔施塔姆、马雅可夫斯基、纳博科夫、布罗茨基……令人惊讶的是，又见叶赛宁：他的诗集、传记、评论集。好几个封面都是他叼着烟斗的那张著名照片，天真、顽皮，一点玩世不恭。还有，他的书都摆在明显的位置。书店不大，书架密集，挤挤挨挨，倒也曲径通幽，有些书躲在最下层，我就蹲下来看，看不懂也觉得很过瘾。走出书店还有些恋恋不舍，就坐在门口的椅子上，一边喝水一边观察进进出出的人。看得出来，很多到此的人都不是犹犹豫豫，而是大步流星，就是说到书店不是闲逛，也不是碰巧路过，而是这里就是此行的目的地。拿出手机，检查了一下此前拍的照片，就看到了叶赛宁叼着烟斗。他是自上世纪 40 年代以来，苏联和俄罗斯最畅销的诗人。而在国内，最受追捧的俄罗斯诗人是阿赫玛托娃、茨维塔耶娃、曼德尔施塔姆、布罗茨基。此行之前我重读了叶赛宁的诗，还是多年前那本薄薄的绿色小册子。他和勃洛克一样，都很寂寞。也不奇怪，我有一段时间就觉得他的诗，简单，浅白，不够深刻，意蕴不够深远，显然错了，当我意识到，真诚才是最重要的。

叶赛宁，就真诚。

我喝着可乐，面对马路上的车来车往，莫名地想着叶赛宁。

他早熟。早熟是一种愁。

他 15 岁，凝神皎洁的月光，聆听树林的尽头、河的对岸、那困倦的更夫"敲着沉闷的梆点"。冬日里，一片片灰白的云彩，又是"怀着深深的苦闷向远方游动"。

他一个人，默默地凝视低矮的栅栏，"白杨树叶已经凋落"，幻想自己是个牧羊人，宫殿"在波涛起伏的田野间"。但他眼里，故乡还是一个"苦命的地方 / 只有森林 / 贫瘠的土地"。他一边慨叹，"我被遗弃的故乡啊 / 我的穷乡僻野 / 树林和修道院 / 无人收割的草场"，一边遥望远方，"你多美啊，亲爱的俄罗斯"。

19 岁那年，他立场坚定：

假如天兵对我叫喊：
"离开俄罗斯，去天堂生活！"
我会回答："我不要天堂，
我只要我的祖国。"

这 4 行诗，贯穿了他一生的热情、爱、忧伤和惆怅。忧思，使得一颗年轻的心，看得更远，也更宽广，从家乡的一草一木，到广袤土地上的苦难民众，那通向西伯利亚的山岗上戴着镣铐踉跄而行的苦役犯，也让他怀着敬意：

他们都是凶手和窃贼，
这一切都是命里注定。
我爱上他们深陷的脸颊，

我是乡村
最后
一位诗人

还有他们忧郁的眼神。

　　叶赛宁敬爱勃洛克，因为"他对祖国怀有深厚的感情。这是主要的，没有这种感情，就不会有诗歌"。所以他也会爱上盗贼的"苦闷"，深深地体悟到"黝黑的大地母亲啊，我们全都骨肉相连"。在他蓝色的眼睛里，布谷鸟"不肯飞离自己的伤心地"。

　　燃烧吧，晴朗的白昼，
　　而我想要忧愁。

　　他习惯向后看，与马雅可夫斯基截然不同。他越是

🅝 叶赛宁纪念碑

远离故里越是回望，他的乡愁越是连绵不绝，是悠悠的奥卡河水。

二、我把自己的孩子都丢了

告别圣彼得堡的那天，我们早起，检查双肩包，放好护照，煮了鸡蛋，开水泡面，俄罗斯碗面的味道还不错，要有两棵香菜就更地道了。饭罢，把卧室、客厅和厨房收拾干净，又拖了地，将洗手间也归整了。

一出大门，凉风带着湿意迎面而来，再看东边的天空，灰青灰青的，近处乌云朵朵。我们加快脚步赶往"干草市场"地铁站。半个多小时出了地铁，天空已是阴云密布，一场雨随时都会劈头盖脸。穿过一条马路，绕了一个弯，再过第二条马路时，雨点就打在脸上了。再次庆幸此行只带一个双肩包，显示了轻装的好处，可以跑。跑过马路，一口气跑进火车站。开车还要等一会儿，就站在门口看外面的雨。雨中的车、灯光和急匆匆的行人，叫人想起两行诗："人群中的脸庞幽灵般隐现 / 湿漉漉，黑色树枝的花瓣。"[2] 同时，就看到一个身影，拖着一个大大的旅行箱。不是别人，正是我——2015年，也是 8 月，从莫斯科到圣彼得堡，下了火车正是中午，匆匆坐上大巴，前往喀山大教堂[3]，去看库图佐夫。现在，我很想看看这座火车站。一定是老天感应到了我的心思，雨一下子就小了，人就赶紧跑出去。火车站是老式的俄罗斯建筑，黄白相间，与这座城市的其他楼房一样，不高，普普通通的。回头再看，胜利广场上的"二战"纪念碑高高耸立，塔尖上的五角星熠熠闪光，衬

2. 艾兹拉·庞德（1885—1972）的诗《在地铁站内》。

3. 喀山大教堂：位于圣彼得堡的圣瓦西大街旁，由俄罗斯建筑师沃罗尼欣设计，1801 年 8 月奠基，历经 10 年竣工。

托它的云彩不见了乌黑，左边露出了天蓝，右边显出了白光，太阳就要出来了。雨好像停了，行人不再脚步匆匆，有人收起了雨伞，背光的那些店铺还都亮着灯，红得有些朦胧。如今，这座引爆"十月革命"的城市，红色已经退出了主流色系。最好看的红，是在公墓，在陀思妥耶夫斯基墓地前，在柴可夫斯基墓地前，在希施金和库因奇墓地前……朵朵玫瑰，枯干了的，也是玫瑰，还是红。

回到火车站，时间刚刚好，直接往站台走。俄罗斯火车站不在候车室检票，乘客到火车车厢门口排队验

票。来到九号车厢排队，拿出护照、打印好的车票，递给乘务员，她看了又看，冲我们摇头。宁宁马上用英语与她沟通。坏了，她听不懂。不会是假票吧。预订票时就碰到过一个"钓鱼"网站，钱打过去了，音信全无，损失一千元不说，还耽误了一周时间。这时宁宁说，她可能要看那张国际护照——办理出国手续时，俄罗斯大使馆签发的——旅行社人员特意提醒，除了护照，这张纸在俄罗斯必须随身携带。找到了，递给乘务员，她看了一眼，一扭头，示意可以上车了。

上车了，坐稳当了，再看窗外，已经彻底放晴了，天空露出了大片的蓝色，云彩一大朵一大朵的。这里的云彩飘得很低，要是住在20层的楼房，伸手就能抓到一把。目光回落，一对情侣在对面高铁的车窗前紧紧相拥。火车开了，我补写了昨天落下的日记，然后拿着旅行杯去打热水，结果一直走到最后一节车厢，打到了热水竟有一种满足感。俄罗斯人习惯喝凉水，出门在外看不到背包外面的网兜里插着旅行杯的。回到座位，列车左边是一片清亮亮的湖水，白云飘在上面，像肥胖的鸭子。

9点50分，车到特维尔。我们下车，需要换乘另一趟火车赶往克林。跟着前面的人沿着火车道往前走，不多远，右边出现一个不大的房子，原来是火车站。它太小了，不比一个篮球场大多少。我们预感到的麻烦立刻显现，电子显示屏的火车时刻表让我们彻底蒙圈，全是俄文，全都看不懂，而广播声更是给烦恼再添一层乱。宁宁的英语再次用不上。我们像无头的苍蝇转了好几

圈。这样的情形与叶赛宁跟着邓肯到了美国也差不离：看不懂英文，面对一大堆报刊，干瞪眼。最后，宁宁总算琢磨懂了一个列车时刻表，在上面发现了俄语的"克林"。可是，又看到一个单词，几乎一模一样，立时又不敢确定哪个才是"克林"了。坐错了车，可就惨了。我赶紧用微信联系国内的尹岩老师，她通俄语，只要她翻译过来的"克林"与列车表上的对应上，就OK——可是，没成功。再也找不到任何帮助了！宁宁只好把事先查找好的俄语"克林"写在纸上，来到售票口，递进去。女售票员看着那张纸，说出了"克林"的发音，我们点点头。宁宁又伸出两个手指头，我赶紧往前站，意思是我们两个人，需要两张票。总算拿到了票，但想到市区走一走的想法荡然无存，担心节外生枝，耽误去克林，从那里还要赶往莫斯科的。既然不出去了，就在椅子上坐下吧。但遗憾随之而来，因为语言障碍，我们被自己困住了。我们再次慨叹起了语言的重要性。不过，像我们两个不懂俄语的人，硬是闯到俄语的地盘浪一圈，还到处乱跑，还要到克里米亚半岛的雅尔塔，再跟着托尔斯泰的脚步西行到塞瓦斯托波尔，傻乎乎的，也挺刺激。

今天的目的地是到克林，寻访柴可夫斯基故居。其实，我的目的地也可以说是特维尔。因为叶赛宁两次来过这座城市，如能到市区里走一走，也许又会遇见诗人。

1923年8月，叶赛宁与邓肯从国外回国，当时他在莫斯科没房子，朋友们建议他来特维尔求助一个有实权的人物，他就来了，住了一夜，第二天搞到了三套马车，就去疯了。次年 6 月他再次来到这里，是出席一个诗人去世后的纪念晚会。那天中午他到一个朋友家做客，久久地注视着睡着的孩子，然后轻轻地亲了一下孩子的前额。他的眼里噙着泪花，又过去亲了亲孩子母亲的手，忧伤地说："我把自己的孩子都丢了。"

1914 年他和第一任妻子有了儿子，1917 年与第二任妻子结婚又生了一儿一女。离婚后，三个孩子都跟了母亲。他想孩子，就去看。在他妹妹眼里，哥哥"爱自己的孩子，无论走到哪里总是随身揣着他们的照片。他时刻牵挂着自己的家，向往家园，向往温暖的家庭生活"。他想孩子，却没尽到养育之责。他与赖赫离婚，以为给两个孩子抚养费就心安了，可并非如此。他更没想到，她竟然考上了著名戏剧导演梅耶霍德[4]的导演系，又嫁给了后者。一次聚会，梅耶霍德对叶赛宁说，我可是爱上了你的老婆，如果我和她结婚了，你不会生我的气吧？叶赛宁说，发发慈悲，娶了她吧，我将终生感激你。可是，人家真把自己的前妻娶走了，他又骂人家插足，把自己的老婆勾搭走了。

他去看孩子身边总有女伴，孩子们就觉得这个爸爸总是很陌生。叶赛宁娜回忆父亲最后一次来看自己的情景，令人心酸。她看到：一个叔叔来了，叔叔对保姆说，是来看女儿的，保姆不客气地回答，这儿没有您的女儿。她看到了他微笑的眼睛，终于认出了那是爸爸，自己也笑了。他说，我正要到列宁格勒去，已经到车站了，可是想起来应该和自己孩子告别。他坐在门口的矮台阶和女儿说话。后来，他拉住女儿的手，很小心地吻

4. 梅耶霍德（1874—1940）：俄罗斯著名戏剧理论家、导演、演员，其"假定性本质""戏剧的电影化"等一系列创新理论，为后世带来了裂变式的深远影响。1933—1935 年，他将莎士比亚、易卜生等剧作搬上舞台。但他没有逃脱大清洗，1939 年 7 月被秘密警察逮捕，在监狱遭到惨无人道的毒打，1940 年 2 月被处死。苏联当局 10 年后才通知家人，说他病死在西伯利亚。

了吻。不几天，她又看到了父亲，"灵枢里的父亲的脸完全是另一个样子"。

在开往克林的火车上，我又打开日记，边写边想：在莫斯科有时间的话，要到顿河公墓去，那里安葬着梅耶霍德，这个男人对叶赛宁两个孩子的关爱，令人敬佩。反观叶赛宁，真不是一个合格的父亲。但他又绝对是个有情的人，爱女人，爱和女人生的孩子，爱两个妹妹。他每次回乡下，箱子里装的大多是书，离开村子时，并不拿走带回的书，这样家里就有了许多书籍。他的妹妹不无自豪地说，"我还在十一二岁时，就知道了涅克拉索夫、普希金、费特……和许多其他诗人"。他成名后就把两个妹妹接到了莫斯科。1924年秋天他到了高加索，一得到稿费，通常就是跑到邮局，把大部分钱寄给母亲。一次和他同住的朋友半夜里被哭声惊醒，原来他做了一个噩梦，妹妹卡佳和舒拉没人管了，向哥哥伸手求助。朋友大为感动，赶紧帮他张罗钱。

三、我是莫斯科的一个浪子

克林到了，也中午了，到火车站旁边的一家麦当劳午餐。鸡腿、汉堡、可口可乐，还是那个味儿，就想来一顿地道的俄餐。说到俄餐，还是3年前的8月，到雅斯纳亚·波良纳，中午在图拉品尝了一次。遗憾的是那次胃有点不舒服，我那份里最香的，忍着口水分享给朋友了，要是叶赛宁看到了，一定会翻白眼的。1918年的莫斯科，是饥饿的城市，相对而言图拉的食品供应要好一点，一个朋友就带上他去投奔那里的哥哥，诗人总算是能吃饱了。

在克林，我们探访了柴可夫斯基故居后，坐上了开往莫斯科的火车。上车才发现，搭错车了，这列火车不是高铁，而是地地道道的"绿皮老爷车"，逢站必停，30多次咣当、咣当、咣当，很是考验人的耐性。

当晚，莫斯科时间8点多，我们坐在了柴可夫斯基音乐厅的西餐厅，对面多了一个女孩，老同学的女儿允儿，她在莫斯科读大学，帮我们预订到了雅尔塔和塞瓦斯托波尔的酒店。我们又累又饿，就想吃顿好的，于是，红酒、啤酒、牛排、烤鱼，不一会儿就摆上了。允儿听我们说要去瓦甘科夫公墓看特罗皮宁、萨夫拉索夫和叶赛宁的墓地，眼睛一亮，说俄罗斯的女孩特别喜欢叶赛宁。我问为什么。她说，帅，有才气，还有……我替她说了，还有真诚，还有点流氓。

1912年从梁赞来到莫斯科，17岁的叶赛宁还像个孩子，穿着一件发旧的上衣，脚上是一双板板正正的皮靴，头发稍卷，蓝色的眼睛看什么都好奇。他一直过着艰苦的生活，1919年的冬天，睡过商宅的浴室，把浴

⑯ 写作中的叶赛宁

盆用木板盖住,在上面写诗。一边是冻土豆,一边是文学。他还与朋友挤在一个楼顶上的半个阁楼里,严寒之夜两人挤在一张床上,盖的毛毯和皮袄像小山一样高。

此刻,灯光明亮,音乐舒缓,美酒佳肴,就差有人朗诵诗了。在这样的氛围里讲述诗人当年的饥寒,不太和谐。但,酒助高谈阔论。

当时,叶赛宁常去一家叫"多米诺"的诗人咖啡厅,那里暖和、热闹,营业到深夜,吸引了各色各样的投机者、暴发户,还有漂亮女人,他们衣冠楚楚,油头粉面,酒足饭饱,再看诗人们,衣着寒酸,脸色憔悴,还得朗诵诗歌,给人解闷。一次轮到叶赛宁上场了,他像往常一样微笑着,可是突然面色变得苍白,背朝向舞台:"你们以为我走出来是为你们朗诵诗的?不,我是要让你们滚开!……你们这些投机分子和骗子!"这下捅了马蜂窝,那些人从座位上跳起来,叫喊着冲向他。一时间乱了套。他和朋友一直被扣押到夜里3点多,他竟然还笑着。他不是初来乍到的迷路的孩子了,他是一个诗人了,却又标榜:

我不是歹徒也不是草寇,
……
我不过是街头的公子哥,
……
我是莫斯科的一个浪子。
……
我要把自己最好的领带

298

在这里，戴在狗脖子上。

他经常惹是生非，要是外祖父看到了，定会开怀大笑。他两岁就被送到外祖父家，淘气，爱打架，是个顽主，经常遍体鳞伤地回家，遭到外祖母的训斥。外祖父每每对老伴说，你呀，我的傻瓜，甭管他，这会使他更结实。外祖父有时还挑逗他去打架。结果可好，一直打到了莫斯科。令人百思不得其解的是，他就这副德行，在贫穷、饥饿、寒冷的日子里，竟写出很多优美、深刻的诗。面对疑惑，他倒是如实相告："要是我一天写不出四句好诗，我就睡不着觉。"

这样的叶赛宁，不能不令人心生爱意和气恼：

我不是你们的金丝雀！

我是诗人！

他是诗人，骨子里生长着狂放不羁。

记得 3 年前在波罗的海边，我大胆地连吃了两个地地道道的俄罗斯奶油雪糕后，有点亢奋，当一艘轮船驶过，我给一个旅伴讲了一个故事：1924 年 6 月，叶赛宁参加一次活动，组织者专门租了一艘轮船，带着作家、诗人们到海上游玩，他来晚了不说，大家朗诵时，又玩起失踪。原来，他偷偷地跑到昏暗的船舱，和水手、司炉工在一起，他坐在一张吊铺上，脱掉了时髦的西装，解开了衬衣领口，使劲地拉着手风琴，情绪激昂、津津有味地唱着自己的诗。

我现在很少有什么愿望，
是我的生活？还是你出现在我梦乡？
仿佛在那喧嚣的春天的早晨，
我骑着红色的骏马游逛。

就像那天一样，我又想讲了：1925 年早春，他在格鲁吉亚的巴统，当地举行了一场"未来主义"文学评判会，组织者期待他发言。在"未来主义"的拥趸们朗诵了带头大哥马雅可夫斯基的作品后，他跳过舞台前的栏杆，站到舞台左侧，面对着朗诵者，快速地、默不作声地从怀里掏出一只小狗。小狗刺耳地叫着，他则开心地抱起它，头也不回地走了，留下恼怒的朗诵者和观众席上的笑声。

这是叶赛宁，是表演的叶赛宁，在装疯卖傻的背后，更接近真实的叶赛宁。

现在是 8 月，夏夜暖好。也许在寒冬里来莫斯科，我可能又会遇见"那一个"叶赛宁吧：那是一个寒冷的冬夜，他戴着圆顶高帽，肩上披着几乎垂到地面的普希金式披风，把自己包裹起来，行人无不觉得惊骇，仿佛见到一个怪物。可他则笑得漫不经心，自嘲这是在效仿世界上最好的诗人普希金。可能觉得这话骗鬼都不信，他便老实地向朋友说是自己觉得实在太无聊了。他任性而又委屈。任性，被很多人原谅了，因为他的才华，但委屈却没人深究，也无人可诉，闷在心里，沉淀、发酵、膨胀、变形，愈发扭曲，也愈发需要通过怪异的行

一头金发的叶赛宁（左）
叶赛宁的出生地：俄罗斯梁赞省的康斯坦丁诺沃（右）

为表现出来。但在他的内心深处并无快感，空虚后就是无聊了。我也是无聊的吧，诗人不应该成为谈资。

真要说叶赛宁，心得靠近乡村。

四、乡村最后一个诗人，成了故乡的陌生人

如果去诗人的家乡梁赞，我就不去诗人的墓地。想到诗人的故乡，总会想起一句话：天使望故乡。

我热爱故乡。

我非常热爱故乡！

……

童年的回忆让我患上了温柔的怀乡病，

我不时梦见四月黄昏的潮湿与阴沉。

诗人在梦里常常返乡。而他回去了，深沉、温柔的故里，又让他怀有难以排遣的忧郁："一种黄昏的惆怅 / 不可遏制地困扰着我。"曾经一起玩耍嬉戏的童年伙伴，

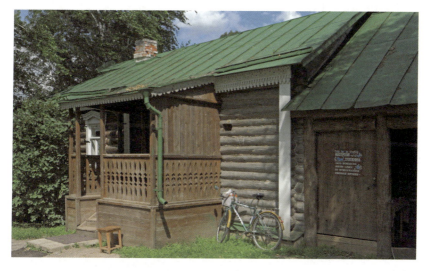

"此生再见恐怕遥遥无期"。他为背井离乡者默默祈祷，回看自身却是悲凉：

> 我已厌倦故里的生活，
> 为广阔的麦田兀自伤悲，
> 我将离开低矮的茅屋，
> 去做一个流浪汉或盗贼。

1920 年夏天，叶赛宁在家里住的时间最长。十月革命那暴风骤雨的日子过去了，家乡平静了。平静得令人不安。他父亲又患上了哮喘病，希望儿子多往家寄钱。村里，有老人死去了，也有年轻人死去了，他看得心碎，却看不到乡村的未来。《我是乡村最后一位诗人》成为淡蓝色的挽歌：

> 很快，蓝色田野的小路上
> 将有一个钢铁客人走来，
> 他将用黑色的手掌收集
> 这片洒满朝霞的燕麦。

他对这个"钢铁客人"怀着天生的敌意：

> 僵硬、陌生的手掌啊，
> 你们断了歌儿的活路！
> 只有奔马般的麦穗
> 将为老主人伤心啼哭。

这年8月，他给朋友写信："我们看见，在火车头后面有一匹小马驹正使出全力奔驰，这么快奔驰，使我们立刻明白了它为某种原因才想超过火车。它奔跑了很久，但最后终于累得筋疲力尽，在一个车站上被人捉住了。这个插曲对别人并没有什么意义，但它对我却意味深长。钢马战胜了活马。"这匹小马驹对他来说，是亲切的乡村的形象，但是，"现在正在建设的社会主义完全不是以前我所想象的那样，……没有荣誉，缺乏幻想。"

当他呼喊"啊罗斯，展翅高飞吧，开辟出另一片荒地"，却又激愤"公路用两只石手紧紧掐住了乡村的脖颈"。"哀号的恐惧"的一旁，站着忐忑不安的诗人：

如果说从前我是伤在脸上，
那么现在我的整个心都在流血。

1924年秋天，他来到高加索，一位身上带有典型的农民气质的艺术家抓住他的手臂："没人选举你去为古老的农村生活方式发愁和悲伤！……你最好讲讲社会主义是如何潜入我们农村的——这才是你应当去写的！"他不想反驳，心里知道：

在革命的年代里，我完全站在十月革命一边，但我是按照自己的方式，带着农民的倾向接受一切的。

当乡村再也不是他想象的、希望的面貌，他迷茫了：

"你在何处，我的老家／在山脚下给我温暖的家？"

我的故乡是梁赞省的康斯坦丁诺沃村。村庄近六百户人家，它延伸在那陡峭的、重峦叠嶂的奥卡河右岸。

那次前往雅斯纳亚·波良纳的途中，我一直幻想着跟随诗人的妹妹，寻访那宁静、清洁而郁郁葱葱的村庄。在春天和夏天，叶赛宁整天待在草原或泡在奥卡河里。他要是说话了，总会说起童年在乡下度过的时光。他要是安静下来，书总是不离手。他要是眺望远方，时而犹豫，时而坚决：

我不是一个新人！
何必掩饰？
我的一条腿还停留在过去，
我一心追赶钢铁大军，
另一条腿刚一迈出就会摔倒。

他"摔倒了"，还是要"卷起裤脚"迅跑，跑得踉踉跄跄。他只有在信中与友人交谈，才能平复焦虑和矛盾："在乡下，在奥卡河畔，我身体会更好些。"

"我能理解大地的语言"，但家乡对他似乎不大理解，也不热情。在这里，很少有人把他当作一个诗人，而是将他视为夏天从城里来做客的同乡。在他返乡的日子里，家乡没有为他举行过一场朗诵会。诗人不能不苦笑，甚至怀疑，他的诗在这里是无人需要的，大概连他

在此也是多余：

> 我在这里完全是个陌生人，
> 认识我的人早已把我忘怀。
> 从前那间祖屋所在的地方
> 如今只有一堆灰烬和一层尘埃。
> ……
> 在谁的眼里我都找不到归宿。

　　"这里"，不只是一个康斯坦丁诺沃村，那间"祖屋"也不只是一间房子。所以，他才能悲伤地说："在自己的国家我成了外国人。"

　　他，是一个拒绝学习任何一种外国语言的俄罗斯诗人，竟成了故乡的陌生人，这对"乡村最后的诗人"来

叶赛宁纪念碑，俄罗斯梁赞

说，不啻于被家乡发配了。

但是，他的忧思还是在乡村深处，更是在内心深处，找到了一种延续，却又不是所有人都理解得了，那里的河流，对诗人的意义。最后，诗人自己也没能从回望的期待中，获得安抚。他悲叹：可蓝色的原野不能疗伤。

诗人的心和肉体，都病了。

1922 年的时候，他的身体总是不舒服，常常伴有莫名的空虚感和孤独感，忧郁的心情又无法排遣出去。1925 年春天在巴库，他的颓废是被大家看在眼里的。在海边，大海在咆哮，白浪滔天，惊涛拍岸，而他漫不经心，衣襟耷拉着，眼睑红肿，因为感冒而咳嗽着，说话有气无力，仿佛"生命之火即将熄灭"。回到别墅，他酗酒、骂人、胡闹，又恸哭不已，泪流满面：

我什么都没有了，我感到可怕。我没有朋友，没有亲人。我谁也不爱，什么都不喜欢。我只有诗。我把一切都献给了诗……教堂、村庄、遥远辽阔的地方、田地、森林。所有这些都与我无关了。

在外面，他还能掩饰一些，回到房间就一副病恹恹的样子，不穿衣服，空着肚子，酒喝光了，让人又去买。他恐惧，蜷缩在床上嘶吼，好像一切都被夺走了。他赤裸双臂，颤抖着，眼睛里噙着泪水，仿佛面对着无力承受的空虚和孤独。酒买回来了，他贪婪地喝着，饮下生命之泉一般，重获新生，又开始念诗，沉浸在诗中，他慢慢地安静了下来。

诗人还有诗。可能，诗人只剩下诗了。

但诗，能拯救命运吗？

于是我自己垂下了头，
靠酒来遮掩两眼的视线，
为求得一瞬间不想别的事，
为求得看不见命运的脸。

命运与酒，他拿起的，是酒。那一刻，他不想看到命运了："你在哪里，我宁静的欢乐——既爱一切，又一无所求？"尤其是："我的眼睛所熟悉的天地，在月光下也不再楚楚动人。"他反复低吟：

我洁白的椴树已经凋零，
夜莺的黎明也不再啁啾。

两次到新圣女公墓，两次来到马雅可夫斯基墓地前，我都在想一个问题：他为什么没与叶赛宁葬在一起，像契诃夫与果戈理面对面，像列维坦就在契诃夫身后……如果在一起，他们就不会总是争吵了，还能做个伴儿。

马雅可夫斯基曾讽刺叶赛宁："你脚底下何必拖泥带水呢？"

叶赛宁说："我拖泥带水，你拖生铁带熟铁！泥土能造人，生铁能造什么？"

马雅可夫斯基回答："生铁能造纪念碑！"

"未来主义"的铿锵诗人，不可能也不想去理解叶赛宁心中的那些柔软的"意象"：

> 我从来不曾这般疲惫，
> 置身于这灰蒙蒙的寒冷泥泞。
> 我梦见了梁赞的天空
> 和我与众不同的人生。
> ……
> 那一头乱蓬蓬的金发
> 如今正变成灰白的颜色。

他也越来越经常地回忆更年轻的时候，未老又惜春："啊，我那已经消失的朝气哟。"他喜欢果戈理，总是捧读《死魂灵》：

> 那些在过去的年代里本来能够在脸上、在欢笑中、在喋喋不休的言谈中激起生动表情的东西，现在正倏然而过，而我那麻木不仁的双唇，却依然保存着淡漠的沉默。啊，我的青春啊！我的朝气哟！

诗人的心，是撕裂的。被自己撕裂，也被现实撕裂。

爱故乡，故乡陌生了，还把他的回归看作是"做客"。

爱朋友，朋友羡慕他的才华，难以理解他的苦闷和乖张。

爱女人，女人爱他的名声和愤世嫉俗，却不能给他一个温暖的爱巢。

爱钢铁的新社会，钢铁巨人的铁臂将他精神的白桦林砍伐得干干净净。

所以，我们既要看懂诗人的自嘲："我就是一个下流坯，终日胡闹。"尤其，更要读明白诗人的清醒："但既然魔鬼在心灵里做窝，就说明天使也住在里面。"

但是，我们都无法给予他慰藉：当诗人成为故乡的陌生人，真的一无所有了。他曾经告诫一个比自己小几岁的诗人："去寻找故乡吧！找到就是成功！找不到一切完蛋！没有故乡的诗人是没有的！"

我爱河水奔腾的喧响……

五、永远拥有俄罗斯灵魂温柔的忧伤

3年前在圣彼得堡，从伊萨基辅大教堂 [5] 旁边走了一个来回，眼看着与叶赛宁生命的最后一站擦肩而过，难以心安。3年后再来圣彼得堡，在路边、在书店，总能与诗人相遇，绝非巧合。

那天傍晚，从肖斯塔科维奇故居回到涅瓦大街，走了半个多小时，来到普希金文学咖啡馆，再出来暮色已降，天空依然还有淡蓝，几朵粉红色的云彩在远方。我们快步走向伊萨基辅大教堂，再右拐去涅瓦河边看青铜骑士。十二月党人广场的草坪上，一些人或坐或卧，放松而惬意，还有情侣在互拍。又见到彼得大帝，心情自

5. 伊萨基辅大教堂：1818年建造，1858年竣工，与梵蒂冈的圣彼得大教堂、伦敦的圣保罗大教堂和佛罗伦萨的花之圣母大教堂并称为世界4大圆顶教堂。

然好，顺着他手指的方向，看远天灰蓝，涅瓦河悠然闪亮。停留了一会儿，又回到伊萨基辅大教堂，此时，射灯把大教堂映照得辉煌而庄严。这一次，我们向安格列杰尔酒店走去。酒店北边的露天酒吧很是热闹，坐满了男男女女，喝酒聊天。我们来到它的西边，从正门走了进去，先上了洗手间，洗了脸，梳了头，人看起来精神了一些，然后回到大堂，在沙发上坐下。跟前，一盆花开得正好，是蝴蝶兰。前台一男一女两个接待员，一个看卡片，一个在写字。没有客人进出。我坐着，不知道下一秒将要干什么。

但是，我觉得，走进来不是偶然的。

这时，一个大堂经理模样的男人从前台右侧的后门走了出来。他应该看到了我们，却没走过来，而是与男接待员说了几句话，之后站在那里，仿佛在等什么人。

我对宁宁说，采访的机会来了。我和宁宁走过去。他面对两个东方面孔，先笑了。宁宁用流利的英语与他交流，再给我翻译："这位先生说，叶赛宁是在这里住过，就是楼上的205房间。"但是，他没提诗人是在205房子自缢的，却提供了一个细节，在酒店外墙上挂着诗人在此住过的标志。我们出了酒店，再次回到露天酒吧，在墙上搜寻，果然，发现了那座石板浮雕。与俄罗斯建筑上的任何名人标志都不同，它是断裂的——上面，刻着诗人去世的时间：1925。而从左下角略上一些，向上，再向下，再向上，再向下，再向上，一道裂痕将石板分割开来。

这是生命的断裂。

断裂的下面，是一些男人和一些女人，喝酒，吃冰激凌，笑，窃窃私语。

我拍照时让一对男女面露微愠，但我毫无歉意，反倒认为他们喝酒选错了地点。不过又觉得自己有点矫情，叶赛宁怕是希望如此吧。

我盯着那道断裂。

死亡，任何诗人无法回避的命题。叶赛宁在诗中多次涉及死亡，写过"自缢"，但最后一步果真如此，令人欷歔。

1924 年 5 月的一天，叶赛宁为一个诗人朋友送葬，忧郁而悲伤。葬礼后不久，他又陷入悲观，说自己活腻了，可能再也写不出有意义的东西了。他对朋友讲："死亡的感觉追随着我。我在夜间失眠时经常感到死临近了。……这很可怕。这时我就从床上下来，打开电灯。一边读书一边在房间里快步地徘徊，这样能把思想转移。"

很显然，他的抑郁症这时已经很严重了，但他的诸多怪异行为、酗酒、胡闹，凡此种种遮盖了病情。他把自己迷惑了，也把关心他的人给迷惑了。

1925 年 8 月，他写道：我深知，很快，我也将长眠不醒。

在诗中"歌唱"死亡与感到死神近在咫尺，是两回事。他会说，"诗人必须时常想到死，只有念念不忘这一点，诗人才能特别强烈地感受到生命的存在"。那么，这是怎样的一种"感受"？我父亲走的那个秋天，我的不可饶恕的迟缓，惩罚了我，没能看到父亲最后一眼。深秋的一天，我跑到东小口森林，大声朗诵着："我又回到了生身的故土 / 谁还记得我 / ……我想起祖父 / 想起祖母 / 想起墓地上蓬松的积雪……"我站在一片白茫茫的如雪的芦花前，眼泪流了下来。我猛地想起，这首诗，是叶赛宁在世时最后一次公开朗诵的作品。在台上，他读着读着，泣不成声，怎么也读不出后面的句子了。他双手捂住脸，但捂不住泪水。我的泪水也无法控制了，也是慢慢地，读出了最后 8 行：

> 都安息了，我们也会去那里，
> 不管你如何对待此生——
> 所以我才这么依恋人们，
> 所以我才这么爱人们。

> 所以我才差点痛哭失声，
> 并面带微笑熄灭灵魂之火——
> 仿佛我是最后一次看见
> 这间台阶上有条狗的农舍。

当我擦干泪水时好像明白了，为什么一直喜爱芦苇，也许有着为了这一刻，如雪的芦花呼应着那"墓地上蓬松的积雪"。人终有一死，活着的时候珍惜了珍惜的，才好啊。为一个台阶，为一条狗，为一间农舍……

诗人想活着。同年 11 月 26 日，在莫斯科，他住进了精神病院，给朋友写信，"我的生活还行。在竭尽全力地进行治疗，只是闷得要命；但我能忍耐，因为我感到治疗是必需的。否则我便无法再歌唱了……"住院疗程是两个月，但仅过了两个星期他就不耐烦了，给列宁格勒的朋友发电报，"速找二三个房间。20日去列宁格勒"。12月21日，他离开了医院。23日夜，下起了杨花般的飞雪。诗人的妹妹 A.叶赛宁娜记得很清楚，楼下停着雪橇，一只只箱子在上面放稳后，她的哥哥坐在上面。她忽然抽噎起来，仿佛是最好的道别。哥哥抬起头，向妹妹愉快而亲切地笑了笑，挥了挥手，雪橇便在房子拐角处消逝了。

他到了列宁格勒，表示要彻底更新自己的生活，要戒酒，也不再回妻子身边了。他显得很兴奋。28日早上，朋友敲了205房间的门，敲了好长时间没人开，最后请管理员用万能钥匙打开门，看到他在窗户跟前吊死了。

我盯着那道断裂。然后，看向上面两侧的窗户……

叶赛宁人生的最后纪念浮雕

那天，这里所有的窗外，雪花纷飞，205 房间里死一般
寂静。一只皮箱已经打开，放在旁边的一张椅子上，一
团五光十色、蛇一样的时髦外国领带从箱子里露出来。
据说，领带上那含有毒性般的光怪陆离的色泽，呈现出
一种不合时宜的鲜艳和华丽，令人看了感到刺眼。一天
后，报纸上发表了诗人用血写成的绝命诗：

> 再见了吧，我的朋友，再见
> 亲爱的，你留在我心间。
> 命中注定的这次离散，
> 预示着来世相互有缘。

> 再见，朋友，莫握手，莫多言，
> 不必伤感，不必愁眉苦脸，
> 这世间，死去并不新鲜，
> 活下去，当然更不稀罕。

我从生命的"断裂"看向了别处。

别处是喝酒的人们谈笑风生。

别处是伊萨基辅大教堂上天使的
翅膀跃跃欲飞。

别处是从结束处开始……

几天后，早上天气阴凉，像要下
雨。从民宿出来，走到凯旋广场对
面，与马雅可夫斯基雕像挥挥手，向
地铁站走去。

今天，要去瓦甘科夫公墓看叶赛宁。

当年，安葬诗人前，人们抬着他的灵柩，在特维尔大街的普希金纪念碑绕行一周，意在表明，他是普希金光荣传统的当之无愧的继承者。在我看来，这一继承中，最大的遗产，就是真诚。而真诚里的很大一部分，是内心深处对故土、对亲人的真挚感情。今天读叶赛宁，我想很多人也是怀着这种感情的。如果缺失了这种感情，阅读就是找回，能找回多少，是多少吧。

走出地铁时，下起了雨。3 年前到新圣女公墓就下雨。前几天到涅夫斯基修道院的两个公墓，也是下雨。墓地的雨，总是一种天地之间的传递吧，而到底传达了什么，一时又想不出来。在雨中步行了 20 多分钟，看到了公墓大门。

叶赛宁是瓦甘科夫公墓最有影响力的人物了。在里面，只要展示出诗人的头像，就会得到扫墓人的指引。雨还在下，不大，稀稀落落，落在身上，发出轻微的声响，像是悄悄的探问，探问东方的脚步，为什么不远万里来到这里。向墓地深处走去。走，就像平日里走在一条熟悉的路上，树是绿的，花有红，有白，有黄。这里更安静。空气清新而潮湿。我听到了鸟叫，又近，又远。这时，路的前面显示出了一些宽阔来，就像在圣彼得堡的沃尔科沃公墓，走向屠格涅夫墓

🔺 夜幕下的伊萨基辅大教堂

315

地时的那样。只见前面有五六个人，其中一个漂亮的女孩在给其他人做解说，她的白色 T 恤上印着那张著名肖像——诗人拿着烟斗的。这时，我们放慢了脚步。诗人的半身像，雕刻在一大块白色的大理石上，这样看上去他的身后就有了依靠。是的，依靠，那是更广大的一片树、一大片墓碑。诗人的墓地像是一个小花园，墓碑被一个四方的花坛环绕，里面栽着鲜花，墓碑下是敬献的花束和花篮，还有几张画像。诗人说过，"我们全在这些岁月里爱过，这也意味着别人也爱过我们"。其实不是"爱过"了，而是还在爱着。"当我在欧洲和美国旅行时，随身总带着他的诗集。我有这样一种感觉，仿佛我随身带的是一把俄罗斯的泥土。从这些诗中明显地发出故土的甜美和苦涩"——这，不只是一个俄罗斯人怀有的情怀。

　　这时，女孩来到诗人墓碑前，拍照留念，她摆了好几个姿势，最后转身，轻轻吻了一下诗人的手臂。可惜，我没能拍下这个镜头。她和宁宁交流，说她非常喜欢诗人，大家也都爱他。我想，这话叶赛宁一定会听到的，即使此刻他在安睡。诗人安睡于此，找到了渴望的安宁，可是每一个前来的脚步，每一朵敬献的花瓣，又都是一次与他的交谈，用彼此都能听懂的语言。哦，这真的不用再劳烦他的老母亲了，有诗，就够了：

　　明天一早请把我叫醒，
　　啊，我吃苦耐劳的母亲！
　　我要去翻山越岭，
　　迎接一位尊贵的客人。

明天一早请把我叫醒，
在我们屋内点上一盏灯。
据说，我很快将成为
声名远扬的俄罗斯诗人。

　　我站到了诗人身边，左手扶着他的右臂，立此存照。之后，我来到诗人的左前方，再次看着他。他，还是双手抱在胸前的那种无所谓的任性的样子，还是那卷曲的头发，还是那双大大的忧郁的眼睛——我想说，眼睛里，并没丢失了蓝色——我还想说，那椴树，依然洁白，稠李花依然如初，奥卡河水依然清澈。

　　我还想告诉他，我走了，不是把他留在了坟墓，而是留在了心灵深处。我们都是"很穷的朝圣者"，都会在诗中活着，有着相同的梦：

就在今天我还梦见了
我们的田野、森林和草场，
……
但我肯定会永远拥有
俄罗斯灵魂温柔的忧伤。

作者在叶赛宁墓碑旁留影

当爱成为
眼中秋天的倦意

一、叶赛宁是伊莎多拉的天使

想到要去叶赛宁墓地，就不能不想到加莉娅之死，而一想到加莉娅，我就不愿再想到叶赛宁与邓肯、与托尔斯泰孙女之间的婚姻。其实，那都是一次逃离，都是一场绝望。

但是，在莫斯科的这个早上，我的眼前偏偏是他与邓肯的第一次见面。

邓肯[1]，美国的舞蹈家，要来红色革命的发生地创办舞蹈学校，恰逢其时。苏联正需要这样的国际友人。但邓肯与叶赛宁的相遇，却属于"歪打正着"。一个是不懂俄语的舞蹈家，一个是不学其他语言的诗人，偏偏火星撞地球，而且闪电般地结婚了。此前，邓肯可以和男人生孩子，却是不婚主义者，而追求叶赛宁的女孩数不胜数，诗人偏偏跪倒在比他大10多岁的女人膝下。那晚，她的手伸进他卷曲的金发，竟说出一个俄语单词"天使"。也许，她看到他的瞬间，看到了意外死去的有着一头金发的儿子。两人用眼睛倾诉爱意，待了整整一晚，坐马车离开时，莫斯科已是静谧的清晨。

我迷迷糊糊地醒来，好像听到了雨声，拉开窗帘，天色晴好。也许夜里谈到了叶赛宁，临睡又读了他的组

1. 伊莎多拉·邓肯（1877—1927）：美国舞蹈家、现代舞创始人。她是世界上第一个赤脚在舞台上表演的艺术家。她创立了一种基于古希腊艺术的自由舞蹈，先后在德、俄、美等国开办舞蹈学校。她著有《邓肯自传》《论舞蹈艺术》。

⑩邓肯肖像（英国德福街影视公司收藏）

诗《波斯抒情》，眼前不知不觉是他和邓肯在马车里，相拥而坐，空旷无人的大街上，半梦半醒。

1922 年 5 月 2 日，两人登记结婚。

> 就算你已被别人一饮而尽，
> 但还是为我留下了，留下了
> 你透明的烟雾般的秀发
> 和你眼中那一丝秋天的倦意。

在献给邓肯的诗中，叶赛宁表露了"我的心从不会撒谎"，但爱之"倦意"慢慢显露出来。诗人多情，却不懂善待婚姻。有一次他和第二任妻子赖赫吵架，随手将结婚戒指扔到外面，又马上冲到黑乎乎的窗外去找。这枚戒指，正是结婚那天他买的，买了戒指兜里的钱就不够买花了，去教堂的路上他跑到田野，采了一束野花，送给新娘子。至于邓肯，更不懂婚姻之道。而关于这场婚姻，夫妻俩还待品味，旁观者就急不可待地指手画脚了。有人怀疑邓肯，会不会是把叶赛宁的爱情当作开胃的烈性酒，或是最后一道菜上火辣辣的调味品来对待。

邓肯读不懂俄语，无法看到天使在诗里的"流氓"形象，可是一离开苏联，他就露出许多痞性。一次，他把自己吊在吊灯上，她吓得半死。他总是不消停，大吵大闹，让她跟着臭名昭著，在巴黎没有一家旅馆欢迎这对夫妻。他无聊，竟接受街头小报的采访，文章登出来叫《去西伯利亚好过给邓肯当丈夫》。邓肯视而不见。是她，在莫斯科居所的镜子上写了："叶赛宁不是流氓，叶

当我拿起这本书的时候，我笑了笑，我想起中国的一句俗话：夫妻相。这张确实如此，不论怎么看，两人的脸型，很是相像的，至少这一张，是的。照片可以说是夫妻俩最著名的合影了，而一些随意拍的生活照，不是邓肯显得老态，就是叶赛宁显得太愣头青，又腼腆，十分不和谐。

赛宁是伊莎多拉的天使。"这个天使被魔鬼控制了。在巴黎和柏林，他会突然离开她，玩失踪，通常几个小时，有时几天。她放下身段去找他，当他醉得像个死人一样被送回酒店，被看门人或是楼层值班员扛进房间时，她并不责骂，在她看来，丈夫可是俄罗斯人，俄罗斯人都喝酒。

　　总是醉酒的诗人在柏林给朋友写信，不断地诉苦、抱怨邓肯四处奔跑，还得带上他，"我默默地恭顺地跟着她，因为每当我不同意，她就要歇斯底里发作"。他感慨"生活不在这里"。身在游乐场也不开心，被高尔基看在眼里："在坐满了快乐人群的巨大的酒店凉台上，他又感到无聊了，变得无精打采、喜怒无常。……当年那个一头卷发、玩具娃娃一样的小男孩身上只剩下了那双特别明亮的眼睛，而且这双眼睛好像也被过于耀眼的阳光晒得褪了色。"那晚他又喝醉了，高谈阔论、吵吵闹闹，也许在他突然爆发的流氓习气后面，隐含着更多的东西吧。会是巨大的屈辱吗？会是绝望吗？旁观者只是觉得他很可怜，快点结束这个糟糕的夜晚。高尔基看得十分准确："邓肯是他所不需要的一切事物的完美化身。"

　　那天，在圣彼得堡铸造厂大街的一面墙上看到叶赛宁的浮雕，我想到海德格尔的一句话，"我们都是人世的过客"，但他却不是一个合格的客人。而在乔治·斯坦纳[2]看来："一个好的客人，一个值得尊敬的客人，会让主人

2. 乔治·斯坦纳（1929—2020）：当代杰出的知识分子之一。他先后在哈佛大学、牛津大学获得硕士和博士学位，做过编辑，当过教授，研究领域涉及文学理论、比较文学、翻译理论等，著有《语言与沉默：论语言、文学和非人道》《巴别尔之后：语言及翻译面面观》《漫长的星期六：斯坦纳谈话录》等。

的家比之前更干净、更美丽、更有生活情趣。如果他离开，他就会收拾好行装直接离开。"很显然，叶赛宁不是一个"给我一张办公桌，我就能找到祖国"的诗人。

7月初，邓肯带他来到比利时，他又给朋友写信："我真想从这里，从这个令人憎恶的欧洲，回到俄罗斯。……这里是如此难以忍受的寂寞。……是十足的坟墓。……他们的房子是棺材，而大陆则是墓穴。"几天后在布鲁塞尔，他再一次感到，"待在这里我寂寞得要命"。

欧洲让他醉酒、胡闹，也让他声名远扬。邓肯联系出版人，为他出版诗集，希望丈夫为更多的人赏识。1922年10月1日，她把丈夫带回了自己的国家。轮船抵达纽约，他上岸看见自由女神像，说了句"可怜的老姑娘"，一脸不屑。一个月后，他又认为芝加哥那些密如蛛网的道路只配用来放猪。他屋里放着英文报纸，看不懂，就挑一些照片打发时光，却更令他气恼："我的

上帝啊！哪怕眼睛被烟熏得流泪痛哭，但愿不待在这里为好。"

1923 年春天，邓肯和他离开美国到了法国巴黎，他同样"寂寞得要死"，"天哪！因为这样的孤独甚至可以上吊"。

叶赛宁的孤独是可以理解的。他拒绝学习外语，自尊心又强，吃的穿的用的，都是邓肯的钱，他是沾了老婆的光，才可以满世界跑的，这让他心里不舒服。加之很多人并不看重他是个诗人，而是瞧他是著名的美国舞蹈家身边的"陪衬人"，一个金发娃娃。一些报纸死盯他们的八卦，却没人要和他谈谈诗歌。

终于可以回国了。火车进入俄罗斯的第一个城市，他就走出车厢，跪在地上亲吻起来。我相信，这是他真实的感情流露。"在这世界上我所见到的最美丽的地方还是莫斯科"，而当列车马上就要到达莫斯科时，他激动万分，竟然敲掉了包厢的窗户。

他是最具贵族意义的第一人，但是，在这种外表和风度之下，马上就显现出这个人的真正本性，即《一个流氓的自白》中所表现的那种本性。……他给人的感觉又像个牧人、一个两三岁就被扔到草原上的野孩子，自由不羁、有着很多不自觉的爱好。

比利时作家弗朗茨·埃伦斯写有《叶赛宁与邓肯》一书，他认为："诗人的骨子里与大自然密切相连，集健康与饱满的自然生命力于一身。似乎可以这样说，叶赛

宁的两张面孔同样是真实的。”

　　旁观者清。在朋友眼里，从国外回来的诗人没有因
为爱情的滋润获得新生，反而变得愈发古怪，一会儿兴
高采烈，一会儿极度忧伤，给人感觉是异乎寻常的孤僻
冷漠，而且疑心重重。更严重的是，他总觉得自己形影
相吊、孑然一身。他控制不住情绪，会闹会哭，像个做
错事的孩子，可是同情与安慰，又会激怒他。他不允许
任何人怜悯，这让很多朋友也无法靠近他的内心。

　　他对婚姻又厌倦了。他开始逃离邓肯。1924 年秋
天他跑到高加索，一次聚会有个朋友恶作剧，说邓肯来
了，吓得他连滚带爬地要跑。

　　世界上没有一个女人像伊莎多拉那样更像母亲般地懂得自己所扮演的鼓舞者的角色。……她知道她所驯服的这个小野人迟早会依然故我，还可能残酷地、粗暴地把这种抚爱抛弃，而她是那么希望他能把它接受下来。

　　从某种角度来说，弗朗茨·埃伦斯更能理解邓肯，而无法理解叶赛宁。其实，那一头金色的卷曲之下，那五光十色的领带所掩饰的，是一颗既天使又"流氓"的心，骚动不安，躁动不宁。

二、我所期待的、所憧憬的一切都灰飞烟灭了

　　叶赛宁从邓肯身边逃走了。但很快，他又"需要妻子、巴拉卡莱琴，还想坐到柴堆上"。这一次，新欢是托尔斯泰的孙女。在一直深爱着诗人的加莉娅看来："他贪图托尔斯泰的名声——所有人都为他感到惋惜，都鄙视他，不喜欢他，可他还是结婚了……"

　　最后一次婚姻，并没有给叶赛宁带来想要的安静。1925 年 6 月，他又想逃走了：

　　我所期待的、所憧憬的一切都灰飞烟灭了。看来，我在莫斯科是待不下去了。家庭生活很不顺利，我想跑，跑哪儿去？去高加索！

　　要知道，他春天刚刚从高加索回来。7 月 20 日，叶赛宁和托尔斯塔娅从莫斯科出发，前往高加索。更早些

🕯 叶赛宁纪念碑

时，他是喜欢托尔斯泰的，"我爱这位老人，同时也怕他，为什么，我不清楚。甚至我做梦都能梦见他。他身材瘦瘦的，毛发蓬松，像一个林中的猎人。他走着，不时用那根多节拐杖敲打着……"如今，他梦见老人冲他大叫，"为什么把家都丢了"。

叶赛宁与托尔斯塔娅于 1925 年 9 月 18 日登记结婚了，而他自己也说不清楚，为什么和老人的孙女在一起却如同梦魇：

> 组织新家庭也未必有好处，这里的一切都充溢着"伟大的老人"，到处都是他的影子：在桌子上，在桌子里，在墙上，仿佛甚至也在天花板上，多到不给活着的人留地盘的程度。……我感到窒息。

在沉闷的、纪念馆般的寂静的婚房里，他感到不舒服，也就不痛快。这里，家具样式厚重，色彩沉重，好像长久长在那里似的。很明显，这里许多属于博物馆的珍品，却将新婚渴望的自由与欢快堵塞住了。诗人在这里难以呼吸欢畅的空气。

这最后的婚姻，他没有从中找到想要的"巴拉卡莱琴"，更没"坐到柴堆上"。

这最后的婚姻，也过于短暂了，因为他的突然离世无法考量后来的样子。但是可以考量的是，诗人在前 3 次婚姻中所扮演的角色，他和她，也是注定无法长久的。诗人多情，不是问题，问题是在婚姻中，他不具有牺牲精神。他都是索取，从婚姻中要安静，要温暖，要孩子，却不去经常拥抱儿子和女儿，而他引以自豪的才华和名气，在婚姻中不会总是保鲜的。

总之，诗人在爱情和婚姻中，之所以"不是驾这些车的辕"，是他一直没有学会珍惜和付出。也许，他的自白更能得到印证：

别人的嘴唇带走了
你的体温和你的战栗。
……
要知道我连自己也未必珍惜，
为微笑，为宁静的生活，
走过的路如此之少，
犯过的错如此之多。

而俄罗斯的女人，年轻美丽的女人，从普希金开始，一代又一代，对诗人都宠爱有加，奋不顾身。天才的诗人身边，从来就不缺女人之爱。就在与托尔斯塔娅结婚前，还有两个女人，与叶赛宁有着非同寻常的亲密。诗人，是被这些女人惯坏了：

我爱的不是你，亲爱的，
你只是一个影子，一个回声。
望着你，我梦见另一个，
有一双浅蓝色眼睛的她。

到了最后，诗人茫然了——究竟要在女人眼中寻找的是什么：

有两件事我难以区分——
将暴风雪奉为五月的蓝花，
把肉欲的颤抖称作爱情。

一切，就这样，不可思议地发生着了。

就这样，当他的死讯传到了莫斯科，被抛弃的第二任妻子赖赫，抱着两个孩子，泣不成声，"我们的太阳没有了"，而更爱她和她与诗人生的孩子的梅耶霍德，就站在身边。

1922 年 3 月，叶赛宁给朋友写信，"我过着一种居无定所的生活！没有栖身之处，没有避难所……"

他意识到了自己的悲哀，却没能检讨自己的行为。要说，责任不在别人，在他。但是，那些爱他的女人们呢——她们的冲动、草率、狂热，以及纵容和总是原谅——包裹着的，是糖，也不那么甜了。

出门。莫斯科的早晨，阳光明媚。我看着车水马龙的路上，一辆马车一闪，消失得无影无踪，那坐在车里的一对男女，半梦半醒……

要说，半梦半醒，当是婚姻中的一服良药吧。但，身在其中，又有几人食得其味。

加莉娅
与天使同眠

一、读懂的，被她感动；没读懂的，被爱情感动

在莫斯科的瓦甘科夫公墓，在蒙蒙细雨中，在叶赛宁墓地，穿着胸前印有诗人肖像 T 恤的漂亮女孩说，加莉娅也安葬在这里。其实，我知道。

加莉娅。

她在，是诗人的荣誉；她在，也是诗人的悲哀。

她在这里，是爱与忠诚的另一种注释：每个人有每个人的读法。读懂的，被她感动；没有读懂的，被爱情感动。

加莉娅，是不可重复的。她盛开一次，就毁灭了，芬芳嫉妒，又无法效仿。

🅷 轿车上的"邓肯舞蹈标志"（左）
🅷 残缺的加莉娅照片（右）

诗人墓地的后面，还有几个墓地，加莉娅的一眼就看得出来，因为鲜花最多、最鲜艳。也许来向诗人献花的人，也会把鲜花送给她。也许是一朵。她不会嫌少。她引以为傲的，只想告诉诗人：看看吧，还是你不要的加莉娅，早早地过来陪你了。

雨滴从树上落下，晶莹地，落在加莉娅的墓碑上。

我轻轻地说，加莉娅，我来这里，是因为你在。

二、她是深爱着叶赛宁的女人

她叫加林娜·阿尔图罗夫娜·别尼斯拉夫斯卡娅，加莉娅是她的爱称。她比叶赛宁小两岁。她是记者，也从事文学创作，做过叶赛宁的文学秘书。她是叶赛宁……后面总是无法准确地定义了。无疑，她是叶赛宁的朋友，但大多数人，都认为她是叶赛宁忠诚的女友。

因为他死，她为他而死。

可是，我想说，她是深爱着叶赛宁的女人。

她知道叶赛宁的名字要早于亲眼所见。而一朝相见，再也忘不掉。

风啊，吐出堆堆落叶吧——
我亦如此，跟你一样的流氓。
……
我的罗斯啊，木屋的罗斯！
我是你唯一的歌手和代言人。
我用木西草和薄荷喂养
我狂放不羁的忧伤的歌吟。

......

但不要害怕，狂野的风，

从容地吞吐败叶吧，在草地上，

"诗人"的雅号并不能使我受损，

我就是在歌中也是跟你一样的流氓。

诗人的朗诵，紧紧地抓住加莉娅的心。他的声音具有一种迷惑性，遮盖了"流氓"的样子。而他真的表现出了流氓习气时，她又爱，又恨，又离不开了。

加莉娅眼看着心爱的男人跟着邓肯跑了。跑到巴黎，跑到柏林，跑到纽约。她的爱在舞蹈家强烈旋转的裙子之下，像草一样无力，又像草一样柔韧。两年后，诗人回来了，像一个流浪儿，带着婚姻的疲倦，还有逃意。叶赛宁向她诉说婚姻的厌倦，她一边忍痛，一边帮他收拾残局。他与邓肯分手的电报，也是征求了她的意见，由她发出去的。些许的快慰与负载沉重的痛楚相比，微不足道。当邓肯从外地返回莫斯科，无处可去的诗人只能搬到她那里。他信任她，把装有手稿和照片的箱子的钥匙，都交给她保管。后来他的两个妹妹，也搬了过去。她收容得太多了，为了获得诗人的一点点爱意。

加莉娅的家并不宽绰。除了叶赛宁，他的几个朋友也跟了过来，拥挤，还缺钱。诗人可怜巴巴的稿费，还得给乡下的父母寄去一些，留给生活的就捉襟见肘了。她就得掏出自己的工资救急，而她挣的并不多，每月七十卢布左右。她也有父母和两个妹妹要养活。

她都扛了下来。也许，她把诗人想象成了自己不可分割的一部分。这也没有错，这个男人就睡在几步远的地方，她凭什么不可以把他看成更好地去生活与爱的理由。

但是，她的女友却觉得，"她对叶赛宁义无反顾的忠诚与爱恋，有时会走向自己的反面"。

她的爱义无反顾。她在日记里倾诉："如果需要为了他毫不犹豫地死去，而同时又能知道，他得知我为他而死后会温柔地一笑，那么，死亡也是一种幸福……"

三、卑微的无悔之爱

1924 年 4 月的一天，加莉娅给叶赛宁写信，批评了他的随心所欲和行为怪异，可谓语重心长："亲爱的，我的好人，我的亲人，请您认真、用心地读完这封信，好让我所写的一切对您来讲都不仅仅是一些词语和句子，而是真正地进入您的心里。"她也坦陈了自己的委屈："您对我好，相信我。但您可曾试过用一个眼角看我一

ⓝ 加莉娅手迹

眼？……我很直接地告诉您，像我的这种忠诚，即无私的忠诚，您未必会找得到。您为什么不珍惜这个？为什么不想保全我？……"

他在回信中对自己的错处道了歉，最后说："真的，我对您的感情比我对其他女性的感觉要好很多、多得多。即使没有这些，您在我的生命中也是亲近得难以表达。"

但是，她还是难从他身上获得确定的关爱。诗人不在莫斯科时，她偶尔会从别的男人那里换得一点慰藉，而他非但不宽容，还心生憎恨，忘了自己的一次次背叛。他给妹妹卡佳写信，让她赶快离开加莉娅，"悄悄地走吧，加莉娅有自己的私生活，不应该妨碍她"。看起来好像是不想妨碍，其实是变相惩罚。于是，他去了高加索。

可是，他又离不开这个"文学秘书"，他的诗和书，很多都来自她的奔波。

1924年4月15日，他给她写信，对自己的不辞而别做了解释，"可爱的加莉娅！我非常爱您，也非常尊重您。对您非常尊重，因此您别把我的离开理解成一个出于漠不关心而针对朋友的举动。心爱的加莉娅！我再向您说一遍：您对于我非常非常地亲切。连您自己也知道，如果没有您对于我的命运的参与，还会发生许多令人失望的事"。之后，他说自己想到列宁格勒去住，如果她想去，"并把大皮箱给我带来"。她是他的最勤奋的小蜜蜂。当然，他不会忘记再继续表达温暖，"您在我的生活中，我本来就感觉亲近得难以用语言表达"。

这之后，他给她的信中，都是发出指令、要求，做这做那，即使希望也是希望她为自己东跑西颠，而她一概言听计从，东奔西走。她是他的文学秘书、生活助理、妹妹的看护人。

他孤独时也会想到她，1924 年 12 月 20 日在巴统：

我相信，原来一切都是海市蜃楼。也许，世上的一切都是海市蜃楼，我们只不过是彼此仿佛觉得存在罢了。看在上帝分上，您可别成为海市蜃楼。这是我最后的指望，而且是最深沉的指望。亲爱的，一切都照您自己认定的做吧……

接着又说"我在这里感到寂寞。……我常目送驶往君士坦丁堡的轮船，心里想着博斯普鲁斯海峡。没有什么可迷恋的。形单影只，孤身一人"。诗人度过了人生最后一个新年后，备感寂寞，又给她写信，想回到莫斯科，"我独自到各处去，像乞乞科夫那样，但不是购买而是出售死魂灵"。

但是，春天时他却给她寄来一股寒流："亲爱的加莉娅，您是我最亲近的朋友。但是，我一点也不爱作为女人的您。"

站在加莉娅的墓地前，回头再看诗人的雕像，两人的地位是悬殊的：一个太低微，一个太高大。在爱的方面也是。他高高在上，发号施令；她低眉顺眼，被动接受。一方的忍让、付出、默默承受，无疑纵容了另一方的不屑、怠慢。

加莉娅，您非常好，您对我来说是最亲近的人、最好的朋友。但我不喜欢作为女人的您。您应该生成一个男人，您的性格和思维方式都是男性化的。

这样的话，可能只有诗人才会说出口。诗人不写诗时，会磨一把伤害女人的刀。

他无视她的委屈和眼泪，残忍得变本加厉：他要和索菲亚·托尔斯塔娅结婚了。

这一次，加莉娅又输给了托尔斯泰的孙女。

我的上帝，他应该相信我的，也应该稍稍珍惜我，我知道——像我这样毫无私心地爱着谢尔盖的人，他再也找不到第二个。可谢尔盖不相信我，不珍惜我。

她习惯了忍气吞声，再一次接受苦果，在日记里也不敢表达愤怒："他贪图托尔斯泰的名声——所有人都为他感到惋惜，都鄙视他，不喜欢他，可他还是结婚了。……因为姓氏和房产而与一个他生理上感到厌恶的女人睡觉——这是很严重的事情。"

如果是恨，一切就简单了。悲情的是，她对他，没有憎恨。她把两人的相遇，看作是"无论如何，这是不仅在如此短暂的一生中可能遇不到，而且在十分漫长而特别成功的一生中也可能遇不到的事情"。

四、这座坟墓里有我最珍贵的东西

加莉娅，眼看着身边熟悉的和不认识的女人，一个个地跟心爱的男人扯上关系，不是成为情人，就是成为妻子，自己掏心掏肺，换来的却是绝情。这时，我们再来回味她的女友的话，可能就觉得有些道理了：她对叶赛宁义无反顾的忠诚与爱恋，有时会走向自己的反面。

叶赛宁，深知自己在生活上对她的依赖，他害怕这种依赖一旦变成了婚姻，就成了一种捆绑。而他是崇尚自由的。他在拒绝她的种种理由中，唯有这一点无法说出口。这涉及他的自尊。俄罗斯乡村的最后一位诗人，怎么可以对一个女人还有依靠呢。他好不容易逃离了邓

2018 年 8 月的一天傍晚，我和孔宁第二次来到莫斯科。次日一大早，我们就来到瓦甘科夫公墓。在拜谒了叶赛宁墓地后，蒙蒙细雨中，又找到了画家特罗皮宁和萨夫拉索夫的墓地。遗憾的是，我们错过了苏里科夫。

肯——邓肯，已经通过强有力的财富、名望，温柔地将他捆绑了一次，让他乖乖地顺从——而他竟也甩开了，又怎能放下身段，屈身投靠到加莉娅的怀抱。但，孤独的诗人这时非常想有个家了，立刻就娶了托尔斯塔娅。他的生活已经落水，婚姻成为最后一根稻草。

岂不知，加莉娅，才真的跌入了水深火热。

她无法默认"旁观者"的角色，无法自拔于苦恋的泥沼。那个，曾经给她写信，请她做这做那，找她倾诉苦恼，对她抒发情怀……的诗人，不，是男人，填满了她的生活。她为他，无怨无悔。现在，她再也不能为他做任何事了，每天的等待变成巨大的空虚。最后，她的心也空荡荡的了。她没有了寄托。

这天，她来到瓦甘科夫公墓。

她在诗人的墓前，站了很久。

此刻，我下意识地盯着脚下，仿佛要看到那天，她不断地抽烟扔下的烟头。脚下只有湿漉漉的几片落叶，青青的落叶。

"我是在这里自杀而死的，尽管我知道我死后会有更多的人责骂叶赛宁……但这对我和他来说都将是无所谓了。这座坟墓里有我最珍贵的东西……"

她在香烟盒上又写上日期：1926 年 12 月 3 日。

接着，她又补充上："如果开枪之后芬兰刀插进坟墓里，那就意味着那时我还没有后悔。如果后悔，我就把它抛得远远的。"

但，她一连扣动了 5 次扳机，枪都没响，直到第六次，她听到了枪声。

叶赛宁，也听到了吧。但他无力挽救。

我的光明天使，我要随你而去，
去向那荒凉的天穹。
画像上的你栩栩如生，
可你的坟头是厚厚的白雪。

加莉娅留下了写给叶赛宁的第一首也是最后一首情诗。

12月7日，人们把加莉娅葬在叶赛宁的后面，墓碑上只有一行黑色的题词"忠诚的加莉娅"。后来，尊重她的人更换了墓碑，刻上了她的名字：加林娜·阿尔图罗夫娜·别尼斯拉夫斯卡娅。还有生卒年：1897—1926。

我蹲下来，为了看清她的墓碑。与她敬爱的诗人墓碑相比，这墓碑可以说是低微到了尘埃里。但这尘埃里，分明开着鲜艳的花，散发淡淡的香。我向她低语，诗人的坟头到了冬天才会有雪，而此时，开着玫瑰。

不是所有的死亡，都能遇到玫瑰。

这样地爱，这样没有回报地爱，难道有这样的事情？
可我就是爱，无法改变；这比我、比我的生命更强大。
如果需要为了他毫不犹豫地死去，而同时又能知道，他
得知我为他而死后会温柔地一笑，那么，死亡也是一种
幸福……

我轻轻地擦了一下墓碑上的雨珠，还有那名字，还

有那生与死的年份。

　　我想到了忠诚，爱，还有死亡。不论这种忠诚是否狭隘，这种爱是否还有待商榷，这种死亡的代价是否太大——有一点毋庸置疑——加莉娅，是为一个诗人死去的，诗，应该从这一死亡中，获得温暖和慰藉。

　　但是，诗人们，请不要骄傲。

　　而，去温暖那些心碎的，就不仅仅是诗人的责任，更是爱的使命。

一生都在流放的
布罗茨基

当伊莲娜·亚科维奇问：

是否可以把他的生活分成几个阶段，

例如离开俄国之前和离开俄国之后，

以及到了美国。

布罗茨基说：不能分。完全不能。

这是一个整体。

约瑟夫·亚历山大罗维奇·布罗茨基

Иосиф Александрович Бродский

1940

年5月24日，生于列宁格勒。

1955年，结束中学教育，在"兵工厂"当学徒；同年与家人迁居姆鲁济大楼，拥有了"一个半房间"。

1956—1960年，从事多项劳动；大量阅读诗歌、宗教、哲学等作品；学习英语和波兰语；开始写诗。

1961年8月，在科马罗沃认识了阿赫玛托娃。

1962年1月，结识玛琳娜·巴斯马诺娃；两人相恋。

1962年11月，首次发表诗歌：儿童诗《小拖轮的故事》刊发在《篝火》杂志。

1963年11月29日，《列宁格勒晚报》发表文章，批评诗人"过着寄生虫式的生活"。

1964年2月3日，因"不劳而获罪"被捕。

1965年9月23日，在多方声援下获释出狱。

1967年10月8日，与玛琳娜的儿子出生；不久女友提出分手，两人再也没能在一起。

1972年5月12日，被列宁格勒警察局签证处传唤，面临两个选择：移民；被关进监狱与精神病院。

1972年6月4日，从列宁格勒飞往维也纳，与英国诗人奥登会面，并参加了6月的伦敦国际诗歌节；7月9日，飞往美国底特律；9月，在密歇根大学讲授俄罗斯诗歌，直到1980年。

1986年，随笔集《小于一》获得全美年度图书评论奖。

1987年10月22日，获得诺贝尔文学奖。

1990年1月11日，在巴黎高等师范学院讲演，结识玛丽娅·索扎尼；9月，两人在瑞典结婚。

1996年1月28日夜晚，在纽约自家公寓的书房去世；2月2日，安葬于纽约153街的圣三一公墓。

1997

年6月21日，灵柩迁葬于意大利威尼斯的圣米凯莱墓地。

我曾长时间地凝视着这座竖立在莫斯科的布罗茨基雕像。我在想：他与身边这些人的关系。我没有想出来。但是，我看出来了，这群人中，只有诗人，抬起头，面对苍穹。我不敢说，他看到了星星，却是一定看到了鸟的翅膀的，虽然他的眼睛是闭着的。

并非所有
都随着死亡而结束

一、并非所有都随着死亡而结束

　　圣彼得堡的铸造厂大街路西，有一个著名建筑舍列梅捷夫宫的后花园，当抬头看到一个大大的阿赫玛托娃标志性的签名，诗人的故居博物馆入口处也就到了。故居在里面花园南面的侧楼，而在一楼有"一个半房间"是属于布罗茨基的。那天告别了阿赫玛托娃，在一楼咖啡厅坐了一会儿，喝了点饮料，起身来到这里。门玻璃上的剪影是漫画式的，不太像印象里早已熟悉的诗人。

　　我走进这道门，有些沉重。诗人的遗物离自己真正的"一个半房间"不是很远了，但有时，恰恰因为不远，却是遥远。就像诗人无法回来奔丧，先是为母亲，后是为父亲——从美国到苏联，还能算远吗，但想一想曾经的"柏林墙"和现在的"三八线"，人为的距离才是阻隔。所以，在这里看到诗人用过的打字机、旅行箱、词典、诗集，在威尼斯写给父母的明信片，奥登、阿赫玛托娃、茨维塔耶娃的相片，儿童时期的各种小玩具……一切，都会心满意足。看到了，总比看不到的好。这不是学会了自我安慰，

1. 斯特拉文斯基（1882—1971）：美籍俄罗斯著名的作曲家、指挥家和钢琴家。1882 年 6 月生于圣彼得堡附近的奥拉宁堡。"一战"期间在瑞士居住，1920 年成为法国公民，1939 年在美国定居。1962 年访问了苏联。代表作有《春之祭》《火鸟》等。

2. 艾兹拉·庞德（1885—1972）：美国著名诗人和文学评论家，"意象派"诗歌运动的代表人物。后来，他竟成了"反犹太主义者"，"二战"期间站在盟军的对立面。

而是现实总有冷酷的一面，是行走，一点点教会了我。不错，布罗茨基在这里很好，就像他死在美国，安葬在意大利威尼斯的圣米凯莱墓地，身旁不是斯特拉文斯基[1]，而是生前厌恶的艾兹拉·庞德[2]。黑的，就是黑的；白的，总是白的。

如今，布罗茨基在阿赫玛托娃身边"暂住"，理所当然。他说过："我们去她那里，是因为她能让我们的心灵运动起来……"当然，"她那里"不是指此处的故居。在她那里，他会认真地观察她如何说话。无疑，她是另一个世界的人，白银时代的星辰，光芒像一块磁铁，紧紧地吸引着他。他说，"她教会了我如何生活"。

1996 年他在美国去世，他的遗孀玛丽娅·布罗茨基将诗人的一些遗物从美国运回，有一张书桌、一把椅子、两个装着书籍的书柜和三台打字机等。它们现在都在这里了。

"一个半房间"不可能大，20 平米的样子，屋里不是很亮，因为左边的电视屏幕上不断地出现诗人的画

在布罗茨基的"房间"看到茨维塔耶娃一点不奇怪。他推崇她的诗，认为 1927 年 2 月 7 日创作的《新年贺信》，是"整个俄罗斯诗歌的一个地标"。

面——庄重的，严肃的，搞怪的。有一个一人高的书架，据说是诗人的朋友通过老照片仿造的，上面有一些书和小物件。那个帆船是诗人的父亲当年从中国带回来的。一张桌上放着打字机，会是阿赫玛托娃送的那台

孔宁在阿赫玛托娃著名的签字招牌前留影（左）

345

吗？打字机前立着茨维塔耶娃的照片。在另一张桌上，摆着普希金雕像，诗集，口琴。我在小屋里快速浏览一遍，然后又慢慢地重新看。我在一排书前站住了，不是为书，而是为了两张照片，左面的侧脸，右边的正面，都是曼德尔施塔姆。布罗茨基评述曼德尔施塔姆《文明的孩子》一文，令人印象深刻。我想到他说的"诗人之死"。老实讲，我怔住了，好像豁然开朗，又有些骇然，因为眼前展开一条死亡之路——诗人用诗铺成的，怀着坚强而冷静的毅力，赋予死亡一种力量。

《文明的孩子》第一行，布罗茨基就赫然提出"诗人之死"，认为："不管一件艺术作品包含什么，它都会奔向结局，而结局确定诗的形式，并拒绝复活。"再之后，他改造了柏拉图"哲学是死的练习"这一著名句式，断言："写诗也是练习死亡。"如果这一"练习死亡"针对

布罗茨基阅读过的书和收藏的曼德尔施塔姆照片

的是诗——"奔向结局"的最后一行，那么是不是可以说，在最后一行"结局"之前，所有的，全都活着。

那么，是不是还可以说，写诗也是练习死亡，同样也是在操练着活法——应该是。

布罗茨基一直在"练习"死亡。他写了多篇悼念诗。死亡必然成为经常需要复习的词，像先知留下的作业。他在《写给邓恩的大哀歌》里开始关注诗人之死的问题，当时他 23 岁：

> ……尽管我们的生命可以分享，
> 世上又有谁来分担我们的死亡！

如此决然，如此冷峻。1964 年 1 月，他视为妻子的女友竟然与朋友关系亲密，双重的背叛令他绝望，为痛苦也为尊严，他试图割断静脉自杀。这是一次流血的练习。血凝固成一片阴影。死亡的阴影从幼年就存在了：他一岁时赶上希特勒的部队围困列宁格勒，1942 年 4 月，母亲带他离开，两年后返回时，耳朵里总有炮弹的声音。1948 年从军的父亲才从中国归来，童年失去的安全感不可能得到补偿。1964 年 2 月 13 日，他被捕，第二天在狱中心脏病第一次发作。1972 年流亡美国后他又多次因为心脏病住院治疗。人到中年，他的很多照片一点不像 40 岁刚过的人，发胖，头发稀疏，面容苍老。不奇怪，这是由一颗脆弱的心脏启动的病人的身躯。1989年他在一首诗开头就说："世纪将很快结束，但我将结束得更早。"多像预言。这一点，他很像他的老师阿赫玛托娃。但他相信精神的复活，那首《写给邓恩的大哀歌》最后："可是看那 / 那颗明星将光刺过云层 / 正是这光才使你的世界维持到今朝。"

1965 年 1 月 23 日，布罗茨基正在诺连斯卡亚村流放，意外获悉艾略特[3]逝世了，他很快写出悼诗《艾略特之死》："死神不做鬼脸 / 不含恶意 / 在厚厚的勾魂簿中 / 选择的必定是诗人。"死神对诗人的选择，让年轻的诗人看懂了向死而生的结局。

只有诗，可以让诗人活下来：

树林和草地不会忘记。
凡来这世上的人将知道你——
犹如身体在心中珍藏着
失去的唇和手臂的温柔。

写作死亡，反而能够安抚、镇定那颗脆弱的心脏。他焦虑，却没有恐惧。也许，也没有去替读者考虑，如法国诗人安托南·阿尔托的写作，"就像一扇敞开的门，把人们带到他们永远不会同意前往的地方。一扇通往现实的门"。他在 1977 年又写作了《挽歌：献给罗伯特·洛厄尔》：

你的丧钟在响
——一只永不停歇的闹钟。

这个"闹钟"不是叫醒，而是提醒死神的来临。如果说死亡的那一刻不是由人来决定的，不是在说人在死

3. 艾略特（1888—1965）；英国著名诗人，代表作《荒原》《四个四重奏》。

亡面前束手无策，那么最好的策略就是：准备好了，请来吧。

这样的"练习"，是以生的姿态，逆时针而行。

我离开曼德尔施塔姆，靠近奥登⁴，就是逆时针走过去的。他在一个黄色的木头镜框里，穿着西服，打领带，依然是他标志性的满脸皱纹的脸，闭嘴，抬起下巴，眼睛似乎看着前面，又似乎在思考着什么。这个镜框靠着墙，下面是一个黑色的箱子，里面曾装着打字机。布罗茨基在 1977 年夏天买了一部手提打字机，开始用英文写作，唯一的目的"乃是使自己更接近我认为是二十世纪最伟大的心灵：威斯坦·休·奥登"。此前一年，他在缅怀恩师奥登的诗中写道：

4. 奥登（1907—1973）：英裔美国人，20 世纪著名诗人，诗作颇丰，还著有随笔集《染匠之手》等。

一个男人带着自己的绝路，去世界

各方周游……

对"诗人之死"的清醒审视，让他很早就不忌讳谈论自己的"后事"。还是在列宁格勒，他就说："我不选择国家／也不选择教堂墓地／我要去死在／瓦西里岛上。"

1996年1月28日，布罗茨基在美国纽约自己公寓的书房里睡着了。早晨9点，玛丽娅发现他躺在书房门后的地板上，穿着白天穿的衣服，戴着眼镜，脸上带着微笑。诗人没有留下遗嘱。当时的圣彼得堡市长索布恰克向玛丽娅建议，把诗人的遗体运回故乡，安葬在瓦西里岛。可是，诗人生前在另一首诗里又说自己愿意长眠在马萨诸塞州西部的森林。2月2日，布罗茨基安葬在纽约153街上的圣三一教堂墓地。1997年6月21日，布罗茨基的灵柩迁葬到意大利威尼斯的圣米凯莱墓地。一切好像都是注定的。1993年11月，俄罗斯著名纪录片导演伊莲娜·亚科维奇带着摄影组，为诗人拍了一个纪录片。一天，他们到了潟湖，围着圣米凯莱岛漂流。布罗茨基说："对一个俄国人来说，最有趣的不在这里，在那儿安息着斯特拉文斯基和佳吉列夫。这条运河就通向圣米凯莱岛。"布罗茨基非常喜爱古罗马诗人普洛佩提乌斯的《哀歌》，诗人的遗孀选定了其中的一行，镌刻在墓碑上："并非所有都随着死亡而结束。"这也契合了诗人的一句诗：亲爱的，没有我们的生活是可能的。

死是绝对的。诗人的死也是绝对的。但有的诗人可以靠他的诗，活得更加绝对和纯粹。而布罗茨基把对死亡之"练习"剩下的草稿，也就留给了后面的诗人。诚如他后来说过的："逝者把自己的一部分留给我们，让我们保存它，并继续活下去，使他们也能继续存在。归根结底，生命的意义就在于此，不论我们是否意识到这一点。"

伊莲娜当年拍摄的纪录片，选在布罗茨基去世 20 周年的 2016 年 1 月 28 日，配有英文字幕，在伦敦上映，片名叫《与布罗茨基一起漫步》。如今这本《与布罗茨基漫步威尼斯》已在中国出版。伊莲娜回忆："他的女儿安娜 – 玛莉亚坐在大厅里。我突然明白，这是她第一次看到自己这样的父亲。我们拍摄时，她才 5 个月大，而现在，她已经长成了非常像他的漂亮姑娘。后来她说：'不是每个幼年丧父的人都能得到这样的幸福——看到他是什么样子的，感觉到人们是怎样需要他。'"

离开这里时，我最后看了一眼这间宝贵的小屋，默念他的诗，推开了门：

所有人在棺材里都将一模一样，
那就让我们在生前彼此不同吧。

二、我是诗人，我代替野兽步入兽笼

我们从舍列梅捷夫宫的后花园出来向左走，去找布罗茨基的"一个半房间"。它在铸造厂大街与彼斯捷尔街交叉路口。抵达之前，就从书和网上认识了姆鲁济大楼，还有那块石板上的浮雕，挂在靠近路口的 2 楼墙上。浮雕上，诗人的侧面头像下镌刻着：1955—1972。其实有 18 个月，他不在这里，而是被跟踪、被审查、接受精神病院的折磨、在监狱里。

在流放地。

他的一生都处在政治的流放和精神的流放之中。

2018 年 8 月那个中午，走出圣彼得堡普尔科沃国际机场，我回头看了一眼那个门。1972 年 6 月 4 日，布罗茨基是不是也在这里站了一下，那天他穿着红色的毛衣，走进去，再也没回来。时间再往前一些，1966 年 3 月 5 日，阿赫玛托娃去世，布罗茨基和友人在科马罗沃为老师的墓地选址，也选定了诗歌之路。7 月 26 日，苏联作家出版社讨论他的诗集《冬邮》，却又在 12 月将手稿退了回来。但是，他的诗歌却已经走出了封锁，他个人也频频收到西方国家的访问邀请。布罗茨基这个名字越来越成为苏联当局眼中的一根刺儿。1972 年 5 月 12 日，他被列宁格勒警察局签证处传唤过去，给他看了两个选择：移民；被关进监狱或精神病院。他选择了移民。他并不想马上离开，但当局恨不得他抬屁股走人，并计划将他发配到以色列。可他想去维也纳，因为自己的偶像奥登在那里。他登上飞机也就登上了被驱逐出境的第一步，从此，失去了苏联国籍。多亏了诗歌，让他找到了朋友。从此在很多地方，他都有美好的相遇。在他获得诺贝尔文学奖（1987 年）8 年后，也就是 1995 年，爱尔兰诗人希尼也获此奖，两人就相识于布罗茨基的那次流亡，他们都参加了 6 月的伦敦国际诗歌节。希尼说："打从认识他开始，他就是一种可靠的存在。"1972 年 6 月 26 日，美国密执安大学向他发出担任"住校诗人"的正式邀请函。7 月 9 日，他飞往美国底特律。

此刻，在这条大街西边的人行道上走着，走在阴影里，也走在不知哪位诗人的脚步里。大街两侧的楼房一个挨着一个，没有空隙。因为都粉刷着颜色，淡黄，清粉，浅蓝，很像各种风格的积木拼接在一起，阳光下就有点童话的格调。看到这些，很难想象坐飞机体验的"俄式降落"之彪悍。楼都不高，最高不过 6 层的样子，可以望到很远的天空。云彩的呈现都是极其夸张的一大朵，又一大朵，停在空中，蹦高就能撕下来一条。路中间的车开得飞快，不时传来震耳欲聋的突突突，是年轻人骑着摩托驶过。一些店面门口，不时会遇上一个或两三个吸烟的年轻女子，见有人过来会把脸转向墙面或扭过头去。我想，如果迎面走过来的是诗人而且她们认出了他，又会怎样？但她们一定想不到，我是去看诗人的。

诗人故居还没有开放，只能看到那块浮雕。恰恰因为看不到很多，能看到的，就尤显珍贵。而我相信，只要站在那里，还是能够有所发现，就像诗人说的，属于"即对生活的意义和其他一切东西的寻找"。而一路走来，已是在寻找了。走了 20 多分钟，目的地就在右前方出现了。

1955 年，布罗茨基一家搬到姆鲁济大楼。这是一座地标建筑，普希金的长子在这里住过，梅列日科夫斯基和吉皮乌斯[5] 曾住在他家的另一侧，勃洛克也常来这里，阿赫玛托娃的第一任丈夫古米廖夫经常在这里举办诗歌讲座。1920 年暮秋的一天，古米廖夫在"文学家之家"告诉朋友们，曼德尔施塔姆来了。果然没过几天，曼德尔施塔姆就在这里朗诵了新诗。布罗茨基喜欢曼德尔施塔姆的诗，应该可以想象得到前辈的样子：他剧烈地、大幅度地挥动双手，仿佛在指挥着看不见的乐队，声音

5. 梅列日科夫斯基（1865—1941）和吉皮乌斯（1869—945）：夫妻。前者是俄罗斯著名的诗人、小说家、批评家；后者是俄罗斯著名诗人。

坚定洪亮：

> 金羊毛，金羊毛，你在哪里呢？
> 整个旅程是大海沉重波涛的轰响声。
> 待上岸时，船帆布早已在海上破烂，
> 奥德修斯归来，被时间和空间充满。

　　现在，我站在了十字路口，看着马路对面，能够感受到那块浮雕所具有的吸力。强大的磁铁般的吸力。一辆公交车停在前面，但我的目光已经穿透了它。绿灯一闪，立刻过马路，旁若无人。我相信我是一直盯着浮雕上的头像走过去的。一束玫瑰倒插在浮雕左面，叶子卷曲，两朵

玫瑰还是紫红的。它上面是几棵枯枝，曾经也是鲜花来着。浮雕右边与墙面的缝隙，也插着两束花，上面的用塑料包裹，焦黄的看不出什么花，却能看出花朵很大，要是盛开会有碗大的。它下面是几朵绢花，样子像绣球，已经发灰，刚放到这里时应该是白的。我想象不出一个人如何才能把花插上，除非扛着梯子过来。此刻，头上没有阴凉了，立刻感到了热，除了阳光明晃晃的，墙面也成了散热板。我没考虑这些，手拍着墙面，再伸出手臂，伸向那座浮雕。我无法够到，但也没觉得有太长的距离。在我伸向它的那一刻，磁铁和铁，就在一起了。

　　1955年11月，搬进新居的布罗茨基决定退学，不想再读8年级的课程了。他的学校教育结束了，从此开始了不安定的生活。第二年，他就到兵工厂当铣工，又在医院太平间工作，还当过澡堂锅炉工、灯塔守护人。1957年夏天，前往北疆跟随勘查队工作。所谓工作就是在田野里干的体力活，他的一个队友回忆说，"他背着背囊，时常是很重的背囊，他不恐惧那些没有尽头的旅程，尽管那些旅程常常是冒险的，艰难的"。在好多同学继续在教室里安静听讲时，他经常要涉水、划船，渡过林中宽阔的河流。他以自己的方式进入社会大学，在阳光下眯缝眼睛，勘测远方。但月光和篝火都没有帮他解决迷路，他在纸上通过诗歌，寻找到了孤独的出路。他在写给中学时代一位女友的信中说："我想让你正确地理解我。我现在所做的一切，都仅仅是寻找。寻找新的思想、新的形象，更重要的，寻找新的形式。"诗人的好朋友谢洛夫认为，他把诗歌当作了一种自我确立的方式，

🔟 如果我再年轻几岁，就会蹦起来，用手拍一下这座浮雕（左）

同时面对一些难解问题时寻求答案的一种方式。诗歌没有成为生活的反映，更多的是一种内省和内醒。

　　我小心地往后退几步，抬头看着这座建筑，像不像徇私情的古板男人，残留着帝国的僵硬。因为临街，窗都关着，一扇蓝灰色的门也关着。我过去拽了一下，门当然是锁死了。门上有个碗大的窟窿，我凑过去往里面看，什么也看不见。我知道接下来的举动很好笑，还是冲里面喊了一声"布罗茨基"。

　　在这里，布罗茨基在父亲从中国带回的俄语打字机上写出了第一首诗。"当书籍和对隐私的需要戏剧性地增加后，我便进一步瓜分我那半个房间"。站在楼下，我仿佛能听到诗人的窃窃私语。他一点点布置，重新摆放两个橱柜，把家里的皮箱都放到橱柜上面，成为一道屏障，这样，"屏障背后，那个顽童感到安全了，而某位玛琳娜可以不只裸露她的乳房"。即使他在美国有了自己的公寓，还是按照这里的格局布置房间，在他看来，这里始终"是我所知最好的十平方米"。是男人，心里都存在

姆鲁济大楼，一楼墙上挂着布罗茨基的浮雕（左）
布罗茨基流亡前在故居阳台上留影。他面前是铸造厂大街（右）

这样的一间房子，虽然不大，但有床有书有地图有烟味有女孩子的头发留在枕头上。但，布罗茨基成了诗人。

我来到大楼的右侧大街上，也就是彼斯捷尔街——以被处死的十二月党人领袖名字命名的大街。阴凉尾随而来，没有阳光照射，我抬头寻找2楼28室的阳台——阳台上干干净净，恍惚间那道门开了：从中国"搜刮"了很多东西的父亲，端着照相机出来，寻找光线和背景，回头喊了一声，儿子出来了，有些腼腆，鼻子挺拔，看着前方。于是，一张背景上带有圣主显容大教堂的照片和此刻重叠——教堂就在那边，露出了被树叶遮挡了许多的圆顶——哐当一声，吓我一跳，原来是有人进了开在地下室的花店。阳台上又空空荡荡了，但你就是相信，该在的，还在。"从这个阳台上，我们可以看到整条街道"，我看看这边，又看看那边，即使认出某个建筑属于风景，也显得陌生。但对诗人，在他的诗歌进入你的黎明与黄昏后，不是说他的风格也进入了你的生活，而是你进入了他的生活。

我常常经历诗人所经历的。我要是不喜欢冒险，就绝不会看到他的跋涉；我要是不喜欢在海里游泳，不会听到"水相当于是时间，向美献上了它的倒影"；我最受挫折的不眠之夜，常常品味诗人失去玛琳娜的眼泪，失去父母的眼泪。

1956—1963年，诗人换了13个工作，有一年险些成为劫机犯，这为他日后被驱逐出境埋下隐患。1957年，诗人认识了奥列格·沙赫马托夫，他比诗人大个六七岁，曾是战斗机飞行员。退役的飞行员受到诗人的影响，读了一些哲学、宗教的书，两人很是投缘。多年后，诗人对记者说，他们计划逃离苏联，就是买下一架飞机的所有座位，他负责打晕飞行员，奥列格负责驾驶飞机，先飞往阿富汗，然后再去古巴。诗人说这个主意是他想出来的。他们买好了机票，背包里藏好了石头，如果起飞……当然，计划没有实行。诗人应该感谢朋友的背叛，否则，用石头砸晕一个无辜者脑袋的人，是无法写出诗来的。

这些年诗人合计的工作时间为 2 年 8 个月——反对他的人认为，写诗不算劳动。诗人，常常会成为一个政府恐惧或者说是担心的炸弹。当他的诗开始广为流传，不仅在文学圈，还广受青年欢迎，被传抄，被谱曲演唱，声名鹊起——很自然的，他被盯上了。1963 年 11 月 29 日，《列宁格勒晚报》刊登了日后被世界文学史记住的文章《文学寄生虫》，连诗人的形象都描写出来了，嘲讽他冬天里"外出总是不戴帽子"，"雪花肆无忌惮地扑落在他红褐色的头发"，好像也是一种罪过。此篇奇文，说诗人的诗歌是"颓废主义"，是"才气平庸的模仿"，逻辑也极其混乱，声称没有"受过中学教育"就不会有知识，完全忘了诗人的文学前辈里，高尔基和马雅可夫斯基都没受过"教育"，而诗人的读者是"一批唯美主义的青年男女"也属于庸俗和腐朽。文章抓住诗人作品中"喜爱异乡"判定他"不爱祖国"，又忘了勃洛克诗中是多么向往"异域"。最后，该文对诗人做了舆论上的宣判："布罗茨基并没有悔改。他继续过着寄生虫似的生活。身体健康的 26 岁青年，将近 4 年没有从事任何对社会有益的劳动。……显然，应当不再纵容文学寄生虫。像布罗茨基一样的人，在列宁格勒没有容身之处。"12月13日，列宁格勒作家协会领导准许控告布罗茨基。阿赫玛托娃等人的说情、让诗人住进精神病院以逃避逮捕，也没起到作用。1964年2月13日，布罗茨基因"不劳而获罪"被捕，被判处强制劳动5年。6月中旬，他获准前往列宁格勒休假三天。23日，他与阿赫玛托娃在火车站上见了一面。我一直记着这个时刻，那次拖着旅行箱走下火车时，还在想：在这里，阿赫玛托娃看见他时，是微笑了还是流泪了。让当局没有想到的是，庭审记录被传到了西方，成了世界性丑闻。布罗茨基是幸运的，他获得了多方声援。1965年8月17日，法国哲学家、作家萨特致信苏联最高苏维埃主席米高扬，为他辩护。当然，还有很多有良知的艺术家、诗人、作家为他奔走。9月4日，苏联最高苏维埃做出决定缩短布罗茨基刑期，9月23日他被正式释放。

一场荒唐的审判，让诗人经历了怎样的生活——"我代替野兽步入兽笼"。他被流放到偏远的北疆——阿尔汉格尔斯克州的科诺沙区诺连斯卡亚村，这里只有14户人家。他要自己找工作。他开始干各种杂活来体现"劳动者"的姿态。好在他对北方并不陌生，列宁格勒被围困时，他与母亲就疏散到切列波维茨，他在童年就领略到了寒冷和冰雪。只是这一次的冰天雪地里，裹挟着政治寒流，更冷。

后来，他谈到了那段经历："我一生中最好的时期之一。没有比它更遭的时候，但比它更好的时期似乎也

没有。"

如何理解"最好"？正是在寒冷的北方的小木屋，在熟读了普希金、勃洛克、曼德尔施塔姆、阿赫玛托娃之后，靠着"巨石似的英俄词典"，他深入研读了西方经典诗人的作品：约翰·邓恩、托马斯·哈代、叶芝、艾略特、奥登、弗罗斯特、华莱士·史蒂文森。他的视野一下子从列宁格勒那狭隘而又喧嚣的氛围中开阔起来。他从一本诗集上看到了奥登的照片："仔细地看奥登，发生于我在北方服刑期间，那是一个小村子，隐没在沼泽和森林里，靠近北极。……当时当地我完全被震呆了。"他的英语阅读大有长进。只是读奥登，就要不断地通过词典"一页页翻查每一个词，每一个隐喻"。而劳动、阅读、写诗之余，思考填补了剩余的空虚和孤独。

"没有比它更遭的时候"——在《献给奥古斯塔的新诗篇》第 4 节："我的心突然悸动 / 我感觉出 / 身体上的缺口 / 寒冷灌进胸腔 / 摇荡着我的心脏"。第七节："整

布罗茨基画的流放地诺连斯卡亚村（左）
布罗茨基在流放地的故居，诺连斯卡亚村（右）

个村子没有一星灯光 / 我踯躅在无人的世界 / 借用一种非存在的身份。"

但是：

> 只要不用烂泥封住我的嘴，
> 嘴里响起的就只是感恩的声音。

再看《1965 年元旦》的最后：

> ……抬起你的眼睛，
> 朝向天堂的光明，你发现：
> 礼品原就是你的生命。

布罗茨基于 1972 年 7 月来到美国底特律，9 月开始在密歇根大学讲授俄罗斯诗歌。这一年他写了一首诗，就叫《1972》，有反思，有总结，有顿悟，也有未来："所有可能失去的都已经失去 / 但也差不多得到我的全部追求。"有时，"我感觉想哭 / 但实在没有意义"，但"还可以忍耐"，也许能帮助他的，"在某些历史时期，只有诗歌有能力处理现实"。

谢洛夫在诗人的传记中说，布罗茨基有一个原则立场就是："在一位成熟的诗人那里，不是生活经验和存在影响了诗作，而是相反，诗作可能影响到存在。"诗人写于 1966 年《一个预言》中，表达了与心爱女人"我们一同生活在海边"以及生个孩子的愿望：

如果生男孩，儿子叫安德烈，
女儿便叫安娜，我们的俄语
将因此印上那小小的皱脸，
永不会被忘记。

1967 年 10 月，玛琳娜·巴斯马诺娃为诗人生下了儿子，取名安德烈。玛琳娜温暖了诗人流放的心，诺连斯卡亚的小木屋，见证着爱。而玛琳娜却带着儿子离开了诗人，但她始终是诗人的爱情。

我两次在圣彼得堡，走过的桥数不过来，却没有走上洗衣桥[6]，说来真是遗憾。在布罗茨基写给女人的诗中，"致 F.W"有好几首，其中《洗衣桥》最令人关注，为了弥补遗憾，我将这首诗的朗读做成了一条视频。这首诗里隐含着一段未能走到一起的情缘。1968 年 3 月，年轻的英国女子费思·维罗泽尔来到列宁格勒，这位伦敦大学在读博士研究生喜欢研究俄罗斯文学，就带着这个项目以访问学者的身份来到这里。一次读书会上，她认识了布罗茨基，一下子就被这个笑起来有些腼腆、声音独特的年轻诗人所吸引。两人一见如故。自此，每次

6. 洗衣桥：建于 1769 年，通往夏花园，它是圣彼得堡的第一座石桥，宽 14 米，长 40 米，横跨丰坦卡河。桥的名称来源于附近宫廷的洗衣房。

读书会一结束，布罗茨基都会带着她沿着柴可夫斯基大街散步，再到丰坦卡河边，然后到洗衣桥，把女伴送回宾馆。洗衣桥流水流逝，也留下了一首著名的诗：

在洗衣桥上，我和你曾
模仿刻度盘上的指针，
指针在十二点相逢，此后
不是分别一昼夜，而是永别。

不难想象，指针的"相逢"是"拥抱"。但"指针"分开之后虽是分别转动，还是会"相逢"的，可是诗人没有再写"相逢"，而是"永别"——费思6周后离开了列宁格勒，回到伦敦——诗人一定是想到了，自己与她，再也无法走到一起。他出国无望，而自身现状也不足以让她再来。但是，1972年他被驱逐出了苏联，第一站先到奥地利，然后在6月与奥登一起到了伦敦，参加国际诗歌节，这样他就再一次有了与费思"相逢"的机会。两人见面了，他被面前身怀六甲的女人所震惊，又马上恢复了平静。显然，费思已经嫁人了。后来的费思教授对两人的这段情感，没有多加解释，只是说那次之后又恢复了联系，诗人获得诺贝尔文学奖还在伦敦聚会庆祝过，诗人去世后，她也到意大利的威尼斯圣米凯莱墓地拜谒。但这段交往并不简单——《布罗茨基诗歌全集》里关于《洗衣桥》这首诗有这样的注释："1968年布罗茨基和费思·维罗泽尔曾考虑进入婚姻殿堂的可能性。"也许，这种"可能性"就是被诗人最后的"永别"——"影响到存在"了吧。

再回到诗人与昔日恋人玛琳娜的情感，无须赘言，他给她的情诗，直到 1990 年 1 月 11 日，在巴黎认识了俄裔贵族女子玛丽娅·索扎尼，才停止。当年 9 月 1 日，50 岁的布罗茨基与玛丽娅在瑞典结婚。1993 年，心爱的妻子为她生了一个女儿，取名：安娜。儿子和女儿的名字，都是按照诗人的诗句取的，印证了"诗作可能影响到存在"。

诗人如果再晚走一些时间，他一定会带着妻女回到故乡的城市，回到这里，走上他的"一个半房间"。写作《一个半房间》时，诗人还没结婚，但他回忆童年的生活仿佛就是要给未来的孩子看的，他写父亲，"他喜欢亲近水，他崇拜大海。……那台有俄语字面的打字机，也是父亲从中国搜罗来的东西的一部分，尽管他没有料到它会被儿子拿来用"。他写母亲，"她在我四岁时教我阅读；我猜，我大多数姿态、语气和行为方式，都是她的。还有些习惯，包括抽烟"。诗人从图书馆借阅的第一本书，就来自母亲的建议，"它是波斯诗人萨迪的《蔷薇园》"。诗人的这篇随笔是献给父母的，也是献给所有父母的：

> 我不仅感谢母亲和父亲给我一个生命，而且感激他们没有把他们的孩子养成一个奴隶。

当年，列宁格勒的法官问诗人是什么职业时，他回答：我是诗人。

有人说，布罗茨基不愿意让诗作被视为生活变故的

直接反映。在他献给阿赫玛托娃的《哀泣的缪斯》里，他说诗歌"能留存下来是因为语言比国家古老，也因为作诗法永远比历史更长久"。

人总是有很多遗憾，就像我此次重返俄罗斯，却不能到诗人的流放地科诺沙走一走。在那里，贴近了枯枝败叶，才能靠近一个当代诗人的被流放——是"我代替野兽步入兽笼"，也更能从辽阔的冰天雪地，领会到越是被流放，诗人的世界越是宽广，诗也就越发自由——从奥维德⁷，到但丁，到曼德尔施塔姆，再到布罗茨基。总有政权喜欢流放诗人，好像不信：诗是无法被囚禁的。世上多一个流放地，就会多一座纪念碑。

曼德尔施塔姆说："诗歌啊，风暴对你有好处！"

马路上又传来一阵摩托的轰响，是往涅克拉索夫站着的方向去的，也是往阿赫玛托娃站着的方向去的。既然站立着，诗人也就必须适应各种喧嚣。幸运的是很多时候，我是诗人的追随者，理解道路，也就理解了喧哗。正是在各种喧哗中，又是诗，教会了我能够自觉地安静下来。

也许，布罗茨基说得更好："我允许自己做任何事情，除了抱怨。"

三、诗歌代替了诗人返乡

此刻，我安静得就像与一位老友把酒言欢之后，想要离开，再到一个地方躺下来。我知道，这是一种心满意足的被喂养——追寻之路，总是一张营养丰富的大饼。但又不想马上离开，到此就带着进不去"一个半房

7. 奥维德（公元前43—公元17）：古罗马诗人。公元8年，被流放到黑海之滨的托密斯（今日罗马尼亚的康斯坦察），在当时是罗马帝国与蛮族的交界地带。他在那里度过了最后的生命。他的放逐诗歌影响深远。

布罗茨基故居的后院（右）

间"的遗憾，能不能再到这座大楼的后院看看呢。于是向着圣主显容大教堂的方向走，走了几十米，看到一个门洞就走进去，再右拐，就到了诗人家的后院。

这也是一座城市的光鲜的背后。

"正面"与"背面"永远存在着差别。

这里，没有了面向大街表面的那些装饰、花纹、雕刻，简单的平面构造。墙面刷成淡黄色。二楼的两个窗户被密封住了，我猜可能就是布罗茨基家的窗户，因为

故居纪念馆没能开放，又是在后院，不涉及有碍观瞻，只好密封了。这里真是一个后院，还有两座楼形成了一个"四合院"，与铸造厂大街平行的楼，外墙面搭着脚手架，有工人在粉刷墙壁。楼下停了好些车，有日本车，有韩国车，也有凯迪拉克和奔驰，两辆苏联时期的"拉达"彻底地停在窗下，因为轮胎都瘪了，车顶落满灰尘，倒是一块车门玻璃擦得干干净净，一定是女人出门或是回家，都要在此照一下，把它当成镜子。这块玻璃让我想起诗人的话："下班时，母亲那装满马铃薯和卷心菜的网线袋里总有一本从图书馆借来的书，包在报纸做的封套里，以防弄脏。"这时，右前方的门开了，走出一个胖女孩，随手关上门，然后点着一支烟，使劲吸着。我想求她把门打开，上楼去看看，突然看清她的脸色非常痛苦，还有愤怒。她看见我盯着她，转过身去。我能看出来，她长长地吐出了一口气，连同嘴里的烟。我不好意思再去打扰她了。等我拍了几张照片，犹豫着是不是等她把烟吸完，请她开门允许上楼看看时，她不见了。也许，她揣摩出了我的心思，不愿让外人走进这座大楼吧，而不知道密码是无法走进居民楼的。

从后院出来向右拐，走了几十步就到了圣主显容大教堂的对面。与伊萨基辅大教堂和喀山大教堂比，它就算不得大了。但在少年布罗茨基的眼里，它是高大的。我没走过去，隔着马路看着用炮身垒砌的"围墙"，想象着在院子里，他的母亲教他骑自行车的样子，还有"孩子们在链上狂野地荡秋千，既享受可能跌在下面的尖铁上的危险，又享受那铿锵声"。

在这里站了一会儿，莫名地有一种失落，转身走回十字路口。再次看看阳台，再次看看浮雕，绿灯亮了，也就走过了马路。走了几步，还是停下来回望。一位诗人对这座大楼有过描写："楼房外雕凿过的花岗岩／保存不了人们的传奇／但居住期间的另一些生物／却留下了自己的话语。"我让自己记着：下次来，要带鲜花，再留下一句话——来自红烧肉和松鼠鳜鱼的国家的爱诗者。诗人喜欢中国菜，在美国，他就经常到钟爱的便宜的中国小酒馆去。1948 年，他父亲从中国带回的一些东西上的汉字令他着迷。20 世纪 80 年代后期，在他的每一次公开朗诵会上，都会朗诵《明朝来信》。后来，他又对中国古典诗歌产生强烈的兴趣，开始选修汉语课。我相信，下次再来，就会在"一个半房间"里看见很多中国纪念品：青铜帆船，打字机，小瓷器，还有一个行李箱——他流亡时，就带着这个行李箱。这样想着，我就大步往前走了，一边看着马路对面，结果看到来时没有看到的，离"一个半房间"不远处一家商店门上，是一个大大的汉字——鎹。不要用"金"子"送"了，后会有期。因为再过几天，我要从莫斯科飞往克里米亚半岛，也许还会遇见诗人的。诗人多次到过雅尔塔，还在塞瓦斯托波尔拍过电影，在《致一名女诗人》中写道：

我回忆起我们在克里米亚旅行，
那时我们热爱自然，喜爱瞭望
山野的风光——越是美丽越是自由。

几天之后，在雅尔塔，当我们从山上的契诃夫故居下来，坐在普希金路旁的一个酒店，我想起诗人的一句诗"求求你，时光，请留下"。时光留不下来，但诗可以。布罗茨基离开祖国前，给勃列日涅夫写了一封信："我虽然失去了苏联国籍，但我仍是一名苏联诗人。我相信我会归来，诗人永远会归来的，不是他本人归来，就是他的作品归来。"1987年10月，布罗茨基获得了诺贝尔文学奖，这不是从美国纽约通向瑞典的斯德哥尔摩，而是从俄罗斯的圣彼得堡走向瑞典的斯德哥尔摩。因为是俄罗斯诗人获奖了，所以布罗茨基没有用英语讲演，而是用的母语："在我看来，至少五人获奖了。他们是曼德尔施塔姆、阿赫玛托娃、茨维塔耶娃、奥登、弗罗斯特。没有他们，我无法以作家和诗人的身份站在这里。没有他们，我十分渺小。"前三位，都是他必须感恩的俄语诗歌的老师。12月，俄罗斯《新世界》第12期，自1967年后，第一次刊登了诗人的诗歌特辑，有《致一位罗马友人》，还有《明朝来信》……自此，诗人布罗茨基的诗歌开始了返乡。

　　但，1997年6月21日，诗人却永远地安息在了意大利威尼斯的圣米凯莱墓地。诗人的故乡，再也无法迎回自己的儿子。

　　这天傍晚，从雅尔塔的海滨大道往山上的酒店走，走上的路叫果戈理路，旁边有一家书店，在橱窗里看到一张沧桑的面孔。走进书店，找到这本书，翻开，虽然看不懂，但文字是分行的。是诗。布罗茨基的诗。

　　再次回到路上，天已显得黑了一些，向山上望去，想找到契诃夫故居的方向，只看到淡淡的几朵玫瑰色的云。路边的山沟里流淌着从山上流下的水，细听还是能够听到潺潺的流水声。流水里映出那张未老就已沧桑的脸，但只要他开口说话，我相信听到的一定是：

低下头来，我有话要向你附耳低语：我
为一切而感恩；为鸡的脆骨
也为剪子连续而急促的声音，它已为我
剪破黑暗，既然黑暗——是你的。

此刻，我一边俯首低语，一边上山，一边寻找饭店，为饿了而感恩道路……

作者在雅尔塔的海滨大道与契诃夫小说《带小狗的女人》主题雕像留影

诗人
在圣米凯莱岛的邻居

走出新圣女公墓，离开瓦甘科夫公墓，告别沃尔科沃公墓……我可以感慨俄罗斯亏欠曼德尔施塔姆一座坟墓，却不能说没给布罗茨基留一块安息之地。

墓地，有时不是逝者可以选择的。

布罗茨基在美国逝世，最后安葬在意大利威尼斯的圣米凯莱岛。很多人希望他魂归故里，可是，他的身边既不是斯特拉文斯基，也不是佳吉列夫，而是生前讨厌的艾兹拉·庞德。

1996年1月28日早上9点，玛丽娅发现丈夫躺在书房门后的地板上，穿着白天穿的衣服，戴着眼镜，脸上带着微笑。他永远地睡着了。就在昨天夜里，他还将公文包塞满手稿，准备周一去工作，向妻子道过晚安，又在书房里坐了一会儿，想写点什么，再思考点事儿。

诗人没有留下遗嘱。当时的圣彼得堡市长索布恰克向玛丽娅建议，把诗人的遗体运回故乡，安葬在瓦西里岛。诗人年轻时，在一首诗里写道：

我不选择国家，
也不选择教堂墓地，
我要去死在瓦西里岛上。

瓦西里岛风光怡人，2015 年 8 月我第一次来圣彼得堡，就住在这个岛靠近芬兰湾的一家酒店，傍晚从走廊的窗户看海水荡漾别有情趣。可是，诗人也曾在另一首诗里说愿意长眠在马萨诸塞州西部的森林。2 月 2 日，布罗茨基的灵柩安葬在纽约 153 街上的圣三一教堂墓地。

　　实际上，诗人的朋友一直劝说玛丽娅，将诗人安葬在故乡，在阿赫玛托娃的墓旁。但是，她拒绝了。1997 年 6 月 21 日，布罗茨基的灵柩迁葬到了意大利威尼斯的圣米凯莱岛。诗人的朋友邦达连科在《为爱反叛，或玛琳娜·巴斯马诺娃》一文中认为，是玛丽娅决定了布罗茨基的最终安葬地点。除了诗人向往威尼斯之外，或许玛丽娅也不愿将丈夫的骨灰交还给他曾经钟爱之人的城市。玛丽娅会这样想吗：将布罗茨基的骨灰安葬在圣彼得堡——意味着将丈夫置于情敌身旁？

　　这个"钟爱之人"无疑是玛琳娜·巴斯马诺娃。1962 年，诗人与玛琳娜相识后，为她写了 30 多首情诗，还不包括一些没有标明的"献诗"。她是他情诗的女主人公，直到 1989 年。没有人能揭开这对恋人之间复杂的恩恩怨怨。那天我站在布罗茨基的故居下，心想：也许某一天著名的"一个半房间"对外开放了，可以从中探寻到这对恋人的情事点滴吧。玛琳娜，一边爱着布罗茨基，一边又和他的一个朋友在一起。1967 年生下布罗茨基的儿子后，又与诗人坚决分手。布罗茨基难忘旧恋，获得了诺贝尔文学奖后，还一直劝她带着儿子来美国。

但她不去。她一直与儿子一起生活。她从未打算嫁人，也不接受采访，更不写回忆录，清苦而孤独。在布罗茨基纽约家里的壁炉上，挂着两幅照片：阿赫玛托娃和玛琳娜与儿子的照片。儿子安德烈长大后到过美国一次，父亲送他的礼物是一把吉他。父子俩从小就有隔阂，这一次也不例外，诗人给朋友打电话，"天啊，他躺在沙发上，唱着某种恐怖的歌曲！简直没法听！"

就是这么神秘：布罗茨基1989年结束了献给玛琳娜的情诗，1990年就遇见了玛丽娅。这年1月的一天，玛丽娅·索扎尼从意大利前往巴黎的索邦学院，参加布罗茨基的讲座。这位俄裔贵族女子，美丽，动人心魄，举止优雅。11日那天，她听完讲座给他写了一封信，两人开始通信。十几天后，他们就一同前往美国庆祝德里克·沃尔科特的生日。我非常喜欢沃尔科特[1]在《神乎其技：约瑟夫·布罗茨基》里这样写他的朋友："他怀有一颗崇敬之心坚持诗歌的神圣性""用诗行感动和鼓舞着我们，并以寻常公民的样貌行走于我们之间。"玛丽娅与诗人的恋情像夏天的火一样燃烧着。随后，两人又结伴前往瑞典，9月1日，他们结婚了。1993年6月，诗人有了女儿，在《致女儿》里写道：

> 总而言之，请记住，我在你身边。有时
> 请用敏锐的目光环顾四周。可能，你的父亲
> 覆盖着油漆和树皮，脱净了诱惑
> 专注而宠爱地看着你。

玛丽娅为了女儿能朗读父亲的诗歌，教女儿俄语。女儿曾往天堂给爸爸寄了一封信："当然，爸爸很难从天上下来，但是，他可能总会想出一些办法——例如，和雨水一起下来……如果不行，那么等她长大以后，她肯定能找到上去的方法。"

如果说，让布罗茨基最后安息在意大利，是玛丽娅的想法，也没有错。那里是她的家乡，她和女儿随时都可以去看亲人。

⚫ 很少见诗人如此温和、欣慰的微笑（左）
⚫ 布罗茨基与玛丽娅·索扎尼（右）

那么，关于诗人安葬在圣米凯莱岛的何处，传说不一。

有一种说法，诗人下葬那天，玛丽娅和朋友发现，艾兹拉·庞德的墓地就在旁边。他们提出抗议，不能让诗人与这位法西斯主义者在一起。最后，诗人葬在斯特拉文斯基和佳吉列夫的中间。前者是俄罗斯著名音乐家，他的《春之祭》《火鸟》至今让一些古典音乐爱好者着迷；后者是文艺批评家，创建了俄罗斯芭蕾舞团。可是，布

罗茨基会葬在这两位中间吗？不说两个墓地之间是不是还有空位，就他们都葬在东正教墓地，布罗茨基也不能和他们葬在一起。墓地是严格按照宗教信仰来决定逝者的墓穴的。

一天我发现一本书，叫《假证件》，是墨西哥女作家瓦莱里娅·路易塞利所著。她生于1983年，十分喜爱布

罗茨基的诗和随笔,有一次她坐飞机到威尼斯,再到圣米凯莱岛,寻找诗人的墓地:

> 圣米凯莱是一座长方形的岛屿,由一道水路和一段城墙与威尼斯分隔开。从飞机上往下看,这座坟墓之岛像是一本硬皮封面的巨书:那种坚硬、沉重的词典,里面长眠着如尸骸般逐渐腐烂消解的词语。

那天,她花了好几个钟头也没有找到布罗茨基的墓,都想放弃了。为了积蓄力量,她在一处树荫下休息,点了一支烟。后来,她还是去找了,结果就是:"约瑟夫·布罗茨基并不和莫斯科或圣彼得堡的文化名流安息在一起,而是在另一个区域,和他的死对头艾兹拉·庞德做了邻居。"这里一个人也没有,只有一个老太太伫立在庞德墓前。"我没有过多注视她,径直走到俄国诗人的墓前,仿佛是宣示了我的阵容:你挺庞德,我粉布罗茨基。"布罗茨基的墓地上堆着巧克力、笔和鲜花。

我想她的记述不会有假。布罗茨基的邻居偏偏就是生前讨厌的庞德,看来,庞德是绕不过去了。坦白地说,我对庞德的诗的印象挺好的,在我热爱写诗的年代,庞德是"现代派"的代表。后来得知他的种种劣迹,并没有妨碍对他诗歌的阅读。庞德于1972年11月1日,死于威尼斯,那年夏天,布罗茨基被苏联当局驱逐出境。

说起庞德,还得讲个插曲:1977年11月的一个下午,在威尼斯旅行的布罗茨基接到苏珊·桑塔格²的电

2. 苏珊·桑塔格(1933—2004):美国作家、艺术评论家,被誉为"美国公众的良心",是当代最重要的女知识分子之一。著有《反对阐释》《论摄影》《疾病的隐喻》等。

话，求他晚上与自己去看庞德的女人。她一个人去那里有点忐忑，希望诗人相陪。他陪她去了，却无法掩饰对庞德的厌恶。他认为这个家伙在战时无线电台广播里整日胡说八道，《诗章》也让自己觉得乏味，他尤其讨厌庞德在意大利举起手臂行的法西斯礼。那是1958年，庞德从精神病院出院后，于7月来到那不勒斯，面对等候他的新闻媒体，致以法西斯敬礼。布罗茨基和桑塔格来到庞德的女人家，看到庞德的胸像，他突然感到极度的恶心，勉强留在那里，认为老女人对庞德的辩白都是垃圾。

布罗茨基之所以会和庞德做了邻居，是因为严厉的宗教捍卫者不允许把他安葬在犹太教与天主教墓地，最后，他只能被葬在新教徒墓区，而那里埋葬的，都是些自杀者、演员以及命运悲惨的罪人。对死亡将布罗茨基和庞德聚在一起，邦达连科只能抱着安慰的口气说，"我想，他们的心灵时常在地下相聚，展开关于诗歌的永恒对话"。但我想，就布罗茨基的脾气，他不会搭理庞德。庞德嘛，也不会自讨没趣。

布罗茨基的墓碑是古罗马风格的，简朴而精致，墓碑正面用俄语和英语刻着：约瑟夫·布罗茨基，1940年5月24日—1996年1月28日。墓碑的另一面，用拉丁语刻着诗人喜爱的古罗马诗人普洛佩提乌斯的《哀歌》中的一句，应该是玛丽娅选定的："并非所有都随着死亡而结束。"

布罗茨基安息在圣米凯莱岛，好像是冥冥中安排好的。

1993年11月，俄罗斯著名纪录片导演伊莲娜·亚科维奇带着摄影组，来到威尼斯，诗人曾 10 多次亲临这座城市，她要为诗人拍一部纪录片。她在《与布罗茨基漫步威尼斯》里说，一天，他们到了潟湖，围着圣米凯莱岛漂流。布罗茨基向她介绍："对一个俄国人来说，最有趣的不在这里，在那儿安息着斯特拉文斯基和佳吉列夫。这条运河就通向圣米凯莱岛。运河流向哪儿，斯特拉文斯基便去向哪儿。"他说这话的时候不知是不是会记得，斯特拉文斯基曾在 1962 年 9 月 21 日，回到过故土，80 岁的作曲家在一次醉意微醺时说："我是有权批判俄国的，因为俄国是我的，也因为我爱它，我不会让任何一个外国人享有同等的权利。"

一个深夜，我再次翻开诗人的《水印：魂系威尼斯》，跟着他——"寒冷的夜晚，月朗星稀，寂静无声"，他和几个朋友划船，"朝向死人岛，朝向圣米凯莱岛划去"，月亮高悬，"几乎不可能照亮这片水域"。

我无法解开这个谜：他为什么要去那个死亡之岛。

难道，最后，魂归威尼斯，是有预感吗……

ИОСИФ БРОДСКИЙ

24.V.1940 – 28.I.1996

JOSEPH BRODSKY

为了确定布罗茨基最后的安息地，我断断续续地翻阅、查找了很多书、资料，很长时间里都没有明确的信息。倒是没有"功利"的阅读，总能遇见他就在那里。

例如，在读塞斯·诺特博姆的《流浪者旅馆》时，一篇关于威尼斯的随笔中，就有："我抵达公墓时，已经将近闭园时分。我走过看门人，他给我一张陵墓图，上面有斯特拉文斯基、佳吉列夫、庞德和最新才印上去的布罗茨基。……走不远，在土色呈现沙色的一座小丘上，有几束枯萎的、凋谢的花朵，还有一尊细薄、粗糙的白木十字架，两臂堆着卵石，那是约瑟夫·布罗茨基。"

这篇文字写于1998年，我猜想，左面图片上的墓碑是1998年以后才竖立的，总之是此文写作之后。也就是说，1997年6月21日，灵柩迁葬时，墓地上没有墓碑。这没什么奇怪的，布尔加科夫安葬在新圣女公墓后，他的夫人就一直在找一块适合丈夫的碑石，直到意外地发现了曾经是果戈理墓地上的那块碑石。

◑布罗茨基墓地